时光里的烟火

——致我理想的世界

姜 毅◎著

中国言实出版社

图书在版编目（CIP）数据

时光里的烟火：致我理想的世界／姜毅著. －－北京：中国言实出版社，2023.11

ISBN 978－7－5171－4626－1

Ⅰ. ①时… Ⅱ. ①姜… Ⅲ. ①散文集－中国－当代 Ⅳ. ①I267

中国国家版本馆 CIP 数据核字（2023）第 205702 号

时光里的烟火：致我理想的世界

责任编辑：王建玲

责任校对：张天杨

出版发行　中国言实出版社

地　　址:北京市朝阳区北苑路 180 号加利大厦 5 号楼 105 室

邮　　编:100101

编辑部:北京市海淀区花园路 6 号院 B 座 6 层

邮　　编:100088

电　　话:010－64924853（总编室）　010－64924716（发行部）

网　　址:www.zgyscbs.cn　电子邮箱:zgyscbs@263.net

经　　销:新华书店

印　　刷:北京荣泰印刷有限公司

版　　次:2024 年 1 月第 1 版　2024 年 1 月第 1 次印刷

规　　格:710 毫米×1000 毫米　1/16　19 印张

字　　数:280 千字

定　　价:78.00 元

书　　号:ISBN 978－7－5171－4626－1

在时光里前行

李虎山

最近一直在忙于《商洛作家群探究》这本书的写作任务，像赶考一样追着时间跑。本来去年春天接受任务后是可以写的，但由于各种事由，所以耽搁了。其间曾经出去采访了镇安县几位作家，所以书稿的进展迟缓，时间对我而言，真像海绵挤水般珍贵。

前几日接到乡友姜毅先生的信息，希望为他将出版的新作写几句话，我犹豫了半天才答应下来。深知这是一个相对作难的活儿。因为难就难在要抽出时间读他的作品，难在要对那些相对陌生的文字望闻问切，给个定义。但是当我读过那些干净的文字之后，便长长出了一口气，感觉这个活儿还能做。原因有三：一是姜毅的文字很好读，很干净，这与他十多年来写作公文养成的习惯有关。单纯搞文学的人可能不知道，公文写作对文字的要求相当高、特别严格，不像文学创作遣词造句那么随意，这一点我深有体会。二是他写的是青春年华所铸就的回忆，这一点大家

都不陌生。三是他写家乡的山水林田路等景致，这些我也不陌生，而且感到很亲切，因为那些地方我都去过，比如古城川和古城河，还有南边的蟒岭，都是熟知的景物。当然一些小地方不曾谙识，但那些水土是熟知的，那些他带着妻子、父亲和孩子在田地里收获庄稼时脸上淌下的汗味也是熟知的。

粗略地读了近二十万的文字，我对姜毅的写作有这么几点感受。一是他敲打出来的这些文字是有温度的，或者说每个字都带着他的体温组合到这本书中。这样说听起来很空泛，其实不然。当下随着教育的不断改革，教学水平的不断提高，人们的写作水平比之过去提高了很多。特别是自媒体兴起后，几乎人人都成了"作家"和"记者"。可细读起来，真正的好作品却少之又少，特别是像散文这种自由文体。而姜毅的作品却不是这样的，像这句："站在故乡的田野上，是一种无拘无束的自由和洒脱。不论什么时候，无论我有怎样的思绪，都会被如诗般迷人亲切的风光所牵引和深深打动，难言之美自从中来。"这句话中，最铭心的是"站在故乡的田野上，是一种无拘无束的自由和洒脱"，这是多么深刻的体验呀，如果没有切身体验，哪会用五个普通的汉字道出天下所有人的感觉。在姜毅的文字中，这种含有体验式带哲理性的"箴言"有很多，我认为这就是文字的温度或者是作家的体温。

二是姜毅的文本中多带有细腻的柔情。这种柔情不是儿女情长和父母的舐犊之情，是他将刚性的愿望和理想，用优美的文字表达出来，给人提供修身养性的机会。因为今天的作家和作品，已失去了昔日教化人、改造人的作用，所以以柔克刚、以柔润心、以柔滋性才是今天写作人的初衷。这一点姜毅做到了，因为他曾经当过老师，知道如何教育人。他采用了细雨润物式的方式，以期达到自己表达之目的。其实这也应该是今天所有写作人的共同目的。他写寂寥的山水，写空旷的田畴，写秋天的庄稼地，写自己童年居住过的老屋和村庄以及养育过自己的土地，用温馨的情愫演绎个体的生命传奇，以期与大众同感。自然，他对故乡的记述使人浸润在不同时光和季节的柔情中，进而使人产生共鸣，使人品味出文字的美。这是他文字里之所以让人动情的地方。

三是姜毅的文字是用心记录了朴实无华的包括青春在内的生活百态。每个人的青春都是在与理想的纠缠中度过的，姜毅也不例外。但他与别人不同的是，他将理想与实际结合，他对理想的设计没有超越生活环境。他最初只想当个老师，最后还真的实现了，如果他当初站在姜村的川道看着天上穿云而过的飞机想当个飞行员，那还真是脱离现实的理想。还有当下的生活中，因为岁月的流逝和洗礼，发生的无奈、叹息、伤感、迷惘，以及他依然试图通过积极乐观的心态，改变现状改变人生的理想执着，都能让人动容而产生共鸣。通过一个个小的故事，看整本书的立意，我们能看到他对书写的构想，最真切的就是写实。无论是记事，还是抒情，抑或是对万象社会生活的叙议，都建立在真实的感受上，这一点，作为散文作家很是难得。

当然，在通体行文中，我们能感受到作家对文体和对自我思想的自律。虽然散文的行文要求在"散"上，但并非"散"得毫无边际，用大家的话说"形散神不散"，这一点，姜毅也做到了。他文章的"神"是紧密而集中的。当然还有他干净的文字。

因此，读这本书，读者会感受到清新。文笔的清新，视角的清新，意识的清新，觉悟的清新，读后绝对不会有苍白浮躁之感，不会感到晦涩和别扭。你会感到失去的岁月原来如此美好，过往原来如此清新，回忆原来是件畅快的事。他要告诉你的是，回忆并非念旧，而是为了更好地维新。因为作家采用了丰富的情感表达和心中饱含质感的热情去书写，从而将个人的丰富体验，朴素真诚地呈现在你面前。

文学如海深，散文如山多。行里写者众，界外读者新。

在令人难以适从、茫然无措的后疫情时代，能读一本让人有清新感的书，乃是一件幸事。但愿读者会有我对姜毅文字一样的感觉，让他文字里那为过往岁月燃烧的烟火，以及向往的理想世界，去打动你、感染

你、共情你。同样也期待在这些文字之后，姜毅能够百尺竿头，更进一步，将更多的生命体验，敲打成更美的文字奉献给读者，以飨读者。

2023 年 6 月 20 日于西安大明宫西岸

李虎山，陕西洛南县人，中国作家协会会员，西部散文学会陕西分会主席，商洛市写作学会副会长，杂志总编，出版著作 10 余部，长篇小说两度参评茅盾文学奖。

第一辑　理想·岁月

第二辑　理想·世间

第三辑　理想·天地

第四辑 理想·心灵

第五辑　理想·情爱

　　我从故乡的山间田野走来，岁月的长风抚过眉角，世间的霜雪染白发梢。我们都是这人间的匆匆过客，在这没有回程的旅途中，谁都不曾逃过命运的翻云覆雨的手。岁月这杯酒，入口便已伤喉，一任它细水长流。我只是路过人间的一介凡夫，生于热烈，藏于俗常，永葆一颗赤子之心，对命运不认输，对岁月不辜负。

谈谈我的理想

小学二年级的时候，我因为学习成绩优秀，平生第一次得到表彰，奖品是一幅年画。这在当时，那可是了不得的荣誉，尽管我不懂年画上的"理想"两个字是什么意思。

年画上是两个和我年龄相仿的男孩女孩，他们身穿海军衫，身侧是一面迎风招展的五星红旗，背向停泊着军舰的大海，侧脸微笑，做向往状。

看着画儿，我问母亲："理想是个啥？"母亲笑着摇了摇头："可能就是说一个人将来想干啥吧！"我问父亲，父亲思考了一会儿说："就是你想干啥，想弄啥的想法。"我有点迷糊，感觉父母说的都差不多，但还是不能完全理解。父亲看我这样，就说："我明天给你问问老师，看这个'理想'到底是个啥？"

过了好几天，我已经忘记"理想"这个事了。虽然每天睡在炕上，看着贴在炕头那幅"理想"的年画，但脑子里净想着那画面里的情景，总是和妹妹争吵着那个男孩和女孩到底是兄妹，还是不同家庭的同学？他们在干啥？他们为啥就看起来那么快乐幸福呢？我们啥时候也能去大海边玩耍啊，也能穿上那样的海军衫啊？……物质贫乏的年代，小孩子的头脑里，哪怕是一张小小的年画，也会不由自主联想到物质享受方面。反而当初那个最为关注的"理想"，居然被抛到了九霄云外。看来，理想这个事，假如是对一个心智不成熟的人来说，也只是一个没有实际作用的虚幻的东西。不过，我也算是第一次接触到"理想"了。

后来终于在字典里，在老师的名词解释中，知道了"理想"是个什么意思。大致就是每个人因为各自的生活实际而慢慢产生的，那些有可能实

现的，也有可能不能实现的，对自己未来的一种向往和追求。通俗易懂的说法，就是一个人的奋斗目标，说高深一点，就是一个人"三观"的集中体现。而对于我，一个刚刚接受启蒙的孩子来说，因为有了"理想"这个似是而非的概念，就立即变得积极向上起来了，成为村上大家公认的有志气的好孩子了。

因为志存高远，所以那时候我把自己的理想定位很高。记得有一次在我们村后的高粱坡干农活，当时很多乡亲都在一起，好不热闹。中间就有大人逗弄我们这些小孩子，有的要我好好学习，将来当个国家干部，再不用这样面朝黄土背朝天地辛苦劳作了。我当时嗤之以鼻，双手叉腰做伟人状，小手一挥，很是骄傲地大声回答他们："我要当军事家！要带领百万大军打胜仗。"其实那时候我都不知道军事家到底是干什么的，只是从少有的一些书中和大人嘴上流传的说法，隐约知道军事家是风光无限、威风凛凛的大人物罢了。

后来，随着知识的不断学习更新，我的理想也慢慢变为政治家、文学家、科学家……凡提理想，都是带"家"的厉害人物。当然，随着自己的喜好厌恶，我的理想又发生了转变。有时想当一个图书管理员，坐在新华书店，每天都能看好多好多的书，那是多么快乐的一件事情啊；有时很想当百货公司的销售员，那样就可以随便吃自己喜欢的各种各样的美食了；有时又很想当一名汽车司机，开着高大的汽车，自由奔驰在通向未知之处的大路，潇洒快活……那个时候，看到什么事物感觉高大上，就立刻用一个理想叛变另一个理想，而最终，我自己也一次次成为理想的叛徒。

后来，理想随着年龄的增长，逐渐清晰，也逐渐具有可操作性了。比如，上中学的时候，我的理想一下子就变成要当一个校长了。嗯，是的，是校长，而不是老师。因为我觉得一个老师固然风光，可是一个校长更厉害，整个学校的每一个人，每一处地方，每一棵花草树木，都是属于校长的，他管辖着学校里的所有事务，包括我这个外表乖顺、内心张狂的学生。于是，一个当校长的理想立即就在我的脑海里形成了。

现在想想，不成熟的理想，就像一块儿时用水和的泥巴，一时兴起，想捏什么就捏什么，毫无定性。这不，我爱好写字，就想着一定要成为一个书法家；我喜欢打乒乓球，就想着将来要参加奥运比赛，拿一个乒乓球世界冠军。我想到外面的世界去看看，所以，就听从老师的谆谆教诲，立志要考上一所好学校……

中学毕业，我没能实现上大学的理想，只能求学师范，但是理想不能屈于现实，我的理想驱使我，继续攻读、进修。

此后，虽然理想不断变化，但大体都是迎合了主流意识，都是积极向上，具有正能量的。无论是无知时候的天马行空，抑或只是一个面对流星许愿一般的梦想，我总是用不懈奋斗，去苦苦寻找自己人生道路上最好的风景。理想，是一个方向和坐标，让我不断去争取一个又一个目标。委屈、眼泪、汗水，艰辛坎坷、溃败跌倒，因为有一个理想，心中总是有一个希望，一切艰难险阻和重重困难，就当是"三昧真火"烧炼凡胎，成就一个更坚强的自己，再次向着理想前行。理想，那可真是一个人成长的鞭子和路标啊！

2016 年 6 月 8 日定稿

站在故乡的田野上

站在故乡的田野上，映入眼帘的是美，心头涌动的是爱。

站在故乡的田野上，是一种无拘无束的自由和洒脱。不论什么时候，不论我有怎样的思绪，都会被如诗般迷人亲切的风光所牵引和深深打动，难言之美自从中来。特别是在秋天，一种旷达怡情的豁朗，一种绵绵的沉醉，犹如甘霖美酒回味无穷。

站在故乡的田野上，天是辽远高阔，白蓝相衬，洁净清新。地是五色铺陈，雄浑沉厚，恬淡深邃。远处山峦起伏，翠碧似染，青黛如画，飘浮的流云轻盈婉约，倚带笼纱，自有一种气韵素雅，一种涤神荡魄。耳畔农夫野老谈笑吆喝，如缕如丝，缥缈悠传。妇人孩童嬉闹吟歌，好似一曲田园清曲流淌在心田。

抬头望去，碧空如洗，好似心有多高天就有多高，心有多远天就有多远，无边天际让人生出无限遐想，心驰神往。偶尔掠过点点鸦雀，鸣啼几声，划破长空直往苍茫的天涯深处，高古的意境和情致乍现视野，让人怎能不产生一种追慕前贤的心志，生出舍身天外，心随意飞的梦想？

当然，现代化机器动感的韵律，在古朴的村庄旁边，在绿杨翠柳的映衬下，为这个小小村落增添了一种时代气息，一种时尚的成熟美，一种传统生命的悸动，以及一种随之而来的朝阳般喷薄欲出的激情！是呀，这是一个大变的时代，山水在变，人事在变，意境在变，故乡的灵魂也在变。农人们耕种的节奏，让人时时感受到时代脉搏的跳动，也牵动着故乡每一块地方，让故乡的田野变得多了一种情怀和情愫，多了一种魅力和风采。

此刻，我和父母妻儿站在这阡陌纵横的田野，一家人谈笑风生，亲密无间地在这块土地上劳作。天光人影交织，这不正在演绎着祖祖辈辈繁衍生息的史章吗？心灵在瞬间感动，而又返璞归真趋于宁静——这是一条无声的长河，却正在汹涌浩荡地蜿蜒奔流于故乡的山川之间。这是一首无言的乐章，却正在激昂悲壮地上演于故乡的父老乡亲之中。这是一种无痕的大爱，正在书写着人世间最美的不朽诗篇！而我，此时，不正是这一滴水珠，一个音符，一个辞藻，一个最小最小的元素吗？我在这里诞生，在这里成长，在这里羽翼慢慢丰满，时时飞去又时时飞回，一颗年轻躁动、桀骜不驯的心，在这片热土沉稳理性的挚爱中，一次又一次地得到慰藉，浮躁不安的生命一次又一次得到升华。难道还有比这故乡的土地更让人至死不忘的情意吗？

站在这片田野上，我可以倾心聆听岁月之声，有带有泥土气息的微风掠过的声音，有草木似疯似狂滋长的声音，有惊慌逃窜的小兽惊魂未定气喘的声音，有村边流淌的小溪中鱼儿畅游窃窃私语的声音，有后坡槐树林鸟儿恋爱交尾的声音，还有，在这一片大自然中，最细微的天籁！它们尽在于此，原生态的乡村音乐协奏曲尽情演奏，向着故乡原始的生命，娓娓诉说着无穷的秘密。

也许，在这嘈杂打闹、鸡鸣狗吠的声音中，饱含着泪水，压抑着痛苦，可这不正是故乡的生动之处吗？因为它真实，直触人心，不是才让我们时刻感受到故乡的悲欢离合吗？是的，站在这片田野上，只要你细细聆听，便会听出人生的真谛，生命的无价，生活的至亲至爱。当你在迷茫彷徨之时，只要你站在这田野上，这种声音振聋发聩，让失意的游子醍醐灌顶，重新找到一个坦坦荡荡的自我。

如今，熟透的玉米即将收完，漫天遍野的金黄是正在收割的大豆，收获的喜庆此时正弥漫在整个田野，一块块新翻的土地散发着湿润的清香，沁人心脾。看着父母粗糙的双手，额头沟壑般的皱纹，风霜侵蚀过的脸庞，虽然挂着汗珠，可是他们无不透露出质朴坚毅的目光。在这目光里，有着一种自信，一种淡定，一种平和，一种任劳任怨的坚韧，一种充满希望的期盼。

是啊，怎能不滋生出希望呀？娇弱的妻子不也在这片沃土上躬耕吗？

憨态可掬的稚儿不也正在这块父辈们辛勤耕作的土地上成长吗？远处已是炊烟袅袅，也许那其中一缕，就是小妹在家中生火做饭的信号，正在无声召唤：疲了，困了，累了，快回家吃饭吧！家，一个多么温馨的词语呀，不管岁月如何变迁，家，永远是一个情归心定的守候，永远是那一份难以割舍的不了之情！

现在，站在这片田野上，我明白了为什么自己那颗漂泊的心始终是孤独伴行，在郁郁寡欢中饱尝孤寂的辛酸，总是在幸福与不幸福之间踌躇徘徊。我明白了为什么生活在这片土地上的人们，在看不到摸不着幸福的时候，却还是那么的幸福！——原来，幸福就蕴藏在这大爱无声的田野中。

2018 年 9 月 16 日定稿

春之歌咏

和煦的春风吹拂着大地，明媚的阳光让人们萌生了饱满的希望。阳春三月，清新盎然的春意沁人心脾，深深融入每个人的血液中，心灵在大自然的气息里得到一次最纯最爽的净化。生命也在这洁净无尘的世界，得到一次从里到外、彻彻底底的升华和陶冶。

春 野

站在焕发生机的春野，如同站在人生一个精彩的舞台，放眼满目春色，不禁感慨人生旅途。

有的人一生轰轰烈烈，好像秋风荡起的草浪，呈现出一种人生豪迈的极致，那是一个行止难达、高不可触的境界。有的人一生默默无闻、淡泊名利，把生命的底蕴掩藏在无尽的雪域，那也是一重别样的境界。但是，当你自由自在呼吸着春天的气息，一切世俗的杂念皆抛弃在汹涌蔓延的春光中，这个时候，用高亢激昂的语言不足以抒发那些岁月之慨，那些陈词滥调，已被那散发着青草清香的春色所淹没。也许最平淡的心声，才是一个平凡人最能表达的春之歌咏。

春 山

淡扫春山，黛色连绵，心绪恍若梦境。联想人世荣辱，不过天时变化，春之反复。

也许你今生永远都没有轰轰烈烈成就大事的舞台和机缘，只是日复一日，年复一年，重复着平凡的琐事杂务，波澜不惊，名不见经传地书写着

简单的履历，但能忍受寂寞，忍受孤单，忍受清寒，始终如一坚持不懈地走下去，像春山般的含蓄内敛着春的韵致，这样不也会让人肃然起敬吗？在重要的地方做重要的事情是一生，在不起眼的地方坦然悄然地做事情也是一生，最关键的是你用什么样的心态，去面对所遇到的荆棘与坎坷。你看那春山，巍然而立，淡然阅尽春光，自我孤守，何须过问白云苍狗、流年沧桑？

春 水

站在春山之巅，远看春水东流，人的一生，有取有舍，有停有留，取舍停留全在河床宽窄之间，全在心态宽窄之间。

反思自己的心境，宽容者宽容之，遗忘者遗忘之，该面对的坦然面对之。也许你身处春色不到的蛮荒之地，但却是你现实的环境；也许你从事的是最平凡普通毫无春意的事业，但却是你现实的职业。然而，无论你是失意、苦闷还是绝望，都要坚守住最重要的东西，坚守信念，坚守承诺，坚守道义，坚守尊严，坚守做人的底线。自己经常在内心对自己说，千万不可缺少春天般的信心、夏天般的雄心、秋天般的决心和冬天般的恒心，但走的路多了，经历的事多了，常常感叹最可贵的还是要有一颗平常心。它能伴随我们走过孤苦寒贫的低谷，走过功名利禄的围栏和欲望诱惑的喧嚣，让你宠辱不惊、处变不乱，心虑澄静、心无旁骛，任它水流花开，春水流逝，我自逝者如斯……

春 韵

每个人的生活，其实像极了春韵的淡定。

生活的真实，生活的简单，生活的平静，是一种对夏天般人生绚烂得意的鲜明对比，但却是一种内心自我挑战的幸福。生活中每一次对那些朴实、憨厚、诚恳的人爱的付出，都会令我不由自主地萌生对春天般生命的感动和敬畏，心灵也由此获得一次痛快的呼吸，一次幸福的快慰。不是吗？人的一生，有时简单得就只剩下自己的某种姿势，而恰恰正是这种简单，会轻易地把自己融入这片土地中，融入这春天中。也许这需要我们一步一步脚踏实地地去做，甚至付出在别人看来蹉跎一生的努力才会实现，但还是要坚持用一颗平静的心，真真实实的心，用春天般的情意去回报那些爱我们的人。

春　悟

春天正是生命蓬勃生长的时节，是希望的种子孕育的时候。

汪峰的《春天里》，虽然唱得那么沧桑悲凉，但流露出那种对生命的坚持执着和对希望的渴盼追求，何尝不是对春天真谛的诠释？年少时对于人生的方向，何去何从，没有一丝一毫的信心。勇气与抉择，曾是那个春天的少年最苦涩的迷茫和彷徨。无心欣赏旖旎春景，为了理想，为了所谓的爱情，虚耗青春，做过许多荒唐可笑的事情，把人间春色荒废在倔强的执拗中。随着慢慢长大，每当全身心放松地站在春的天地中，生命就如同小草，充满无限的力量蓬勃而发，哪怕头顶覆盖瓦砾石头，也不会怨天尤人，愁颜对天，每天都给自己一个春的希望，每天都有一个春的盼头。今天，又站在激情涌动的春天，已不再青春的我，再也不是当初那个少年不识愁滋味的春之盲童了。

让四肢像花儿尽情地舒展吧！走过这令人无限遐想的春天，走过春天的角角落落，我想真实地拥抱春天，就像敞开心扉拥抱我的爱人。我想收集春风春雨和每一缕春的清香，就像捧起我挚爱的姑娘的脸，得到一个甜蜜的吻。我想把自己埋在春天里，就像把我的心，融化在我爱的人的心里面……

2011 年 12 月 4 日定稿

又是一年将来到

早上醒来感觉头脑昏沉，慵懒得就像过冬的狗熊。昨晚的梦依稀可见，各种的忙碌，呼喊，奔跑，恐惧，有各色人等，有各种事物，完全就是生活的真实反映。所以睡眠质量极差，疲惫而烦躁。可是想到今天又将是忙碌的一天，无奈只有起床。透过窗帘的缝隙，外面依然下着雪，后面的山上白茫茫一片，冷清而寂静。

活动活动身子，冲了一个冷水澡，用一种骤然降温的刺激，让思维逐渐清晰起来。最近连续打了几场麻将，神经颇有些紧张，牌桌上的输赢在心理上患得患失，想想甚是可笑，深感自己居然会如此俗不可耐。于是临出门前给妻子专门汇报了思想工作，在保证今后一定要控制自己的欲望和情绪后，方有略微的自我安慰。

走在人行道上，路边绿化带的冬青上覆盖着一层厚厚的雪，不禁掬一把尝了尝，一丝寒凉中透着一股灰尘的味道，让肠胃滑入了一些地气，饥饿感瞬间荡然无存。

时近年关，人心里都泛着一层躁动不安的火气。紧张忙碌过后，我坐在办公室，用茶水压制住内心里的焦虑不安。意义不大的工作不少，有价值的事情几乎没有。

紧张忙碌地处理完了事务，终于可以歇口气整理一下思维，梳理小结一些所思所得。其实我每天的生活很简单，清晨七点多出门上班，晚上八九点回家，偶尔写字到凌晨，或者趴在被窝在床头记下灵光乍现的几句诗行。有时我表现得很从容，因为我在按照自己的想法，去一件一件努力实现，我为此感到幸福，内心坦然。即便期间人生轨迹发生了变化，我依旧相信自己对理想的向往会更加靠近目的地。当然，有时自己还是会出现幼稚青涩的、与满脸胡茬的黑脸极其不相匹配的不成熟之气。不过知错就改，我会继续做一个"好孩子"。

可我们还是会不断改变的。时间改变了思想，也改变了我。一年来，很多以前的老朋友疏远了我，甚至误解我。很多以前想说出来的话，现在居然欲言又止不知从何说起。很多个深夜里，我反复思考过，自己的本心仍然没有改变。可是生活的难，让很多人难以理解我心中那种凤凰涅槃的渴望。

前段时间我又一次去了北方。年少时我曾经离家出走，那时候的情境犹在眼前，只不过心境不同而已。彼时的少年意气，带着一股悲愤，在寒冷的冬天，用一腔冲动，在寒风凛冽的、没有目的地的路上肆意燃烧。而现时的沉静，带着工作的意向，奔赴可以有所作为的地方，激情中透着洒脱。可我为什么还是怀念那个，也许再也无依无靠，准备独自闯荡的我，怀念那个无知无畏、率性而为的年轻人呢？看着眼前熟悉的黄土高原，风往北吹，心随意动。年轮已尘封，情深难再寻。那离家出走的人啊，你永远是我记忆中的温存，而我，现在只能去做你忧愤散去的浮云，聊诉些许情怀罢了。

所以梦想这个东西，它可能在你很小的时候，就在心灵扎下了根，有一个哪怕是不甚清晰的形象，镌刻在灵魂的底版上。即使你已经心性成熟，回过头来重新审视以前的那个梦想，那个形象，觉得很是可笑，可是你还会常常想起它。那么，"你能为梦想坚持多长时间呢？"我有时扪心自问。尼采说："每一个不曾起舞的日子，都是对生命的辜负。"所以经历了那次离家出走，我不想再去浪费自己的生命，只想每天都在为了自己的理想而翩翩起舞。

当下的工作，我上班时要经过几个学校。我看到孩子们每天都在学习新的知识，送孩子的父母，看着孩子走进知识的殿堂，每天都在孕育一个新的希望。我经常会去光顾一个包子店，那是一个外地的年轻人，从他的包子店开张伊始，我就吃到现在。现在他已经结婚成家抱着小孩了。他们一家非常辛苦，和他交谈后知道他每天凌晨三点多就要起床，他想过很多

次放弃，但是为了未来，他必须要咬着牙坚持下去。我从他身上，经常会看到那个离家出走的我。

"我顶多埋怨过自己的运气不好，从来没有怀疑过自己的才华。"这是最近很流行的一段老电影里的台词，他让我感同身受。"你千万不要怀疑你自己，你只是暂时的运气不好而已。"我心情不好的时候，就用这句话激励自己。因为我相信，每一种被仰视的人生，都有一段沉寂的时光。松下幸之助说过："不要嘲笑那些比你拼命努力的人，也不要理会那些嘲笑你拼命努力的人。"当你选择为人生拼搏时，这个世界也会温柔以待。

看到过一句话，"男人，要有扬在脸上的自信，长在心里的善良，融进血液的骨气，刻在生命里的坚强"。我把它写在我工作笔记的扉页，静下来了总会反复默读，给自己提提神，激励一下。

按照安排，下午要去村上下乡，看望驻村扶贫的干部。他们一年来很是辛苦。我在乡镇工作了十二年，也曾经当过驻村扶贫的书记，农村工作烦琐复杂我最有体会。还好三名同志很是负责，与村上的干部们干得颇有起色。想到曾经一起工作过的日子，有苦有乐，心中甚慰。

其实，最好的人格应该是这样的：既有敏感的灵魂，又有粗糙的神经；既有滚烫的血液，又有澄净的眼神；既有深沉的想法，又有世俗的趣味；既有仰望星空的诗意，又有脚踏实地的坚定。现实中我们绝大多数人，都经历过失意的长夜，又守望过重新振作的黎明，尽管在平凡的生活里委屈地活着，然而我们的脸上还是要带上真诚的微笑，以一颗强大的内心上路，看山看水，走走停停，心随我意。扶贫工作何尝不是如此呢？

望着"逝者如斯夫"的滔滔洛河，感慨油然而生。人生如逆旅，我亦是行人啊！我的岁月，一直有爱情、理想和远方，但也一直有孤独、平庸和落魄。至于命运，我唯愿自己一直向前而不气馁，一直追求理想而不颓废。

一年即将度完，走过的路，都会成为回忆里的风景。人生好似一个旅程，到达终点不是目的。一路的天高云淡，鸟语花香，才是真正的收获。我愿珍惜这份阅尽世事的坦然和历经沧桑的睿智，还有那过尽千帆的淡泊。往事不回首，余生只生欢喜不生愁。安然从容，入眼即景。

那么遗憾呢？我还有那么多遗憾没有处理。比如很多人心里都装着一个爱而不得的人，但这人生，其实就像一部小说，用心去读，总会有意外的喜悦与感动。在有情的岁月，美好，总会以一种不期而遇的方式，给人生增添一份特别的收获。所以，只要用心去感悟，生活中的诗意，哪怕是人间柴米油盐酱醋茶的三餐烟火，其实也是清欢。

有几次回到老家，放眼家乡的山坡农田，访知父老乡亲的生老病死，感受左邻右舍的悲欢离合，总是满腹惆怅。多想时光还停留在年少轻狂向往自由的远方。可我终究已经走到一个心事重重的中年，很多故事已经翻山越岭漂泊在只能向前的路上。也许我的离开，才是家乡的风景，但那些留下来的人呢？或许他们才拥有真正的人生。

少年的青梅竹马，青年的英姿勃发，成年的一生所爱，现在这些都只能用文字，偶尔因为朋友圈和抖音作品文案的需要，而自我想念一回。那些岁月所赐的一路荆棘，时光所赐的颠沛流离，都已化作一杯清茶，点缀着生活的宁静与温馨。现在的我，说老不老，必须继续前行，也许在下一个路口，会与梦想，与某一个的你，有着更美的遇见。将来是什么样子，已不再多想，只要勇敢地走下去，又有何惧？我只要余生自在，就好了。

顺着今年才发过洪灾的洛河，走在寒冬的路上，莫名有一种情丝隐隐牵挂着某件事、某个人。这与时光无关。这只是与岁月有染，是人到一定年龄的自然反应。我有时总在自问，为什么总是这样的惆怅？没有人告诉我答案。翻开童年的相册，时间不语，却告诉了我很多很多……

夜里回家，坐在寒夜的楼顶，眼神穿过浩渺的天穹，人不过宇宙中一颗微尘，而生命就像流星，划过漆黑的夜。回想白天我们忙忙碌碌熙熙攘攘，为了生命的体现，我们一生做了何其多的事情。可是抛开所有没有价值的表象，我们的生命在那片刻的绚烂之后，除了美和爱，仔细想一想，还有什么值得我们去做的事情呢？所以，一生中我会遇到很多人，但不是每场相遇都会有结果，但我希望每一场相遇都有意义。无论是工作、生活，还是感情，暂且不谈亏欠，只要不负遇见！

想到这些，心情舒畅了起来。这时有老领导打来电话："小姜啊，春节即将来临，你该给咱写写春联啦！"我说："好，那就写一副'世有大千观

自在，胸涵和气沐春风'！"

接罢电话，我听见楼下传来几声猫的叫声，伴有主人呵斥的责骂，大概是猫在家里捣乱弄碎了什么东西。而在小区外面的路上，有几个孩子正在逗弄一只流浪狗，不知道那只狗是高兴还是难过，"汪汪"叫了几声，倒也潇洒地跑向了远处。

新的一年即将到来，今晚我又要熬夜写春联了。

2022 年 2 月 7 日定稿

乡村的夜

暑气渐渐退去，静谧也冲破了傍晚喧嚣的樊笼，趁着微淡的月色，孕生出清凉。

白日里浮躁不安的村庄，收拢了焦灼的脾气，隐没在远处黛色的山影里。人声慢慢沉寂，广场的歌舞也偃旗息鼓。繁星甚是善解人意，调皮地眨着眼睛，牵引着喜欢夜色的人的视线，伸向了浩渺无垠的银河。天地间的寥廓，与人类的渺小，一瞬间就孤兀地体现出来了。

夏收的农忙刚过，又适时地下了几场雨，小小的山村，一切便回归原始的安详了。万物暗中无声滋长，天地之间的秘密，似乎更为神出鬼没，幽暗无息中让人们愈生敬畏。

当下，正是燥热难安的时节，却不想隐藏在这青山四围的角落，远离浮华，躲避纷扰。能于万籁俱寂的山村，静享默然之境，灵魂的安逸实在是一种难以言说的欢愉。

白日里行走在纷乱人事，穿梭于熙攘人群，凌乱匆忙的脚步移动在车水马龙和高楼大厦之间，无形的压力把看似巨大的世界，挤压成狭小的空间，又渗透着从四周逼迫而来。拖着疲惫的身躯，茫然四顾，心却无处休憩，梦想无处放飞，生命的支点不知何所在。年华来不及安放修饰，就只剩下日记本里的记录时间的数字。自从走出了村庄，人生犹如连绵不断的战争，不断燃起的希望，已遭不断的杀戮而支离破碎。或在灯红酒绿中醉生梦死，鲜活的生命，逐渐失去娇艳的颜色而枯萎，最后在无奈无力的挣扎中，湮没于尘土。

曾经寄托浓浓乡愁的村庄，与我们疲于奔命中日益狰狞的面目、扭曲

的身形，渐行渐远。而留给故乡的只有记忆，留给村庄的只有背影。而在村庄的夜里，我们几乎什么都没留下。

然而我们其实都是未曾长大的孩子。在故乡的村庄，这种感觉尤其强烈。当然，最有原始意味的，就是躺在这村庄夜里的怀抱了。所有的凡尘俗事，烦恼悲忧，被这褪去烟火的夜风一吹而过，便烟消云散了。沉浸在夜色芬芳，心之所及，只有夜的温柔。村庄的夜，犹如年轻的母亲。聆听着她讲的故事，呼吸着乳香的气息，孩子的世界又回归了，一切成人的思绪都抛诸身外了。

楼顶铺上凉席，身躯随意舒展。视线穿过星空无限延伸，想象的翅膀带着无所顾忌的思想自由飞翔。童年的梦想就在这天马行空的畅想中浮现在心头。儿时的歌谣就像母亲轻轻哼唱的摇篮曲，低低浅浅地飘在耳畔，香甜的梦就在不知不觉的陶醉中，开启了另一个五彩斑斓的世界。

此刻，站在楼顶的我，尽管置身杂质全无的夜色，但心灵的村庄布满了梦幻的色彩。她就像一幅画，看似黑白水墨，却在凝聚温情的写意里，显现出丰富多彩的画面。而我，就是这道绝美风景之中的一个点缀，却自感玷污了她至纯的圣洁，潮湿的心湖泛起了愧疚的涟漪。

村庄东面的夜空透着光的红晕，那是距离这个乡村不远的城镇，因为繁华而兴奋而疯狂的见证。一阵凉风拂过，树叶哗哗作响，映衬出了乡村的无华性情。更有那幽幽的月光，已经充满我的心扉，所以那城镇的流光，自然也就无足轻重了。还有突兀而起的狗吠，好似也呼应着我的心声而相互感应。

通向后山的小路，忽然传来低声细语，原来是晚工归来的乡亲。明灭的烟头忽闪着走近，他们的喃喃低语，偶尔夹杂着爽朗的笑声，犹如《静夜曲》中的和弦音，跳跃着的音符充满了生命的质感和张力，让这美丽的夜更加生动了起来。

"潮气上来了，回去歇着吧！"不远处的路口，一声叮嘱，两个身影就此分开，便又隐没在这沉静的夜幕中了。

是的，一股潮湿的冷气浮涌上来，夜已经很深了。收回不舍的心，把自己融入这不忍做梦的夜中，去给灵魂找一处叫作"故乡"的地方。

2019 年 8 月 26 日定稿

放牧心灵的日子

我的窗外是三棵高大的杨树，葱郁茂盛，树荫浓绿。躺在床上，视线倾斜，挺拔的英姿就映入我的眼帘。每天晨曦微露，树上鸟雀的啾啾鸣音，是催我起床的闹钟。

有风吹过，哗啦啦的树叶，犹如欢快调皮的孩子，拍着掌声闹个不停。这个时候，我总是禁不住多看几眼，脸上感受着风拂过脸庞的清爽，心田里总是沉寂了烦躁，似乎一阵清凉的细流，流淌在已经被红尘缠扰的身体里。

其实大杨树与我所在的三楼宿舍，中间还有一个小小的广场。下面一楼面向着洛灵公路的，是景区的游客接待中心，所以杨树和我并不是非常靠近，我房间的光线还是非常充足的。目光延伸，视线也畅通无阻，可以轻易穿过公路，飘过日夜不息的洛河，掠过河对岸的山崖峭壁，拂过山坡上的树林，触及如黛远山。站在窗前，心神如同打开一个通向化境的路径，听着下面人声的嘈杂，车辆的呼啸，河水的流响，此时的心，就像一只牧场的牲灵，自由地放养在广阔的天地。

智泓打来电话，问我趴在窗子看到了什么？我说看见了一个女子，妖娆得很，正在给情郎打电话呢！电话里传来哈哈哈的大笑声。随即听她说，把你的视线拉得长长的，你就会看见一片美丽的槐树林，树林里全是奇形怪状的黑石头，半山坡还有一座古老的小庙，庙前有一棵更加古老的药树，演绎着一个美丽的传说。我说是吗？她说，你就没有心动吗？我只是嘿嘿地笑。

外边客厅传来急促的脚步声，康宏的声音就在耳边："一个美丽神秘的地方，去不去？不去你后悔三生。""哦？这么肯定啊！"康宏一脸沮丧：

"就不该给你说。"

那地方我很熟悉，一直是我心中的圣地。它纯净、恬美、幽静、神秘，曾经每隔一段时间，心灵就在那片山坡飘荡。松弛的神经让灵魂尽情歌唱，散发出惬意的悠闲。那片槐树林，槐花的芳香一直沁在心脾不曾消散，无论走在哪里，脑海中的树林里总会有一阵淡淡的迷醉。

雨后晴朗起来，立秋过后没有几日，难得的天高云淡。湛蓝的天空仿佛深邃的海底倾覆在头顶，几朵零碎的白云，悠闲地划过那个山头，点缀在公路防护林的浓密的树冠中，让人一眼一眼看不够，浑身舒坦得轻飘飘。大口大口呼吸着干净的空气，清洗着肮脏的肺叶，三人轻快的脚步，沐浴着朝阳，久违的谈笑风生，一路伴随着蜿蜒的山路，惊起了仓皇的山鸡，扑棱棱地逃窜进另一片灌木丛中。

日子很悠闲。时光没心没肺，心也随风滋养。

智泓感慨："但愿一生每一天都是这样的。"康宏倒是个习惯沉默的人，沉思了一会儿，说："每一天都这样，你会舒服得发霉的，骨头都会散架的。"我报之以微笑，只要心是自由的，是快乐的，身体是牛是马，也是撒着欢儿啊！

想象中的画面，不都是这样的吗？面朝青山，春暖花开。曾经柳绿桃红、春意袭人的时光，美丽的大自然轻而易举地给了那个莽撞少年多少诱惑的幻想。夏日悠长，流火酷暑，袒胸露怀地与三两友朋，河畔品瓜，树下啜茶，蒲扇轻摇，偶尔河中嬉戏，追浪逐鱼，热浪暑气在浪花四溅中消弭于无形。等到秋日照进灼热的眼睛里，层林尽染的红和黄，就是这个世界的主色调。忙碌的身影和喜悦的声音，充斥着每个人的心灵，身心陶醉在瓜果飘香的丰收幸福中，内心的满足，融进了村庄上空的炊烟中，附着在秋霜染红的树叶上，飘飘荡荡。冬日，白雪的世界立即驻留在每个人的心间。寒冷的空气，飞扬起飘飘洒洒的雪花，素洁的大地，真成了灵魂安然的圣地。

现实的环境，总是决定着心灵的世界。活了小半生，心灵的劳累困顿，在不同的艰难环境中，支撑着身躯挣扎前行。额头每增添一道皱纹，前方的世界就会距离我们近了一步，这就是信念。对于脆弱的心来说，某一天在灵魂的草场放养自己的心，慢慢抚平创伤，用青色，用翠绿，用散发着清香的草汁，喂饱空空的胃囊，孕育出新的灵魂，随心所欲地休憩在任何一个地方，把那曾经憧憬无限的心情，铺满整个自由轻松的世界。那一刻，是不是就是心灵的终极目的？

"怎么会呢？"智泓说道，"不要太在意什么时候、什么地点、什么情况下去看风景，要去享受那随时等来的怎么看风景的心情啊！现在我眼里，就是一片我自己的心灵世界。"

康宏和我一起笑了起来。刚才她已经漫山遍野地拍照了，恨不得把这里的每一片景色都装进相机里。我坐在药树庙前的石阶上，把心灵挂在面前这个阅尽沧桑的药树树梢，随着山风和翠色欲滴的树叶一起晃晃悠悠。我听到了这个老人对我的低低呢喃，有叹息，有喜悦，有充满无尽伤感的感慨。我手伸着，抚摸着依然生机勃勃的树枝树叶，老人的胡须传来轻轻的颤动，一股温暖升腾在我的心腹。身后的神灵，在默默注视着我，这是督促我感受这药树的灵气啊！我几欲忍不住激动得叫了起来，好与他们一起分享这份奇妙的感觉。

而我，一扭头，阳光盈目，让我一阵眩晕。南边的山梁氤氲在逐渐炙热的空气中，我隐约看见我的那个窗子，另一个我正趴在窗台看着我笑呢。

回头望去，槐海石林，还是那个老样子。人不如故，真是上了心的老朋友啊！我已经老了很多，但是心依然停留在当年的那个地方，也没有怎么变化。喜欢这样称呼这个地方，不就是一个证明吗？黑石浪，马兰花，黑豆牙子刺，野山楂，野酸枣，在遮天蔽日的槐树林下面，乖巧，温顺，文静，都是一些可爱的好孩子啊！智泓就撒着欢儿地飞舞在树林里，时不时地惊呼、欢叫，山神已经被她弄得很不好意思地躲了起来。

"快来拾地软。"女人总喜欢一惊一乍的。地软对我来说不过是普通的东西，母亲就常常捡来蒸香软的包子给我们吃。智泓的一声惊呼，让我虽不是为了惊讶而惊讶，但也因为对母亲的辛苦艰难视而不见惭愧起来。看着那个欢快的女子，蹲在薄薄草皮难以覆盖的潮湿的泥地上认真地捡拾，心那一刻不禁变得柔软起来。这样在大自然发现着自己新的发现，捡拾着自己心上喜欢的东西，随心所欲地在自然的海洋畅游，放牧心灵如此，真

是一生难求的快乐啊！

阳光的照射让这一片山坡更加明翠盛郁起来，丝毫不见立秋的影子。又回到庙前，面前这棵饱经风霜的老药树，树干已经中空，但不见腐朽的残败。呼啸飞舞的蜜蜂，自树洞中汹涌而出，树上树下，庙前庙后，萦绕盘旋。空寂的山坡上，一庙独立，一树孤立，一人静立，远处槐树林里的蝉鸣鸟叫，让心灵的清净有了肃穆的气氛，孑然于世中，我已经不是我，心早已不知飞向何处去了。

是否又飞到了窗口？现在已经习惯趴在窗台，四处眺望。小小的窗口，已经成了心灵的驿站和码头。这个地方，真是放牧心灵的好地方，无论心如何飞翔，稍有空闲，不知不觉，就会停靠在这个窗口。从药树庙飞回到这里，幻境也不过是一时真境的折射。

十年前，这里曾经滋养过我八年的心，也在山山水水中消耗着不知珍惜的青春。那个时候年少轻狂的躁动，在桀骜不驯的心中疯长，山坡的风，洛河的水，罗汉洞的月色，松树林的涛声，难以阻挡一颗不知天高地厚的心，在稚嫩的脸庞上，常常显示着恣肆侵略的张扬。尽管心总是受伤，也没想过停下来倾听鸟语河鸣。自以为心灵很自由，很轻松，却不知已经慢慢走进一个遮蔽的山窝。别处的风景，别处的岁月，在白驹过隙中，随着不舍昼夜的洛河，无情地变成了滚滚东逝水。

心灵的成长，总是需要付出青春，还有很多不可言传的代价。心灵的放牧，野性的岁月，在曾经呼唤自由的原野，留下了一生难以忘却的记忆。心灵，也因此而饱满起来。

宿舍不远处的瓜园，和康宏已经去吃过很多次了，葡萄园也和智泓、务兰去品尝过了。主人还是以前熟识的人，不过脸上多了岁月的刀痕。他们还认识我，笑着说："当年的小年轻也变得胡子拉碴了。"我捂住心口说："这里老了，里面还有一堆青草呢。"笑声在傍晚的余晖中飘扬了很久很久。

远处有孔明灯升腾在绚烂的天空，心也跟着云彩飞了起来。

2014 年 8 月 22 日定稿

院子的时光

入秋的院子很是清寂，然而我还是能听见很多声音，比如，树叶掉落，菊花绽放，葡萄干枯，还有那些不知名的小草，慢慢变黄瘦萎。我站在角落的井台，轻轻拂去一张小小的蛛网，心思纯净。

果树开花的时候，我就曾站在院子里，做了个欣喜的见证。一枝枝繁花似锦，每朵花就像一个笑脸，整个院子就是欢乐的海洋。那时候，我记得，我也是情不自禁地微笑着。

后来，日子就在不紧不慢地这里看看、那里看看，离去了。院子早已人是物非，我还是我，可那些花鸟虫草好像变了模样。妙趣如画的时光，有时需要我在脑海里追溯而上，翻翻捡捡，一点一点找寻那记忆的所在。

原先的时候，院子的东邻，是一位貌美如花的少妇。偶尔露个半面素颜，让人恍惚，疑是桃花故人。其时，我是不敢大着胆子，正眼去看她的，却又心痒难忍，偷瞄几眼，躲闪的眼光，羞涩状如做错事的孩童。

有一年春天，正是那种春色极其撩人的时候，忽而一天，一个袅袅身影飘进了院子。那时我正在端着相机，趴在院边一小片菜地上，近距离拍摄几棵苜蓿初生的嫩芽和几枝狗尾巴毛茸茸的花。在那一刻，忽然余光就瞥见一个妙人儿。我尴尬之余，却又欣喜。满园的春光一下子了去无踪，唯余一个人的世界。

原来她是来打水的。此时却又站立不动，凝望着院子里的花草。她好像特别喜欢那株海棠，虽然苗木不甚高，枝叶也不见特别茂盛，寥寥几朵鲜红的花，却更加衬托出春花的娇艳来。此时，我大着胆子接近她，告诉她那株海棠的前世今生，还有那春风一度后万般人怜的芬芳。听着我的话

语，她神思幽远，偶尔自顾自笑，院子里所有的花儿都羞赧起来。看着她光洁的脸庞，春日的阳光氤氲其上，一层浮光隐现，神情宁静温柔，我已经忘记了时光仍在流动。

春天走了，花瓣零落，入尘化泥，青春年华散场了。我又站在院子里，想朝花夕拾，弯腰俯身，一片片往事虽然安静如昔，却也无限惆怅。

初夏，盛夏，初秋，深秋，我和院子彼此对望，深感失去了很多，包括那个曾经的纤纤姿容。

有人说，每个人的心中，都有不同的春光。其实，只有春光不同，才有更多绚烂的生命绽放。我已不再习惯静立于院中，那些闲静之趣我也不再刻意追求。时光忘我，我忘时光，一切都还是那么自然，哪怕曾经的，有人来，有人去。

2016 年 9 月 26 日定稿

我的孤独

小时候家里非常穷困，所以我和村里的孩子们玩的时候，总是害怕被人看不起而疏远，于是尽可能地想办法融入他们，从而避免被他们拉单使自己孤立、孤独。

有时候由于其他的各种原因，我会被他们"抛弃"，只能远远地看着他们嬉戏玩闹，自己独自承受那种伤心的痛苦。更有甚者，积压的孤独有时会让我这个一向标榜坚强的小男子汉，委屈地回到家里偷偷地哭个不停，并发下很多现在看来好笑的誓言。比如一定要强大做个什么什么样的人，让他们再也不会轻视我，让这个世界总会有一日重视我的存在……

后来外出求学，十五岁的少年开始真正学会如何和孤独打交道。平常的学习生活中，我会不断搜寻着和自己志同道合的同学，互相拉近关系，逐渐组建一个较为固定的团体，用一起学习、打球、聊天、喝酒、外出游玩等活动，消遣那份孤身外乡的形单影只带来的伤愁。

慢慢地，我发现我们这些结伴的人中，逐渐有人退出了群体，有人开始有意躲避热闹和喧嚣，有人独来独往享受着一个人的自由和那份安静。后来，我自己也在自觉不自觉中，只想在自己的空间里做自己喜欢的事，见自己喜欢的人。因为我越来越感受到，每当尽情狂欢过后，人群散去归于平静，自己终究还是会回到一个人的境地。哪怕前一秒我们大喊大笑，我们兴奋无比，我们的大脑里只有全世界的快乐，可下一秒的曲终人散，世界终究只会剩下自己。那种强烈的对比，让所有五味杂陈的复杂思绪一起涌上心头，瞬间滋生的那种落寞感、孤独感，会伴随我们很长时间。

所以，从学校的浪漫主义者、理想主义者被迫回归到社会，蜕变成一

个现实主义者的时候，那种书生气的孤傲，让我越来越离群索居，变得叛逆。尽管那时候的自己，还有很多梦——爱情的罗曼蒂克，文学的神圣，书法的潇洒飘逸，还有政治前途的远大，但当某个时期内心受过伤，心受过痛，有过很多不愿诉说的苦衷，终于还是发现自己所有的梦，其实都是一厢情愿。还未擦拭的泪痕逼迫着你强颜欢笑，那种直达心灵的人生孤独，让自己体会到了深入骨髓的荒谬。

慢慢地，生活中一些微不足道的小事，都会逐渐让我产生悲观的情绪，但也会让我在一种被孤独包围的世界，清醒又麻木地透视每一个人、每一个角落。渐渐地，我学会了悲观地生活，学会了孤独地生活，学会了享受悲观的愉悦、孤独的幽静。后来，我更是迷恋上了孤独。我可以不和任何人交往交流，我可以不用面对任何人去微笑并期求获得别人的微笑，我可以从此不用带着任何希冀的眼神去迎合岁月的无情。从此之后，我只需要平静、安静、幽静、寂静、孤静……只需要在一个人的世界"梦里花落知多少"。

但一个人孤独了，往往就会想用其他一些事情去冲淡孤独感。比如旅行，比如写诗，比如喝酒。年轻的时候我很爱喝酒，既有释放，也有放纵，还有宣泄，更有最后的装傻充愣。年龄大了，不再去凑热闹喝酒，甚至不再去喝酒，即使有也是偶尔独自一人喝个几小杯而已。就是那种独坐山坡，独对流水，独看夕阳，独立夜色，自斟自饮的"独"品。在这场酒局中，自己就是主角，自己就是观众。我独自喝酒，不是因为孤独而喝酒，反而因为喝酒而孤独。其中况味，只有喜欢孤独的人才会懂。

体会久了，我终于明白了孤独到底是什么。孤独是灵魂化整为零的扩散，让所有的理性和感性融化冷却喷出的带有镇静作用的气雾。当你孤独的时候，人的精神是自由的，它看似无声却在冷静地运转思想。所以懂得孤独的人，境界是高人一等的，他会体味到别人无法获得的那种美的独有的玄妙。

除了喝酒，有时在暗夜里，我会以书为伴，独守一盏心灯，凝望苍凉深邃的夜色。白日里的痛苦也罢，平时的压抑也罢，全都湮没在万籁俱寂的深夜。我拿起笔，以文字为步为车，漫行于自我的心灵旅途，静静地品味着那份空旷开阔和寂静清远的孤独。俗世里那颗焦躁的心融入了如水的宁静，在追忆和反思里淡品人生，在夜的最深处，静静欣赏飞舞的灵魂，这是一种多么奢侈的享受啊！

我还喜欢独自一个人去旅行，就是源于我喜欢孤独。离开熟悉的人，离开熟悉的地方，一个人悠闲地走在宁静的小镇上，孤独地欣赏陌生的人来人往，孤独地看不一样的风景，享受那种特立独行的孤独的惬意时光。然后转身，给每一个地方留下孤独的背影。那个背影，不是忧伤，不是无奈，而是一种超然洒脱的心境。

所以你看，孤独真是一场自我修行啊！

已经立秋了，一场秋雨一场寒，秋风吹起了孤独人的衣裳。江湖路远，孤独相伴，但前方依旧会是山高水长。

孤独的人，不用怕。

2021 年 8 月 12 日

即将逝去的回忆

在这个冬日的早晨，暖暖的阳光从后窗照射进来。邻家孩子的嬉闹声，如同美妙的乡村音乐，让沉浸在梦中的我心神为之一荡，思虑已久的念头，立即撞击着我的脑海。我不禁一跃而起，迅速穿好衣服，拿上相机，带着儿子，引着小黄狗，一头钻进了村子的长巷短弄，搜寻那即将逝去的记忆。

我和这个村子有着别样的情怀。那一座土屋，我小时候可能常常走进走出；那一座屋子，我也许总在那里过家家；还有那一个低房子，我曾经在那里吃过饭。那些即将老去的人，也许小时候经常抱着我，给我糖果吃，经常逗弄我。可是现在，他们却只能静坐于暮光之中，看着花开花落、月升月落，倾听着鸟鸣虫吟、草长莺飞，感受着日月穿梭、春去秋寒，任凭时光冲刷他们衰迈的呼吸，静待岁月剥蚀他们枯朽的躯干，流年无情地带走他们式微的生命。

此刻，我坐在村后的高粱坡上，俯瞰这个朴素无华、默默无闻的小村，冬日的阳光金子一样洒在身上，一种童年的幸福弥漫我的身心。村庄的范围不断扩大，周边的楼房鳞次栉比，好像潮水向岸边渐渐漫延，而村子的中心越来越低洼下去，慢慢走向没落沉陷。低矮的土房，凌乱的柴堆，残败的圈舍，如同一块绣花布上的破洞，成为世人遗忘的地方。这是一个历经多少岁月磨洗的村子啊，经受过多少沧海桑田的村子啊！它曾经喧闹过，曾经沉寂过，曾经风光过，曾经凄苦过，所有的苦涩年华不过如同家常事一般在岁月中淡淡流逝，从那些老房子，从那些巷子里，从那些浑浊的目光中，已静悄悄积淀为厚重的历史，堆砌在村子的角角落落，隐藏在每一处低檐矮墙，蕴含在乡亲们的高声细语里。它随时感染着我的生命，潜移默化地影响着我命运的轨迹，牵扯着我柔软的情肠。

那些可亲可爱的人啊，他们也许早上还圪蹴在墙角晒着太阳呢，也许昨天还在那个老榆树根咂巴着旱烟锅子呢，也许前几天还靠在麦草垛上大声地开着玩笑呢，可现在已经是人去屋空了，房子橼断窗破，院子杂草丛生，楼门已经残垣断壁，只有角落的石槽和瓦罐、碾子和碌碡，似乎还在昭示着往昔生活的痕迹和曾经生命的气息。

我看到老人们都在向我笑，目光中依然充满了小时候对我的那种慈爱。我说，婶、爷，我给你们照张相吧。他们风霜的脸犹如三月的雏菊，遥远的少年时代那种害羞的红晕染在脸上。"都快入土了，没想到我娃还给我照相咧。"他们是那样的开心，愉悦的心情开放在镜头里，那即将逝去的回忆却永远铭刻在我这个游子的心中。

我喜欢悠闲地徜徉在村子的小道上，和每一个不期而遇的人打着招呼；喜欢坐在某一个院落，和婶婶大伯无所顾忌地谈天说地；喜欢他们递给我自卷的纸烟，呛得我流着眼泪咳嗽；喜欢他们拿我开玩笑，让我脸红不好意思；喜欢村子的鸡鸣狗叫唤醒我香甜的梦；喜欢邻家孩子和儿子一起把凉凉的手伸进我的被窝，叫着喊着让我起床吃饭啦……那真是一种实实在在幸福的味道啊！它总是让我咀嚼回味，咂巴着嘴透露出久违的孩子气。

这是一种融在血液里的恋，这是一种刻在心底的情，这是一种烙在骨子里的爱。每当我回到村子，身心疲惫立刻解脱释怀，感到无比轻松自在，往日虚假的面具甩在脑后，俗世的伪装无影无踪，让我仿佛又回到童年一般无拘无束率真烂漫，就像小时候赤裸着身子和伙伴们嬉戏打闹那样坦荡开心。在村里我是小辈，可他们总是在不低不高平实的话语中带着尊敬，"娃，回来了！""啥时候回来的？咋不到叔屋里坐呢？""吃饭了没？"他们视我衣锦还乡荣归故里，虽然我只是单位中一个小得不能再小的小人物，但那一声声问候中包含着多少温情呀！

我坐的坡顶左下方是一片坡洼地，那里苍松翠柏掩映着一座座坟墓，和煦的阳光同样普照大地，我和长眠于此的他们却阴阳两隔，那些慈祥和蔼的面孔哪里去了？他们是我的长辈，可在光阴的催促之下显得那么弱不禁风，生命竟是那样的脆弱，如同一块镜子不经意间已经支离破碎，鲜活

的画面顷刻间消失不见，就好像一不小心惊扰了时光的演奏，一根琴弦应声而断，命运之曲戛然而止。我带着神圣的敬仰，从那些墓旁轻轻走过，可是狗却在身后汪汪地叫，我隐约听到有人在低喃："娃，今儿咋有空看伯了?!"我的心头猛然一惊，一股热流涌上胸膛，想哭的感觉让我转身在坟前虔诚地磕了三个头，冥冥中就让上苍带去我的那份怀古感恩的情意吧。

如今我居住在城里，虽然那算不上一个大城，可是高楼林立、霓虹闪烁的环境还是让我陌生，与现实的距离感日渐拉远，我的心总是没有一种安稳的归属感。走在城市的街道，萍踪无定的思绪浮上心头，强烈的孤独寒流一样侵袭心间，无助迷茫的我不知道家在何处、根在哪里，不明白自己将去何方、情系何处、魂归何地。每当这个时候，故乡总是犹如清晰的电影画面展现在眼前，村子浓浓的乡情牵引我期盼的心，温馨的亲情让我归心似箭。我怀念那一草一木，怀念那一土一石，怀念那淳朴敦厚的老老少少，他们总能让我的心始终洋溢着快乐和温暖，让我永远不会成为被家被爱遗弃的孤儿。

先人们都说生命是轮回的，我此刻也盼望着轮回的那一天，人世间最真诚的情爱就不用依靠照片的记忆去珍藏了。有一天我也会老去，只是想不出来我会用哪一种方式死去，后人们是否会怀念着生前的我？可那全然已不重要，重要的是我今生出生成长在这个让我一辈子爱恋的村庄，这就是我今生最珍贵的财富，夫复何求啊！

即将逝去的记忆，即将逝去我难以割舍的情怀。大千世界，没有不会逝去的东西，逝不去的，是那颗心，是那份情，是我那永远魂牵梦绕的村庄和父老乡亲。

2010 年 11 月 28 日定稿

春来花事忙

很多朋友都说我是一个拈花惹草的人。当然，这不是指我好色风流，实在是因为我真的喜欢侍弄那些花花草草。

小时候，看见山坡上长出一棵小花小草、野杏树苗、野樱桃苗，都会欣喜若狂，小心翼翼地挖出来，带回家栽到自己所属的小花园里。长大了，只要看见一些好的花木，总是难禁自己栽培的心思。所以自家的花盆总是摆一大片，这样的花儿，那样的草儿，长得倒也羽盖葳蕤，翠华葱郁，看着倒蛮有生机。所以，院子里总是不敢见到有空的坛坛罐罐，只要有，总是一门心思找个苗儿栽进去。

爱花，心里就有了花事，就有了一份独特的心情。不过爱美之心人皆有之，我辈爱花之心理所当然，即所谓情不尽、心不死，骨子里的秉性而已。近日三阳开泰，春光大好，一年一度的花事，正是到了忙碌的时候，我这个好色之徒，自然是在"花丛"中流连忘返，忙得不亦乐乎。

这不，眼见东风浩荡，春日逐高，空气中的温润，让花红柳绿的春意浓厚起来。田地里勤劳的人们开始农耕播种，苗木市场里，桃杏梨柿，松柏杨柳，葡萄苹果，核桃猕猴，人头攒动，熙熙攘攘，不多会儿，各类苗木就分散到不同的人家了，除了地里栽的，很多都是养在盆儿里的，弄个盆景赏玩赏玩。当然，春天最热闹的还数鲜花市场了，每个摆花的摊点，黑压压一大群都是赏花的，茶花、仙客来、蝴蝶兰、君子兰、栀子、木桑等，那真叫一个争奇斗艳，看着看着，心里就痒痒了，"多少钱啊？""便宜点嘛！""花盆啥价钱啊？""送一袋土嘛！""花肥给赠送一点啊！"各类涉及花的声音就开始此起彼伏了。

我上下班的途中，有好几个花摊，今天这个摊点看看，明天那个地儿瞅瞅，反正是恨不得把那些花花草草全看在眼里，记在心里，弄到家里。看着那些花草，心里也暗暗对比着优次，计较着价格，对上眼的，看到心里头的，那就讨价还价了，今儿个买一盆，明儿个弄一株，每天倒也是为了那些花儿，栽培侍弄，忙忙碌碌，却乐此不疲。看着家里客厅、阳台一盆盆的花草，心里着实欢喜起来。

前几日，一个牌友说要到秦岭山里挖些苗苗儿，问我去不去，我一听那自是欣然答应。时日即到，约上五六个人兴高采烈地进山了。攀岩爬壁，披荆斩棘，看到好的花木，便挥锄扬镢，浅刨深挖，终于把那些宝贝弄回了家，然后又是买花盆，又是配花土，修修剪剪，挪移反复，终于是把野生的变成家养的，看着那些枝枝干干，停下来后一颗花心也算落了地儿，着实可以喘上一大口气。不过还需日日观察，天天浇灌，时时操弄，却又担心着能不能成活，倒弄得七上八下，提心吊胆的，好像整个春天，就是为了那几棵花花草草忙活着。

我家里的菊花倒也不少，最多的时候四十多个品种，一到秋意袭来，满院的菊花为这个农家小院增添了不少秋色秋韵。但是菊花好看，弄起来却是累人的麻烦活儿。开了春，赶紧养苗子，等抽出来的嫩苗长到多半尺高，就开始沤肥卧土，等土肥沤得闻着味了，翻盆倒土，把盆里的旧土弄出来，拌些新土新肥，重新装进花盆，把那剪的菊枝进行扦插，一次性浇透水，放置在阴凉地儿，荫苗泛醒，等蔫头巴脑的苗儿有了活泛迹象的时候，再搬到太阳地儿，进行炼苗，最后能在这番折腾中存活的花苗，就是秋日观赏的了。我的菊花都在老家的院子里，所以趁着春光明媚的日子，赶紧往回走，周末两天干得那叫热火朝天，仅仅是培育新肥新土就有很多门道，比如过筛滤土，用羊粪不烧苗，草木灰壮叶，菌棒渣松土，等等。为了一盆菊花，竟然是无所不累，忙得昏天黑地，累得骨头散架，倒也兴致盎然，有乐有趣。

花草就是大自然最美的精灵。在古代，草们也是天上的仙女。屈夫子《离骚》里哪株草不是仙品呀。《红楼梦》里黛玉就是什么天界所谓的绛珠仙草，所以作者就说她是"天上掉下个林妹妹"。《聊斋》里面不是还有一个百花王国吗？各种花卉都是天仙的化身。所以爱花就是爱美，就是爱美人；爱花就要把花儿当作美人一样呵护，所以也有了"女人如花"一说。有了这层逻辑关系的推理，男人爱花也就不足为奇了。你看，花市里转来转去，大老爷们儿居然占绝大多数，就正好印证了男人爱花的说法。

春天来了，花儿们就是这个世界最美的宠儿。女人如花，男人亦如花，孩子们正是花骨朵儿，整个世界便都是花的天地。你看，忙碌的人们，可不都是为了花儿忙着呢吗？

春来花事忙哦！

2014 年 5 月 10 日定稿

遐思秋雨中

　　整个夏天，暴晒酷热至极。烈烈金乌，散发着汹汹怒气，炙烤着大地，偶尔的云彩，窘迫地瞥一眼这个炽热难耐的世界，就迅速地溜走了。那清凉的雨，在人们燥热的情绪里，成为每个人心中最为渴望的怀恋。

　　无尽的盼望，让甘霖在风云变幻中悻悻而至。云低，风过，偶尔电闪，雷鸣，一丝凉爽之气缓缓飘来，倏而一阵寒意拂过脸颊，滴滴答答的雨点，伴随着天色的阴沉，敲打在房檐窗台。门前的梧桐，一片树叶，晃晃悠悠地飘落下来，有鸟儿沙哑着鸣叫一声，惶恐地飞进了幽暗的树林。秋，就在久违的雨丝中，戚戚然地来了。

　　这场雨，以为只是一个美丽的信使，信至即去，不想居然成了一位喋喋不休、流连忘返的妇人。优哉游哉，时急时缓，在这个山区盘桓不去。甚至在今年显得特别兴奋，雨滴落地的声音聒噪不停，让以往很是喜欢它的人们，也无端闹心烦躁起来。

　　现在已经数十日了，天空依然彤云压顶，散不开的是雨水的一如既往，还有人们烦恼的愁怨，一如江南的梅雨。一切都好似潮湿起来，心情也近乎散发着霉腐的气味。窗外突然传来几声知了沙哑断续的鸣叫，不知是否在做最后的哀鸣，还是无限愤怒的抗争。拨动心弦的，仍然是洛河呜咽不尽的流水声，就着隐藏在心底的思念，我独自坐在房间，无声地啜饮几杯小酒，仿佛流水带走了心头掩藏不住的哀愁。

　　站在阳台，虽高，但望不到雨幕天际。穿山而来的洛河，蜿蜒奔流，沿岸路上的行人，寥寥无几，匆忙的身影潮湿在我这个望秋人的心里，微微发苦。

　　很想用多愁善感的心，借着绵绵秋雨，掬一棒雨水，化出几句悲情的诗句，但是看着洪流滚滚的河水，没有顺流而下的小舟，也没有独立舟头的佳人，听不到袅袅的小调，一挥手，无限诗意就扔给了翻滚的浪花，由它尽情在滔滔洪流中发挥吧。

　　看看远处的树木，依然葱葱郁郁，窗外的几棵杨树，树叶们仍然怀念着盛夏勃勃生机的时日，倔强得不肯泛黄，碧绿油亮的叶子，浓郁得如同爱人的情意。

　　有牛羊散布在山坡和河堤，丝毫不受淫雨倾洒的烦扰，边上有老人孩童，带着伞，悠闲的样子，偶尔传来牛羊的叫声，倒是让这场秋雨增添了几分诗情画意。

　　忍不住雨中的遐想无限，独自撑伞，走进了刚刚欣赏的景致里。秋雨霏霏，飘飘洒洒。眼前如丝，落面如绢，远方似烟，半空似雾。旷野上伫立良久，远处呼唤吆喝的声音，隐隐渺渺，立刻就梦幻一样痴醉了。

　　有人站在吊桥上看雨，看天，看山，看河，看苍鹭，看来往的行人，倒也入得了画意。走近，可惜卿非佳人，少了些美人寂寞的怅惘和袅袅的委婉。凝眸已久，不知其看出了什么意味，倒让我这个看她的人，徒增些许意兴阑珊和寂寥。

　　也是啊，秋天，总是离人的季节。因为生活而奔波在远方的人，思念，乡愁，隔着秋水长天，那是游子永远的思绪。秋天，总是儿女情长的感伤时节，"寒烟小院转萧条，疏竹虚窗时滴沥。不知风雨几时休，已教泪洒窗纱湿"，林黛玉的秋，何尝不是那诸多小儿女在寒意萧瑟的秋天里的共鸣？"秋风起兮白云飞，草木黄落兮雁南归"，即使没有这场秋雨，断人肠的忧愁依然在这个季节不缺。如今，又添一场凉雨，秋意里总是弥漫着哀伤和绝望，即使有红叶和丰收的清香，展示着美丽和浪漫，也是心碎的眼泪，让一丝额外的闲情逸致，被淋打得湿漉漉、凉飕飕，诸多伤感的思绪，不禁涌上心头。"秋风秋雨愁煞人"，为什么秋总是这么不解人意呢？

　　沿河路边的田地里，有一块不大的池塘，铺满了青翠碧绿的荷叶。"荷尽已无擎雨盖，菊残犹有傲霜枝。一年好景君须记，最是橙黄橘绿时。"山坡上的野菊花很多，却也是不起眼的点缀，少了很多关注的眼光，也就少

了些许秋的心思。倒是这一片荷塘，在这凄冷的秋雨中，秋的涵韵，犹如泼墨一般，渲染在一片楚楚可怜的莲池中。不过，这一场秋雨过后，也许万物残败，韶华流逝，盛景不再了。从繁华，慢慢走向凋零，秋天里，这个过程总是如此残忍啊！

其实，秋意如人意。适逢多事之秋，自然秋是悲秋。若是意气风发，自然又是"秋水共长天一色"的壮美。情热之时，伴以佳人，撑一油伞，秋雨缠绵中，闲闲散散，淡淡悠悠，漫赏秋色，共诉情话，何其羡煞旁人啊！当然，苦闷之时，或志难伸张，命运挫折，或旅途阻隔，愁思恼恨，或相思难寄，情路不畅，凄风苦雨，秋，便恰似一个苦人儿的引子了。

如此说来，秋雨，不过是时间背景的一块幕布而已，我们恰在一个几多浮想联翩的剧情中，秋雨，就是催人发情的陪衬了。

走在雨中，倒也无拘无束，人雨共伴。鞋子湿了，裤脚也湿了，周身凉气侵袭，心思却豁然明亮了起来。喜怒哀乐，与风霜雨露何干？与春夏秋冬何干？草儿们自有生长，树们自有春发夏茂秋黄冬枯，水流花开，空山无人，无论草虫鸟兽，生命在大自然中，都是一个"无情还作有情痴"的存在。只不过，我们每个人，因时因景的心思不同罢了。

也许，眼前的无情秋雨，就是让我思念某个人的怅然若失，变得有情而幽怨起来了吧。

雨，终究还是小了些许。一缕秋风，犹如拂尘，飞舞了秋雨的妖媚，她涤荡心魄，拂过隐隐青山，拂过迢迢绿水，拂过村庄屋舍，拂过翠竹杨柳，吹散了灵魂的尘埃。那冰凉的雨丝，滋润着田地，滋润着执着的绿色，滋润着肺腑，心灵的清净，灵魂的安静，在这一刻，与这秋风秋雨融在一起，在静谧的时光里，沉淀了烦躁，优雅地享受难得的安逸和美好。

此刻，秋雨化作了一腔真情，让我在心中珍藏起一个温暖的梦，留下一个永久的情怀。

2014 年 10 月 4 日定稿

时间让多少命运变幻莫测

　　小时候，我喜欢独自一个人坐在老屋的土门楼边，静静注视院内的那棵老梨树。看着那些树叶间飞来飞去的蜂蝶，总是陷入无边的想象，一个人呆呆发愣，然后猛然惊醒，却仍然会饶有兴致地探寻梨树不为人所知的生长秘密。有时我也大着胆子爬上后面的高粱坡，一个人十分惬意放松地呈大字形躺在坡顶的草地里，看着云卷云舒，看着鸟飞鸟鸣，耳边有呼啸的风声，有蟋蟀呼唤伴侣的嘶叫声，有苍蝇之类虫儿的嗡嗡声，还有老鸹瘆人的哇哇声。这个时候的天籁，是最纯粹的，送给我最纯粹的安琪儿。

　　不知道什么时候，我从一个调皮捣蛋的顽童，慢慢变得沉默寡言。小小的脑袋里，整天居然会想着很多现在看来仍然很匪夷所思的事物，性格也慢慢变得成熟沉稳起来，总是一副若有所思的样子，或者显得忧心忡忡。这样的模样，自然引起大人们的注意，几次三番询问我的心事，总是被我高深莫测的回答惊得目瞪口呆。时间久了，就随它去吧。而我，依然如故，更多的是趴在窗台，痴痴凝望窗外，似有无尽的风景，永远也赏阅不完。那时候，无论是梨树下，还是高粱坡的草地，空气总是那么新鲜滋润，我的呼吸平稳而干净。而时间，无声无息却又捉摸不定。

　　也许，在我成长的某一刻，我突然明白了时间的含义，它不仅仅是让我长大，还可以让花园里的花，菜园子里的菜，树上的花果，房檐下的鸽子，墙壁上偶尔爬过的壁虎，还有那喜欢偷吃的松鼠，都能在动和静中自由自在地享受自己的快乐时光，可以随心所欲地进入自己梦想的地方。却不知，在我小小的童心里，有一种绵绵无尽的渴望，让我一直企图努力改变在莫测的时间里成长的自己和身边的一切事物。

其实，我一直在想着如何改变时间。现在想来，这个想法真是可笑至极啊！可是一个幼稚的大脑，在漫无目的地张望这个外面的世界，深深地感觉到，这个世界的一切变化都是时间这个东西所掌控而改变的，因而滋生这样的想法不是很正常吗？现在想来，原来我一直是一个喜欢思考的人啊，或者说，我一直是个喜欢毫无章法去想象的家伙。一直以来，我都在想象中去努力寻找改变自己的路径，最起码是在努力探寻梦想中的世界。有了那些孩时的想象，我觉得，在整个世界的命运中，我们是何其微不足道，它让我明白了，什么才是时间，什么才是时间可以改变的命运。

我喜欢去探险，喜欢去猎奇，喜欢去尝试没人经历过的事物。还记得小时候，我总是怯怯地给伙伴们建议，我们去什么地方，或者我们去干什么，而无一例外，总是被大家否决，因为这些都是没人经历过的。但我总是这样坚持，尽管我说出自己内心想法的时候，柔弱的声音中一样透露着胆怯，但是内心的想法总是无比坚定。因此，在十次八次的建议中，总是会有一两次得到回应，于是，我们深夜去破庙"看鬼"，深入密林去捕猎，或者一大群伙伴去很远的地方野炊，有时干脆恶作剧一般怂恿别人去拽脾气最大的女孩子的长辫子，当然偶尔也集体去干一些小偷小摸刺激惊险的事情。那个时候，一张张稚嫩的脸充满着追逐梦想的期盼和兴奋着实现各种愿望的神情，明亮的小眼睛，在彼此散发着小兽一样跃跃欲试的野心的光芒里，是如此的熠熠生辉。

后来慢慢长大，时间的一串串脚印不断在我身后留下，随着我的身影逐渐高大，而有更多的时间被抛在了脑后。儿时的玩伴，都像是三月风中的麦子，快速地长大。我也因为繁重的学习任务而减少了那种孤独式的深思凝想。外墙边那棵粗壮的大桑树，年年挂满紫色饱满的桑葚，而在密不透风的时间的催促中，我也无法顾及常常望葚流涎的强烈食欲。此时，很多伙伴已经开始走上不同命运的岔路口了。他们有的南下打工，有的奔赴部队的训练场，有的已经开始在田间地头像个大人一样，吞吐着旱烟燃烧的青色烟雾，挥舞着锄头镰刀。而我，手捧着书本，坐在教室里，继续坚持让时间改变命运的这个想法，在酷暑难当的煎熬中，行进最后的一步。当然，我偶尔还是会放下课本，侧头望向窗外，不远处就是学校大门，外面是一条公路，行人纷扰，车辆来往。再过去是一排高大的树木，守卫着脚下一片广阔的田地，然后是南山。再然后，是山顶的蓝天白云。当然，那片天已经是山那边的天了。不知道山那边到底是一个什么样的世界。

后来，我离开了家，去求学，时间已经让我变成了一个翩翩少年，内心背负着家族的希望，在一个陌生的环境，恣肆地消费着时间的馈赠。我不知道的是，现在我已经站在时间的怀抱，而我对"改变"的探测只是羚羊挂角，对"命运"，也仅仅是管中窥豹。很多儿时的想象，现在仿佛离我远去，已经是尘土一般的记忆了。

我回到家，母亲总是伤感地告诉我，某某你西头七奶奶没钱治病疼死在炕上，某某碾盘边你三大爷日子恓惶得上吊了，某某你大榆树下二伯家的孩子在河里洗澡让河鬼引走了，等等。我望着母亲的脸，母亲也比之前苍老了。家里的老屋，墙倒屋漏，院子里一片破败萧瑟。我从长满荒草的院子走过，一只野兔从中蹿了出来，老梨树的叶子开始枯落了，瘦骨嶙峋的枝干上，满是风霜侵袭的疖洞。有一缕微弱的阳光，透过朽烂房顶，斜斜射进落满瓦砾的台阶，昏暗的时光，仿佛停止在我的脑海。我转身，原来时间已经在改变，它们，都变老了，有的已经变没了。

是的，我已经不能在老屋的土门楼边，独自一人静静地欣赏老梨树了。时间改变了一切，我的心境已经不复当年。曾经想象的山外的世界，让我变得恍惚迷离，我对时间已经越来越犹豫，越来越踌躇，不知道自己究竟是一个什么角色，哪条路又是自己的呢？

有时我在夜色中，悄然独立阳台，窗外星空辽阔，浩瀚的宇宙把思绪拉伸得无穷无尽。有流星划过，我如同看着璀璨的火焰，在眼神的光芒中大放异彩。我听见了流星的声音，听见了无数星斗旋转的声音，听见了月洒清辉的声音，但我却听不见自己内心的呐喊。回头，卧室里妻儿平静地呼吸，一切似乎都在真实与不真实之间转换，让我在时间的跨越中如梦如幻，却辨不清自己身在何处。

有很多年，我在努力地去实现儿时的梦想，企图用现实的世界改变时间，改变时间赋予我的命运，并拼命地寻找命运之门，却终是不得其所，一无所获。有时，我不得不与时间妥协，它退我进，哪怕小小的一步，然

而总有一种距离，银河一般横亘在眼前。理想的光芒慢慢暗淡，很多曾经以为触手可及的景象，却离我们遥遥无期，难以触及。儿时的玩伴们，命运的纸张上，各自涂鸦，翻过那页纸，物是人非，时间改变了多少命运，而我们，却还在那张纸落下的阴影里。

我不是悲伤，不是怅怨，只是陌生。时间让我不认识以前的环境，不认识曾经的快乐和天真，不认识很多人，包括亲人和朋友，也更加不认识我自己。

有一天我回家，秋雨滴答，时间变得让人忧郁，莫名的哀伤飘荡在那更加阴晦的巷子。这时一个女人迎面走来，瘦弱的身子让薄薄的衣衫在湿冷的空气中愈显寒碜。我们默然擦身，陌然分离，漠然遗忘时间迅速消失的印记。

"那是慧慧。"母亲叹了口气给我说。我快速跑向巷口，雨水淹没了视线，空无一人的巷子，空洞的时间，让一切了无痕迹。雨水落在我的脸上，一丝寒凉沁入我的心里。这一条巷子，我们很多人从这里走过，很多人走着走着，走进自己的坟墓。很多人，走在千万条通向未来的路。儿时的那些伙伴，他们的路是什么样子的呢？那个慧慧，我童年时所喜欢的漂亮女孩，时间改变了我，让我不认识她了，时间也改变了她，让她不再认识我。我不知道我们的命运在哪里，不知道我们的未来在哪里，不知道我们还是不是我们自己。而此刻，我只想在她的头顶撑起一把油纸伞。

现在我坐在书房，窗外的广场人潮汹涌。街道上车水马龙，霓虹闪烁。而我，却很想光着脚丫，一个人走在家乡的那条小河中，就在这个夜晚，伴着星光，伴着岸上茂密的柳荫，独自唱着自己的歌，顺河而下，追寻那时间，看看那被改变的，难以预测的命运。

2015 年 6 月 10 日定稿

心灵轻快的节奏

明媚的清晨，到办公室刚一落座，对面的同事忽然说："你听，今年的梧莺（学名为蝉，俗称知了，因其喜欢栖居梧桐树上，鸣叫如莺，因而我们当地土话以此称之）开始叫了。"我侧耳聆听，果然是一声声蝉鸣嘹亮尖锐地划破已经泛起热浪的天空，如歌如唤地刺进窗户。窗外树冠齐目，伴着那阵阵高音欢唱，心情也翠绿一片，惬意盎然。

现在的办公室，在这个大机关的前楼顶层，居高远望，视野倒也开阔。院子有几棵树，我想那个小东西大概就是藏身于某个枝丫，欢快地、痛快淋漓地宣泄一腔久违的激情。想象着它嘶鸣的时候，腹部和蝉翼一张一弛地振动，小小的虫儿居然如此宣泄着夏日岁月，内心不由得一阵惭愧，啜一口茶，却又舒畅了许多。此时，不多的几朵白云，悠闲地飘在蓝天，忽然这个世界一下子明快了起来。

我习惯上下班走路迤逦而行。尤其是空气清新的早晨，皮肤划过沁凉，让人神清气爽，走在河滨的柳荫小道，阳光从树梢间穿过，缕缕光线让心境层次分明。鸟儿的各种鸣叫，如同跳跃的心脏，欢快，明朗，喜悦，在这个美好的早晨，纯净的凉意，让呼吸到的甜香直沁心脾。

桥栏下面的河面波光粼粼，有水鸟或悠闲或欢快地享受晨光，谁家几只鸭子惬意地游来游去。有姑娘倚在桥栏，静静地对着一河碧水，不知道在想些什么。微风拂过，柳梢划过她的发梢，裙角扬起，赏心悦目的画面，让美好的生活即在眼前。

当然，生活不会总是如此优美舒怀。很多时候，人总是被自己的爱好

和特长左右了生活，甚至影响了命运的轨迹。但我，总是犹如跳棋一样，在额外的喜好外围，跳出一个固定的圈子和一些生厌的框子，用鲜活的生命力，寻找新的环境，或者用安静的灵魂，整顿疲劳的情感。我不喜欢束缚，喜欢不按常理出牌，其实不过是因为总是一副好奇的样子，想去聆听大自然中最清纯的旋律，去聆听生命中最动人的音符。那些我眼中一切美好的事物，都会让我忘却忧伤，卸掉包袱，美化心灵，把我内心里最原始的欲望和最精致的情态，培育成一朵天然去雕饰的花。

我有一个同学，人生中遭受很多次打击，最严重的一次，几乎击垮她已经非常脆弱的生命。但是不了解她的人，看到的是她的坚强，是她依然乐观的微笑。我很敬佩她，不只是那种不露痕迹的强颜欢笑所带来的自信和勇敢，更重要的是，在悲痛中可以理智地收敛情感和心境，而不被人发现博得同情。她说："我愿意以轻对重、以轻对累。"我很欣赏她处之泰然背后仍可淡然以对的心态，尽管转过身去依然会泪流满面。

人生中总有一些意外，总有巨大的伤害突然让你暗无天日，生活天翻地覆。而我已走到中年，看过的，经历过的，曾经那些棱角分明的勃然之气，变得中庸平和。拐进死胡同的心路，另辟蹊径成为辽阔的天地；冷酷的倨傲，开启另一扇那边独好的风景之门，一切居然是那么明亮、鲜艳。那幅画面，有着自然的灵魂，生命的希冀，如来自天外的声音，透明感的空气让灵魂轻浮飘然，轻快的节奏让人身心放松。听着她有时痛得难以自抑的心路历程，我真想替她分担痛楚。可是她哭过之后依然会笑着自我安慰。我经常对自己大言不惭，无论处于顺境还是逆途，都可以不受名利之累，不为恶劣所苦，都能寻找自我轻松的方法。现在想想，这真是极其美好而稀少的。

我也有心情低落的时候，但我不喜欢去听那些干枯的、形式上的、慰藉人心的话。我宁愿忍着悲伤，重温往昔伤我痛我的记忆碎片，逐条梳理失落的情绪，体味一种痛并领悟的美。喜欢深夜一个人孤独地倾听没有听过的歌曲，体味无人能懂的感受，将心中浓得化不开、看不透的压抑与哀愁，如同天上流云层层铺展开来。有时不是因为曲调，只是一句歌词，引发情感的投射。诗般细腻的歌词，直击心底，调如纤手轻叩心扉，娓娓动情又撩人心弦。审视着黑夜，心底的痛和着歌曲的节奏，心潮澎湃，打动着白天不敢轻易触碰的心。这是一种自我疗伤。也许这样用歌曲舔着伤口，心会慢慢成熟，变得更加坚强。

我喜欢临水而憩，或者坐在小山听风，赏云藏身树荫，抑或站在桥栏远眺，对月酒中自赏，楼台凝望夕阳。也就是在那个时刻，无论风吹草动，鸟语花香，我只是发自内心感动于这静好岁月，我希望自己与那一份珍贵的闲适、散漫、恬淡，与岁月一同老去。我不奢求太多，只是希望那一份天然赋予的喜悦，化在我的心田。

前段时间的一天，炎热的中午我去上班，匆匆走在河滨路上。一位环卫工大姐，靠在栏杆边的树上，专心致志地看书。太阳白花花地炙烤着，满世界的蝉声嘶力竭地鸣叫，路上东来西往的车辆，飞驰而过扬起污浊的热气裹挟着她，却好似对她没有任何影响，她依然平静凝神地进入书的世界。她不热吗？她不累吗？她没有忧愁烦恼吗？她不为微薄的工资难以维持艰辛的生活而哀叹吗？我想她是有的，然而在这个时候，她可以放下一切，可以忘却身外的俗务，可以听不见这个世界的喧嚣，感受不到酷暑热浪，因为有书陪着她，她的心灵是轻松的，是清凉的，是放下执念的，是宁静致远的……

这个世界上，灿烂的阳光，娇艳的花朵，亮丽的风景，轻快的旋律，凉爽的清风……都是我心灵的爱恋，我渴望自己远离一切阴郁和黯淡，做一个有着春风一样心情的人，成为一首没有文字却纯粹的诗歌。

疲劳的时候，我就给自己的心灵放假；充满忧伤的时候，我会带上悠闲的心境，唱首清新的歌儿给自己听。我将自己的美好假设，转换为充满生机的希望的结果。因为，在你心生美好的时候，也许，当你真的一转身，就会百花盛开，蝴蝶翩跹，眼睛里的天地为之辽阔而馨香，整个世界，因为自己唯美的心声而更加美丽。

不可否认，这个世界是沉重的，每个人的命运常常会因为不堪重负而消沉低落。然而，生活不会是一成不变的，岁月不都是无情的。只要我们

有情、有爱、有希望、有阳光、有明亮的心、有轻快的节奏，我们每个人的生命，总会描绘出精彩的画卷，总会赋予美好的味道，让你甘之如饴。

往事不再来，旧梦不须记，时光停不住暗瘦容颜的脚步，但我，唯愿用一份清新，轻快地跟着它，尽情欣赏生命到老、快乐到老的，最为亮丽的风景。

2017 年 8 月 1 日定稿

冬日的心安

冬日的中午，阳光益发显得珍贵。虽不是非常温暖，但是坐在这个医院的后院，还是被一团暖气包裹。对于一贯劳碌的母亲，难得安静地享受这一段安逸的时光，让我心中稍微消除了治疗的不安。

我从车上取来一本书，泡了一杯茶，陪母亲就这样静待冬日的消逝。

"哪里来的书啊？"母亲笑眯眯地问我。

"一个朋友送我的。"

"好长时间没见你看书了。"母亲带着回忆的神色对我说，"你小时候，可是爱看书爱看得不得了呢！"母亲又侧着头微笑着说。

我羞赧着，不自然起来。

"这会儿是个看书的好时候啊！"母亲看到我的不自然，不再多说什么。我抬头眯着眼，看着太阳，这个总是让人揪心的冬天，没想到在一个医院，竟让我感觉到异样的柔和。

书是朋友送我的。她给我捎来一包茶叶和两本书。当时打开袋子，看见封面，我立即就喜欢上它们了。我把其中一本放在了车中，本意就是旅途之中或闲暇之余，可以解闷祛累。现在在这个等待医院上班的时间里，正好拿来体味文字的清香。

朋友是一个含蓄内敛的人，平时少言寡语，能送我茶叶和书，真是让我受宠若惊。她不说喜欢你，不说对你什么感觉，就是默默地关注你。她喜欢看书，所以就用送书的方式表达她内心的感情。两本书的封面，都是那种比较素雅的图画，摸着清凉光洁的纸张，不由想起了她淡雅的素面。宁静，却有一种安心。

现在的这个院子，处在周边高楼大厦之中，居于这个医院的门诊楼与住院部之间。院子里没有花园，不过是布置了一些绿化带和看似随意栽植的树木。眼下花是看不见了，一些耐寒的树木和常绿的植物，却也给这个经常带走生命的地方，带来了珍贵的生机和希望。有坐着轮椅的老人，缓缓地转行，沐浴着阳光，呼吸着清冷的空气，想来是得到了一份来之不易的温情。

坐在这个院子，有人来往却不显喧嚣。医生步履匆匆；孩童跟随大人经过，天真有趣，呀呀着玩耍，给这个清冷的地方，增添些许温馨。我坐在台阶上，面对微微刺眼的阳光，心情如缓缓流水一样闲舒。抿一口茶，朴实无华的淡香，沁入心田。我转过头，看着母亲，阳光洒在她的身上，此刻竟看不见一丝疾病的影子，安详的眼神洋溢着冬日的温暖。我低头看着书，仿佛看着那个朋友，感受到了一种默默关怀的情意。

已经记不清，什么时候曾经这样安逸地坐在冬日暖阳里，静静地和自己的心灵对话。就像现在，我可以一个人，悄悄地注视着略带冷清却又温热的阳光，从树枝树叶间斜斜地穿过，堂而皇之地把时光偷走。我突然就想写首诗，哪怕仅仅只是只言片语的小诗，用简浅的语言，伴着冬日的慵懒，低沉而有少许调皮的意味，轻轻诵读出一份轻盈的想念。

静坐凝思，记得很久以前曾经对某个人说过的话："如果想寻找孤单和宁静，最好在冬日的阳光里，安心地享受书的温暖。"现在，我就正在用这份安心，窃喜着难得的孤单和宁静。

不过，以前好多个冬天，实在是让人难以安心的。

原因是我一直都不喜欢冬天。没有盎然的生机，没有奔放的热情，没有清爽的惬意，有的只是萧瑟、寒冷和孤寂，甚至死亡。也许从小生存的环境，让我滋生出那种缺失安全感的心境，如影随形地遇冬畏惧。疾病和伤寒，在酷冷的冬日，凄惨地挣扎。那种安心的境地，是想也不敢去想的。即使后来生活状态改观，奔忙的脚步，塞满堆积忧惧恼恨的心，却是再也无暇静坐，再也不会在静谧的庭院，沐浴在冬天的阳光下，将唯美的时光，去细细地品尝。

也许人总是在生病的时候，才能安静地和时光相处。我丝毫不愿意母亲遭受疾病折磨，此时，却是有点感谢母亲这次小小的治疗，让我有和母亲在这样的冬日里单独安心相处的机会。这一刻，我身心的世界，除了母亲，只有我一个人，一本书，一抹暖阳，无人打扰，贪婪地独享这宁静安逸的时光。想象着书页折射的阳光，有点淘气地抚摸着我的身体，对我眨眨眼睛，美好的记忆浮现出一个静好的画面。

"妈，你喝茶。"

母亲接过茶杯轻啜一口："你好好看书啊！"

我低着头，内心里，瞬间充满了难以言状的温润、温暖。

2016 年 12 月 16 日定稿

补　捡

　　"补捡"这个词，是我根据我们老家当地的方言音译的一个词语。只能按照意思，主观地拼凑成一个基本上可以表达原意的词汇。在我们老家，它的读音是"bū jiǎn"。第一个字读阴平调，第二字读上声调，连起来说出口，是一种很平和的腔调。

　　那么"补捡"的原意是什么呢？盖因当年农村穷困交加，庄稼长势不好，粮食和各种农产品产量很低，为了最大可能地避免粮食损失，农人们对于收获后的田地或者树木，再进行一次检查，拾遗捡漏。用现在的思维去探究，大概就是补充性的捡拾，故而我谓之"补捡"。

　　其实这样做，无非是因为那个时候粮食和吃的东西太过珍贵，害怕在收获的过程中有所遗失而白白糟蹋了。所以，割过小麦的地里，还有人在捡麦穗；挖过红薯的地里，还有人再翻刨一遍；等等。当然这些活计，大部分都是小孩子们去干的。所以我小时候经常在吃过饭后，就听到父母对我说："起来，提个笼，给咱补捡去！"然后，我就很自觉地一个人或者和妹妹怀着一种"捞外快"的心情，奔向了田野。

　　说起这"补捡"，其实它有很多工种。除了上面提到的捡麦穗、刨红薯，还有拾豆子、寻番麦（就是苞谷、玉米）、捡花生、刨土豆等，当然还有补捡核桃。

　　那为什么要补捡呢？一方面是老百姓实在是太穷了，吃得太紧缺了，对于粮食之类能吃的东西，都特别珍惜，都想真正做到"颗粒归仓"，所以唯恐丢失一粟一粒。割过小麦的田地，在捆绑背走之后，总有一些麦秆遗漏，或者一些麦穗头儿，因为在捆绑过程中反复折腾，难免有折断后被遗弃的。那么这些被遗漏的麦子，就会成为我们这"补捡"大军的战利品。那时候在火麦连天的夏忙假期里，我一个小学四年级的孩子，仅仅通过"补捡"，最后可以收到晒干的麦子达到三斤多！三斤的干麦子，可以磨成一大海碗的雪白的面粉，那又可以擀成多少根宽宽长长的面条，蒸成多少又白又软的大馒头啊！一想到这三斤干麦子的"补捡"成果，可真是一个伟大的辉煌战果啊，怎能不让人激动亢奋呢？

还有一方面是因为"勤工俭学"。那时候我们上学，一年中除了暑假寒假之外，还会有两个"忙假"。一个是夏忙假，一个是秋忙假，基本上都在十来天。而每次放忙假，也是学校完成勤工俭学任务的时候。按照当时的政策规定，每名学生都要或多或少分到一些任务，要么是返校时缴纳实物，诸如麦子、玉米、大豆、核桃、中药材等，要么是缴纳实物变卖后的现金。当然，这些实物，都必须是在"勤工俭学"的号召下，让学生们回家后，依靠自己的劳动而获得的，不能直接从家里拿取。

我是家里的老大，所以补捡的重任往往就落在我的肩上了。

最容易补捡的，就是捡麦穗。回想起那时的情景，捡麦穗就像捡绣花针一样，恨不得趴在地里，不漏一寸土地，用我眼睛的"红外线"或者"激光"般的视线，反复扫描麦地，确保"补捡"得全方位无死角。现在工作中常用的一些诸如"拉网式排查""地毯式摸排"等专业术语，其实在我们小时候的"补捡"中早就应用过了。

再有就是秋天时的拾豆子。这和捡麦穗差不多，不过因为豆子比麦子更值钱，所以我们对于拾豆子兴趣更大。拾来的小豆，过年的时候母亲可以做成豆沙包，还可以熬成红豆稀饭。实在困难的时候，就和麦子一起磨成面，做成杂面吃。最好的是捡回来的黄豆，晒干了可以直接到走村串乡卖豆腐的游摊上换成豆腐。看着那通过自己双手换来的，又白又嫩透着豆香的鲜豆腐，再通过母亲的双手，烹饪成一盘可口的菜肴，听着父母夸赞的声音，那可真是吃在嘴里，美到心里了。

不过在收豆子之前，我们这里是先收玉米的，就是掰苞谷，我们叫掰番麦。从一大片一大片青纱帐开始，我们小孩子们就开始特别留意玉米的长势。什么时候可以掰下来煮着吃，什么时候可以在灶火里烤着吃，什么

时候可以拔一些像甘蔗一样的荒秆嚼着吃，什么时候可以收获后晒干了爆爆米花吃，这都在我们这些碎鬼的心里有本账。当然，在农人第一茬掰过之后，就是我们这些"补捡"大军打扫战场"发财"的时候了。一个个钻进已经干枯的玉米田里，挨个儿一棵一棵地查看，看有没有忙中出错而忽略掰的玉米。当然，绝大多数，都是会有一些收获的，要么是遗漏的，要么是玉米棒子特别小，主人不愿意费工夫的，要么是没有和玉米大军一起成熟，主人还想等待一段时间再来掰的绿棒子。但是不管是哪一种，最后都成了我们的囊中之物。后来农人们也聪明了，即使不成熟的玉米，也都会一起收了。这不能不说是我们"补捡"的一大遗憾。

除了这些，我们还喜欢在人家刨过的花生地里再去寻找惊喜。那时候，一粒小小的花生米，都是那么的珍贵。我记得家里如果来了非常尊贵的客人，要是喝酒，能有一小碟花生米，那就是特别长脸面的阔气之事。当然还有那花上一毛钱甚至几分钱，在小摊上用那种很小的杆秤称的带壳花生。只要能吃上那种花生，最起码在人面前都是要扬扬得意好几天的。不过这种好事情，一般都是去赶庙会，或者和大人一起去看露天电影的时候，才能在我们小孩子的苦苦缠闹之下得逞的。所以，补捡花生我们更是万分兴奋。一般情况下在得知谁家刚刚刨了花生的消息之后，村子里会在第一时间自发组织起一大群补捡队伍，奔跑着扑向那块宝地。当然，因为争抢地盘引发纠纷那是必不可少的，所以我们的娃娃头往往会充当老大的角色，进行无原则的分配，用小锄头在地里横竖画上几条小沟沟。"谁谁谁，你占这一块儿。""某某某，你弄那一块儿。"至于谁能补捡得到成果，那就凭各自运气了。我至今还记得我补捡花生最大的一次收获，就是刨出主人无意中被土埋住的一窝花生。当我从土里拽出来一簇花生蔓，看到下面竟然齐齐整整地挂着白花花一串串花生时，那种巨大的惊喜，简直要冲破我的胸膛，真是欣喜若狂啊！

从土里补捡，除了花生，还有土豆和红薯。这和补捡花生是一样的，都是在主人挖过之后，我们再进行一次"挖地三尺"般的深翻，寻找一切意外所得。不同的是，因为土豆和红薯可利用的东西太多，所以我们更是比补捡花生更加用心。比如土豆，哪怕它再小，我们都会拾回去，大不了蒸着剥了皮吃。就是土豆蔓，我们也是只要发现了，也要带回去，因为这可是上好的猪饲料啊。而红薯就更加不得了了。不用说红薯蔓了，哪怕就是一点点稍微粗肿的根，我们也会无比开心地捡回家，因为这些藤蔓根叶还可以粉碎磨碾之后进行过滤沉淀，形成红薯粉。在那粮食奇缺的年馑时代，这可是无比珍贵的好东西啊！

除了补捡粮食和地里长的食物，我们还把补捡的视线移向了树上。比如我们当地最有名的坚果——核桃。在我们老家，核桃树是漫山遍野，随处可见。这是一种真正的老百姓的果树。它不挑剔，随便一颗核桃落到地里，不管是坡坎上，还是沟涧里，还是田间地头，都能见土生根，遇水就出，迎风就长。老百姓日子穷，核桃树可以不管不顾，任其开花结果，落叶休眠。而且它的生命力很是顽强，只要不人为破坏，一般情况下活它个百八十年的，不在话下。我老家邻近的村子，至今还有一棵全国的"核桃王"，据调查目前树龄已经高达近千年。所以我们当地这种核桃树，树干越长越粗，核桃越结越多。每到成熟收获的时候，"打核桃"也就成了我们老家老百姓的一件大事。白露一过，家家户户齐上阵，挑担提笼，带竿拿袋，各自簇拥在自家的核桃树下，一个个仰着头，手握竹木长竿，竿竿齐发，敲打着核桃树枝的"哐啷哐啷"之声不绝于耳，一个个绿中带黄的核桃便纷纷坠落。不过树大了，就不可能把树上的每一个核桃都能打下来，打落下来的核桃也不可能都捡拾得干干净净，所以这就给我们这些补捡的多了一条增加收获的新途径。那就是再一次搜寻树上还没有被打落的"残余果实"，以及树下的草丛庄稼里隐藏的"潜伏分子"，然后力争"一网打尽"。

对于补捡核桃，可能是我们补捡业务中最喜欢的一种了。因为我们可以上山下坡，爬树嬉戏，比较自由地尽情玩耍。对于补捡到的核桃，也可以直接拿来食用，那可真是难得的美好时光。因此，一听说要补捡核桃，个个都热情积极，兴奋异常。到结算勤工俭学的时候，我们每个学生就把补捡到的核桃，挑个儿大的，给学校上交二十或三十个不等。看到自己亲手补捡来的核桃，光荣地完成了使命，心里真是特别骄傲啊！

当然了，在补捡过程中，也会发生一些不愉快的事情。有一些心眼儿多的孩子，或者习性不大好的孩子，难免会假补捡之名，行偷窃之实。要

么顺带在人家还没有收获的庄稼地里，顺手牵羊搂一把，要么悄悄在旁边还没有打过的核桃树上摘一些。久而久之，农人们对于我们这些补捡的人，都多了一份警惕之心。所以后来，因为瓜田李下之嫌，我一般尽可能地和父母一起共同劳作，尽心尽力地做好"扫尾"工作就行了。

不过，随着社会经济的发展，农业生产的提高，人们对于粮食的态度也在悄然发生着变化。"谁知盘中餐，粒粒皆辛苦"的思甜忆苦之心，慢慢变得淡漠。节粮减损的消费观念也日趋淡薄。"补捡"这个词汇，也已经逐渐淹没在历史的长河中了。

可是说到底，"补捡"，它是淳朴的农民对于粮食的一种情怀。因为缺少粮食，缺少吃的，人们在饥饿的年代，只要是能填饱肚子，只要是可以弄到粮食弄到吃的，就想尽一切办法去争取更多的收获，因此"补捡"就是一种应运而生的行为。这是一种公开的、光明正大的、堂而皇之的事情，不会有谁因为这个而感到丢人或者不屑为之。

生命是珍贵的。可是，没有粮食，生命只能变成一种想象。

补捡的时光是短暂的。随着年龄的增长，我很少再去干这些事情。即使现在回到老家帮着父母收割庄稼，"补捡"的事我也是让孩子去干了。打过核桃后，再也不会翻来覆去地仔细捡拾。但是从小受到时代影响，产生的对于粮食的那种感情，依然铭刻在我的心田。

"手上有粮，心里不慌。"多么朴素的想法啊！粮食，让我没有忘记自己是农民的孩子，让我没有失去农民的本色。遥想着老家的土地田野，就不禁让我想起了小时候补捡的事情。今天我把这些写出来，给我的孩子们看看，让他们知道，很多年前，还有"补捡"这个关于粮食的事情。

我怀念补捡的时光，以及补捡后那种有所收获的幸福。

2020 年 3 月 12 日定稿

青春，永远是一种快乐

小时候上学的时候，我总是被人欺负。因为我年龄最小，个子最矮。但是我较之其他同学成熟，最主要的是我学习特别好。所以，我就成为他们中的另类。

我们活着，不就是要活得和别人不一样吗？

因为是另类，所以我总是离群索居，和同学不大合群。可是现今的社会，群体性特征已经是必不可少的，一个人总是需要一个圈子的。否则，不是简简单单用孤独可以说明问题的。这不，开始我和那些小学同学、中学同学、师范同学，以及后来参加各种培训班、进修班的同学，联系是很少有的。可是只要有一个，就会连锁性地，呈几何状地无限扩大同学圈、社交圈。最近，因缘际会，和很多失去音信的同学取得了联系。所以，曾经青春的年代，就会越多地泛起在脑海。

青春，无疑是美好的，是纯真的，是快乐的。

可是，我们的青春，已经悄悄飘散在母校面目全非的校园里，已经静静地躺在过往的记忆里。也许我从未想过，我会在那些当年不知所措的青春里留下痕迹，因为当时我是那样的卑微如尘。然而，我又那么喜欢当年在学校的那种感觉。走进校园，仿佛就能闻到一种独特的气味，让我沉迷于此，深深陶醉，然后心生欢喜。校园的青春，虽然风风雨雨，但我仍愿此生结束时才会终止。

当然，这样的心声，现在几乎没有流露的时机，除非你在和同样的人群，用酒精麻醉打开自己的心门。那同样的人群是谁？当然绝大多数就是同学了。所以每每同学聚会，就是一醉方休，就是真心话大冒险，就是互

撕假面具，就是真人露相的时候。

前几天一个女同学打来电话，让聚餐。我既兴奋又惶恐。因为这位女同学曾经是我在学校时候的女神，白天鹅一样骄傲的公主。那时候感觉她高不可攀，永远无法企及。等我去了，没想到发现还有一位"冷美人"。她们两位在场，让我感觉很是局促。然而，同学毕竟是同学，青春还是那个青春，随着气氛的高涨，大家的心门慢慢敞开，往日同学之间那种真挚的感情又回来了，时光倒流，仿佛又回到了二十多年前的纯真年代。"白天鹅"已经走下神坛，幽默的语言让我们忍俊不禁。她讲述了毕业之后如何抗争父母对她婚姻的干涉，讲述了她生活中的喜怒哀乐，讲述了她为了孩子上学的事情如何到处奔波，还讲述了人到中年面临的各种困惑，和对曾经自以为正确的人生观的颠覆。她甚至很豪放地搂着我的一个男同学，给我们说着："我当时和他好的时候，你们不知道……"看着男同学的窘态，我们大家都乐不可支。"冷美人"，已经不冷了，她和我们有说有笑，往日那种冷若冰霜的模样，已不复存在。在和我们交谈的过程中，她那很接地气的语言，让我们这些当年青春激扬的少年男女，重新又靠近在一起。

聚会让我们都把自己难忘的青春贡献出来供大家一起分享快乐，一起分担苦愁。每个人曾经都有过难忘的青春，或者迷茫，或者叛逆，或者自信，或者温馨，也会有不识愁滋味的愁，也会有无人能懂的痛，甚至还有过和父母轰轰烈烈的斗争，有过荷尔蒙暴涨却无处发泄的狂荡。青春，形态各异，异彩纷呈。然而，每个人的青春只有一次。当那些无论美好的，或者不美好的青春远去，无知的韶光已不再属于自己，我们是否又会想起，那些简单、纯真、朴素，是多么的珍贵和来之不易啊！青春是如此美丽，可是却不能复制。

所以，当我们酒酣耳热的时候，当我们双眼蒙眬的时候，当我们忘乎所以的时候，我们唱起了歌，我们跳起了舞，我们都不约而同地想复制一次青春。走出火锅店，外面寒雨飘洒。虽然冬寒侵袭，但是我们每个人的心中都燃起了一团火。我们高声阔语，我们放浪形骸，打闹着，奔跑着，往日各自矜持的形象，完全抛到九霄云外。那个飞扬的青春，又回来了！我们跑到游乐园，纠缠着已经休息的游乐园管理人员，给我们启动游乐设施，我们骑木马，一次又一次，我们大喊大叫，曾经的孩子心性在我们身上展露无遗。然而，那又是多么的开心啊，是那种真正的、纯粹的开心！那时候，这个下雨的冬天，这个寒冷的深夜，世界仿佛就是我们的，青春的幸福，与人已中年的我们竟是如此的靠近。

然而，时光如流，逝者如水。当我们每天不断地长大，你就有了一个回不去的青春。每当静坐独思，很多次我都在情不自禁地想，我曾经耽误了多少青春啊！为什么那个时候就没有去做自己想做的事情呢？为什么当初的美好，再也回不去了呢？那个瞬间我会觉得很惆怅。为了某些事情，比如成长，人必须舍弃一些东西，那些东西未尝不是生命中的享受，未尝不是生命中的美好。可是，那些美好，总归是要离我们而去的。

青春年少的时候，我们没什么伟大的理想和远大的志向，比如将来报效国家，比如以后要干什么伟大的事业。当然，这里面肯定会有朦朦胧胧的男女之情。歌德就毫不遮掩地说："哪个男子不钟情，哪个少女不怀春。"孔夫子也喜欢"窈窕淑女，君子好逑"。可那个时候，又有几个嘴上才长出一点绒毛的人，敢这样大胆呢？当后来真正有机会去表白的时候，早已是人非人、花非花了。

叶芝的诗里写道："多少人爱你年轻欢畅的时候，爱慕你的美貌，出于假意或真心；只有一个人爱你那朝圣者的灵魂，爱你老去的容颜的痛苦的皱纹……"我第一次读到这首诗的时候，正青春无知，却仍然感动于诗歌的意境，向往着在人生的某一天，可以遇到懂得欣赏自己内外之美的灵魂伴侣。可是当我再次读到这首诗的时候，也许青春的记忆还在，却已经是经过很多阅历的沉淀，所谓的纯真的感情，已经尘埃落定。此时的你，是否也会和我一样，大声疾呼心中的憋屈和不甘呢？

酒醒茫然，恍惚中我有一种难以抑制的期望，让我又仿佛回到了年少的时候，依然还记得那些穿梭校园的日子，依稀还记得那时的天空是多么的蓝，风是那么的柔和，快乐的味道是那样的浓郁。然而，睁开眼睛，那个美好的时光已经灰飞烟灭，尽管那时候的笑容尚未消散，开心的笑声久久回荡。

这个冬天不是很冷，也很干燥，冬日骄阳总是把天空衬托得纯净如洗。

我抬头看着窗外一片光洁的蓝，海阔天空的幻想和透明如水的痴情，年轻的岁月中那曾盛开鲜花的烂漫情怀，又在寂静中慢慢滋生出怀念的淡淡忧愁——很多故事还没有开始，可是那美好的青春，就像昨晚的聚会，已经匆匆结束了。青春，面对现在，只能回忆和幻想。

想来，青春的记忆中，其实很多都可以忽略，却唯独不可忽略当初那种简单快乐的心情。我之所以难忘那次同学聚会，难忘那聚会后我们的纵情欢乐，不就是想找回当初的那种快乐吗？

清新的早晨，"白天鹅"发来信息：我昨晚很失态吧？

我回复：没有。你很真性情。

我不知道她昨晚说的那些话，有多少是发自内心的，有多少是第一次发泄出来的。也许对这个现实很愤懑，可是距离她的理想世界又很遥远。我也不知道其他同学的梦，还远不远，不知道什么时候能成功。

他们会像我一样，曾经选择丢弃梦想，无奈接受，默默离开吗？我希望他们还是当年青春时的那个人。

回想我们昨晚的放纵狂欢，那个已经逝去的青春，我希望永远在心中不灭。我们也应该永远珍存那份青春的快乐。

2016 年 12 月 28 日定稿

走过一年

走过一年，我知道自己的人生又有一大截被永远割舍了，美好的青春又永远地经过了一个驿站。

在这过去的一年里，我明白了生存的艰难——环境的险恶，人心的阴暗，生活的复杂，成功的来之不易。当然，我更明白了宽容的伟大，生命的珍贵。也许在这一年里，烦恼和痛苦接踵而来，但是在历经磨难之后，当你每天迎接朝阳时，你不断成熟的心灵，会让你发现更多的快乐和幸福，一切不幸犹如黑暗已被光明覆盖得无影无踪。

回想那一年四季，月缺月圆，却都是最真实的时光。我也自信，每一天都是我不断充实人生的一天，无怨无悔。当静坐于这岁末岁初，轻轻回味那过去的年华的每个片段，无论有喜有忧，有乐有悲，有歌有哀，它都会在记忆中留下一个闪光的底片，都会在我脸上留下一个会心的微笑。

一年中，有失落，有收获；有艰辛，有快乐；有烦恼，有惬意；有痛苦，有感动。或许不久这些就会如烟般散淡，然而当饮一杯亲手焙制的菊花茶后，我用那缕淡淡的清香把它们一一诠释——人生亦真亦幻，却都会在与时间的拥抱中感受生命最真实的珍贵。

一年里，也许我很平凡、平淡、平庸，然而想起亲人朋友的关爱和理解，那种心动的体验，让你明白一个平凡人的幸福和快乐是多么宝贵！

一年里，也许我曾经早出晚归，披星戴月；也许我曾经步履匆匆，风吹雨淋；也许我曾经奔波劳碌，跋山涉水。然而，这不正是生存最真切的姿态吗？我自己为了理想而奋斗，为了生存而努力，一次次审视，一次次沉思，一次次探索，一次次深悟，我用自己的眼睛打量着身边的世界，用

自己的心灵去感受着人间的真假美丑。当然，当我怀着一颗感恩的心去对待它们时，我明白人世间最诚挚的东西还是感情，看透了人生中最美丽的风景还是感情。虽然我不能用笔，一次次记录那丝丝温暖的感受，然而我还是想用最平实的话语给大家倾吐我的心声——我热爱生命，热爱生活，热爱这个世界中的人们！

一年过去了，我很怀念它。

2021 年 1 月 4 日定稿

　　我爱这花开遍野的尘世间，爱它将薄凉的心焐热一遍又一遍，爱它清冷的月光将你我照见，爱它时光流转岁岁年年。曾经以为，风花雪月才是景，后来才发现，柴米油盐皆是诗。厨房有烟火，家里有温暖，心里有牵挂，脚下有方向。无论我们的生命中有多少波澜壮阔，我们最迷恋的，始终是包裹在烟火人间里平凡琐碎的温暖和感动。

擦肩而过的暴风雨

空气中忽然透出一股土腥味，紧跟着风慢慢扬了起来，一丝凉寒之气从胳膊和面颊上掠过。阿宝知道，暴雨即将袭来。

此时身处这个苍茫的坡塬，抬眼望去，尽是起起伏伏的土地和长在土地上的烟草和玉米，郁郁葱葱，铺天盖地。寥廓的气势，延伸到周边的山梁，与此时布满阴云的天，无缝衔接。

前段时间带来汛情告急的暴雨才刚刚过去，这片坡塬上的烟草，有被风肆虐过的痕迹，显得萎靡不振。大片大片的玉米，被风横扫之后，匍匐在地。

阿宝拿着手机，顺着横贯坡塬的大路，感受着越来越强烈的疾风，四处拍着风头逼迫的树木和庄稼，还有天上滚滚黑潮般的乌云。尤其是西边，墨汁一样的黑云，罩在远处的天际线上，时不时闪过雷电耀眼的光线，刺穿了天，撕裂了云团。

前面有杨树的枝丫被风吹折，"咔嚓"断裂的声音，警示着雨魔即将到来。

有一些农人，急急忙忙拿着农具不知道钻进哪里去了。孩童们喊叫着，好兴奋的样子，四散奔跑着。

阿宝抬头看了看天，又看了看西边的直直形成一条线横亘在山梁上的阴云，听着轰隆隆的雷声，想起刚才两个老伯说的"西边云雨东边晴，北风南来下不停"，感觉这雨是下不到这里的，所以倒也镇静。信步走到这个村子的休闲场所，它是小学搬走后改建而成的，现在环境倒也优美，找一个健身器材坐下，看花园里的花翩翩起舞。

　　这样无聊地享受着这个燥热夏天难得的一场风中清凉，有电话打了进来，原来是吊唁的同事家里，要开席吃饭了。阿宝叹了口气，起身朝回走。这次吊唁的是同事的老母亲，久病难治，终因无力回天，撒手西去。听着哀乐嘤嘤，一众亲人哭哭啼啼，阿宝心情极其压抑。所以从院子走出来，透一透气，舒缓一下悲伤的心境。

　　吃过饭，已天黑，于是众人各自坐车返回。一路上各镇各村组织防汛的队伍甚众，有喇叭喊着防汛的口号，有手电筒摇晃着射出的光影，有忽东忽西的呼号声，总之是一种紧张气氛，让人产生了大灾欲来之前的紧迫感。

　　及至县城，大雨侵袭的疮痍遍布街市，有大水冲刷后凹凸不平、积水甚多的路面，有道旁柳树的树枝散落一地，有电线掉落的，有小区楼房黑灯瞎火的……

　　到了家里，和妻子聊了聊下暴雨的各种情形，说起二宝被雷声吓得哇哇大哭，阿宝嘴角翘了翘，起身亲了亲已经睡了的孩子的额头，打电话给父母问了一下老家的情况，倒头睡去。

　　不过半夜又被雨声唤醒。房间闷热难耐，起身取了两块西瓜吃罢，靠在床头，一边想着明天肯定要下到村子防汛的事情，一边迷迷糊糊地做起梦来。

　　先是一辆辆各种各样的车子在城内的大街小巷间穿行，穿着打扮或新潮或陈旧的人们自车上下来，撑着雨伞，躲避着泥水，人流车流来来往往，恍恍惚惚好像是成了一片海洋。忽然又好像回到了老家，有天真的孩子在村子路边的屋檐下打闹，小时候的那些伙伴，用浸湿的泥巴在房门前不知道摆弄着什么，一会儿争争吵吵，一会儿嘻嘻哈哈。有的从头到脚都是泥水，被气急败坏的母亲歇斯底里地狂揍一顿屁股，拖了回去。又忽然到了镇上的街道，不是现在的街道，而是小时候那种老旧的集镇，狂风大作，大雨瓢泼，树叶被雨水打落到处都是，许许多多的行人急促地在街巷间泥泞的路上走过，狼狈不堪的情形，如同战争即将爆发的样子。大地突然震动摇晃起来，阿宝所在的房子岌岌可危，好似冷战着就要从倾倒的楼上栽倒下去。这时候阿宝一个激灵，醒了过来，自己依然靠在床头，灯未关，只是忘了关窗，透着水汽的冷风吹进来，把自己冻醒了。

果然，早上各种电话信息，阿宝他们必须火速奔赴各村开展防汛抢险工作。此刻，各种各样的信息混杂在这座忙碌的小城里，也变作疲惫生活的一部分了。

阿宝忙忙碌碌处理了一些其他事务，到了所指定的村子时，已经临近黄昏，躲雨的太阳可能沉睡未醒，只有层层叠叠的不算斑斓的云彩透着昏暗的光，懒洋洋地飘来荡去。这个村子依河傍山，面积很大，从东到西近二十里，居住着两千多口人，但由于地域偏僻，不甚兴旺，因此也成了帮扶的对象。阿宝站在一处较高的坡头，心里一阵恓惶。

阿宝被调配到这个村上的时间不长，对于周围的情况还不是很熟悉。不过接触了几次村上的干部群众，感觉倒也朴素，心上略微有了一些自我安慰。

和村上的干部交流了一下工作上的安排，阿宝听着院子外面一阵阵嘈杂，就朝着外面望去。他好奇地打量着路上前行的人群，好像是刚刚组织的民兵在进行临时拉练。边上有几个小的门店，有一些妇女在聊天。他不动声色地竖起耳朵偷听周围的谈话，偶尔也会快走几步，眺望不远处村落的景象。从县城自西一路过来，虽然不到百里的距离，其间风景地貌却数度变化。到了这个村子，山势的起伏变得雄峻起来，洛河水急湍而下。烟雾缭绕间，如眉黛般的树木一丛一丛的，掩映着水边或山间的小村落，在刚刚经历一场暴风雨的洗礼之后，显得异常清新。

阿宝绕到村子小学后面的小山包，找了一块还算干燥的石头坐了下来。下面就是奔流不息的洛河。有一年发大水，冲走了几名抢险的干警，甚是轰动。去年一场大雨，这条平常看似老实本分的河流，居然又发了疯，吞噬了数十条人命。所以为了制服这个喜怒无常的家伙，阿宝他们不得不使出各种解数，做一次搏击。

也许这就是岁月的磨砺，命运的安排吧。

阿宝想起过去在老家下雨的情景。那时候日子过得相当艰难，曾经租住在别人家的柴房。那种寄人篱下的感觉，阿宝每次回忆起来都是切肤的痛。特别是下大雨的时候，家里住不成人的凄惨，刻骨铭心。不过母亲现

在说起来的时候，话语温和，那段风风雨雨里经历的一切，仿佛一段美好的故事，变成了温暖的家乡与安心的归宿。阿宝的两个孩子在一旁听着，那一切的暴风雨，都已经过去了。

是的，从昨天到现在，阿宝与暴风雨擦肩而过。不过，即使暴风雨来了，阿宝心里也是不怕的。

因为从小他已经怕过了，所以再不会害怕了。

2021 年 7 月 10 日定稿

心在秋深处

秦蟒山下的这片土地，如今的秋天已经有了几分寒意，尤其是接连十数天的绵绵秋雨过后，一早一晚更是寒意料峭。即使早上太阳升起的时候，依旧有一抹氤氲的雾气，缭绕徘徊于山岭村庄之间，让那远山近水、高天白云之下色彩斑斓的锦绣大地，宛如一幅浓淡相宜、纷繁有致的水墨画。

其实阿毅对这等景致早已司空见惯，不以为奇。他是地地道道山村的孩子，从小就在这片山乡成长，陪着他一起度过春夏秋冬的，总是春天的山花，夏天的浓荫，秋天的庄稼，冬天的风雪。今年的四季，还是明年的四季；今年的花草树木，明年依旧还在老地方生长着；今年的风景因为时节变迁消失了，明年依然会按时出现在农人的眼前。燕子来的时候，还能看见屋檐下依旧完好的巢，叫着"算黄算割"的布谷鸟，身下还是那片基本不会变化的麦田。至于如今的秋天，简直和去年一模一样，就如同是把去年的照片洗印出来放大，贴在这个眼界的空间而已。

阿毅躺在阳坡的一片草地上，嘴里嚼着一根干枯的狗尾巴草。连续好多天，走家串户，不厌其烦地和山坡下那些房子里各色各异的人讲着说着，他已经有些麻木。想着有些人有些事，张了张嘴，也不知道脸上有没有笑容，反正微笑的动作已经成了机械反应。边上不远处，几棵柿子树上累累叠叠，黄色的果子，把一团浓绿覆压得臃肿了不少。阿毅想，树也和我一样累吗？

轻暖的阳光照射着天马行空的阿毅，他竟有些微醺，却不想身下潮

气泛了上来，患过风湿的腰骨有些酸疼，他才恋恋不舍地坐了起来。

远处山坡上，依稀可见农人收获玉米的身影，帮忙的孩子快乐欢喜的笑闹声，雁过长空的鸣叫声，田间地垄里传出的高亢嘹亮的秦腔，从密密层层的树和庄稼中传了过来，惹人心醉的秋色里就陡添了生命的意蕴。

阿毅兴致勃勃地看着这些景致，时不时用手机前后左右拍着照片。两侧山岭上的植被，呈现出五颜六色的色彩，泛黄染绿，浸红透紫，色调分明，镜头里无不纷呈如画。一阵秋风乍起，把涧坎上的芦花纷纷扬扬地推来荡去，宛如一层白浪如波涌来……

其实这些不过寻常景象，然而阿毅的心里独有一个无人能懂的世界。比如在这个平平常常的日子，一个人孤独在这秋日暖阳里，封闭在冷雨连绵过后的天朗气爽中，寂寥在落木萧萧间，站立在晴空碧蓝里……这一切在阿毅的心里，在他的诗词里，却是那么的别有一番意味。

这样的日子，的确是难得的逍遥时光，暂时远离了事务的纷扰，少了些伤脑费神的筹划安排，此时也算是身心一片闲适。然后也仅仅是那么恍惚一瞬，阿毅的思绪就又牵扯了起来。春去秋来，生命如瞬间的过往，匆匆忙忙，还未追赶心中所想的年华，多少美好的、烦恼的日子，就已葬落在红尘里了。细数过往，当年多少充满希望的等待，伴随着那份无人理解的执着，在流年往事中，从没想过会是现在的结局。从少年的不谙人事，到经过沧桑的变迁，经过很多次灵魂洗礼的沉淀，曾经的梦想变得越来越模糊，以至于躺在这片山坡，最后居然消失得无影无踪。站在时光的彼岸，再回想这一切时，阿毅甚至连回忆的勇气都没有了。

望着远处青蓝色的山峦，阿毅不由得泛起淡淡忧伤。以前他站在家乡的田野上，多次看见南山是蓝色的，那种独特的美，他想与别人分享，可惜没有一个人相信他的眼睛。直到有一次和某个人在一起的时候，突然再一次看到蓝色的山峦，他兴奋地指给她看。她是那么开心："哦，果然是蓝色的山呢，真是好美啊！"现在回想起那一幕，秋雨洗过的山峦，神秘的蓝色不再看见，惊喜的人不在眼前，剩余的怀念，就像这秋风飘过，不知所起，不知所终。为什么那些踌躇的理想、美好的愿望、期冀的前程，全都犹如这身可感知却无踪无形的风，都是上天莫定的安排？

天空中一行雁影掠过，有没有来自南方的消息呢？去年的这个时候，阿毅在遥远的南方，也有秋意阑珊、秋雨凄寒，也有秋江浩淼、秋叶烂漫，当然也有这秋阳飒爽、秋收荣欣的喜欢。那时陪伴他的女子，身具江南的细腻玲珑。他们或者静坐在清静的小园，听丹桂在微风里窃窃私语，用缠绵的雨把心事写进云朵，将温暖的心收藏，将忧伤慢慢淡忘；或者登高望远，漫步林间，拈一指花香，携一份清雅，于纷扰的纤尘里，独守一隅，把在指尖眼帘轻舞的情思婉约成字；或者踟蹰在历史遗迹，倾听落叶满地，抱守一片宁静空灵心境，无关风月，轻轻呼吸那沁人心脾的，来自古人灵魂的馨香气息。

现在环顾左右，两相对比，往事落在了一潭山泉中慢慢沉落，时光也就在水纹里渐渐流逝。阿毅凝视片刻水面映衬着的蓝天白云，掬起一捧清水，静静地呷上一口，岁月的味道就在口腔里回味绵绵。那种滋味不是非常浓郁，却是温馨中夹杂着一缕清醇，仿佛那南方的女子挂在嘴角的那一抹带着酒窝的浅笑。

"干吗这样伤感呢？不就是自己郁郁不得志的自怨自艾吗？"身后被秋风吹动的核桃树叶哗哗作响，惊醒了沉浸在如梦心思中的阿毅。顺手摘一颗泛红的酸枣，嚼在嘴里酸酸甜甜，仿佛现在的心情。一片黄色的树叶飘落眼前，秋色绚烂，依然如旧，尽管流年素语无声，心却在那一刻清凉纯净了许多。不管岁月赐予我们的是凉薄，还是馨暖，唯愿一颗素心，静守一池清秋的恬淡，既能守心自暖，也能温暖岁月。多好！

今年的工作任务尤其繁重，阿毅夜以继日地工作在坡下这个山村。白天总是脚不止步，劳碌奔波，晚间依然心事满腹，一身疲惫。像今天借着入户走访的机会，忙里偷闲地享受秋景的惬意，实在算得上一种苦中作乐的幸福。想起刚才的怅惘和失落，阿毅自嘲一笑，岁月如此静好，把失意的寂寥抛在这一片丰收的图画里，重整心情，曾经那个快乐的自己，不是还在此地欣赏着风景吗？

拍拍身上的草屑，整理好疲惫的心情，重新踏上工作的羊肠小路，一片秋色就如影随形。抬头望向坡下的村庄，此处失意，待转过前面那处山坡，他处的得意或许正在等待着自己——这个世界上，总有一处让你心生欢喜的地方，比如欢呼着蓝色之山的她，还有那远在南方的一个人。

2019 年 9 月 22 日定稿

阿 花

外面的雨，淅淅沥沥下个不停。阿花痴痴地趴在窗台，不知道看着什么，也不知道想着什么。

此时正值盛夏，不想凉寒的细雨已经连着下了好多天，弄得这个时节倒像是凄凄惨惨的冷秋一般。

现在像阿花家这种木窗和砖砌的窗台，已经很少见了。这些年，村里的变化很大，几乎家家户户都修建了样式新颖的楼房，可阿花家的房子依然是十几年前她父亲修建时的老样子。

这所房子大概是阿花不到两岁时修建的。我隐约记得阿花的父亲很是高大健壮，好像脾气也特别暴躁，经常和人吵架。阿花的母亲倒是个大美人。我印象比较深的是，总是看见她挎个篮子去摘菜，要么就是提着装满菜的篮子从我家院子旁边的路上走过，见人微微一笑，清风一样拂过眼前，留下一瞬的娴静柔美。

现在阿花的美人母亲早就不见了。听说是有一天晚上，跟着一个男人跑了，从此杳无音讯。

我那时还小，村里跑了一个人少了两个人什么的，于我没多大感觉。只是过了一段时间，我忽然想起了这个人，问了一下母亲，母亲脸上起了微微有点僵硬的表情，淡淡地说："你还是个小孩子，就别问大人的事了。"

再后来，阿花的父亲到底还是死了。

是被饿死的。

有一年，阿花的父亲去了秦岭深山的金矿，不知道干什么活，后因矿

洞坍塌，腿被压坏，从此就瘫痪在炕上了。好像也是从那时候起，村里关于阿花家的事情，就流传得多起来了。

我上学从她家房后走，经常能听到她父亲的咆哮声，和阿花母亲嘤嘤的哭泣声。原来我们还经常到她家的院子里玩，比如秋天去到那棵大梨树下捡梨子吃，后来就再也不敢去了。院子里长了很多草，边上的各种杂树也长得郁郁葱葱，有点阴森的感觉。土坯的院墙倾倒了很多，路过的人伸着脖子看一下，就赶忙避开走远了。

阿花倒是时常能见。一样和村里的孩子出去玩，但是经常因为和其他孩子说了什么，就哭哭啼啼地跑回去了。后来她就不上学了，听说是要给家里做饭，所以更多时候看见她，都是和她母亲一起的，在去往菜地或者庄稼地的路上。

不过我再也没看见她母亲微笑，阿花也很少说话。

"我妈快要死了。"有一天阿花在我家院子旁边的路上偶然看见我，突然走上前给我说了一句。

"什么？"我很惊诧，也有点吓了一跳。

"我妈快要死了！"她呆滞的眼神里，透着一种惊悚，直直地看着我，又重复了一遍。

"你大（父亲）要死了？"我缓了一下，稍微清醒了一下头脑。反问了一句。在我心里，可能是她父亲快要死了。

"我不想待在家里了。"她朝远处看了一眼，再没看我，脸上浮现出与她还显稚嫩的长相很不相符的表情，幽幽说了一句，转身走掉了。

后来我没等到阿花父亲死掉的信息，却听到村子里到处流传的关于她母亲的流言蜚语，乃至最后听到她母亲跑了的传言。不过，自那以后，我的确再也没看见过那个漂亮的，后来非常瘦削的女人。

阿花后来更是难得一见。见了她，同龄的孩子们就像见了鬼一样，哇哇地胡乱喊叫着四散跑开了。

我是见过的，阿花就像一个小乞丐似的。我给过她我正吃的一块黑麦面做的馍。她唯一透着亮光的眼睛，躲闪着看了我一眼，像一只惊慌的小鸟，飞走了。

后来我从村上外出求学，然后参加工作，一晃好多年过去了。

"阿花她大死了。"母亲有一次给我说，"是饿死的。"

"阿花？"我有点蒙，"阿花是谁？"

"你不知道是谁吗？"母亲给我解释了一下阿花的生平来历。

我脑海里浮现出一个脸颊污脏、头发蓬乱的小女孩的形象。"哦，她后来怎么样了？"我问道。

"她妈跟着人跑了，娃可怜得很，家里家外啥都干，还要伺候她那个疯子大。"母亲说着就抹开了眼泪，"不过这娃也是被她大气狠了，听说是硬生生把她大饿死了。"

"还有这回事？"我听后心里打了个激灵。

"饿死了活该！"母亲突然又决绝地说。

一连下了好几天的雨，村里的各条巷子都很泥泞。尤其是阿花家门前的路，小水坑很多，雨水冲积的垃圾和黑泥，散布在路两侧，让人几乎无法行走。我站在靠近那棵高大的梨树左前方的路侧，稍一侧身，就看见阿花趴在窗台上，静静不动。

她已经是一个非常漂亮的大姑娘了。如果此刻她趴的是某个阁楼的轩窗，你一定会以为这是谁家的大家闺秀。

阿花没注意到我这个故人此刻正在悄悄打量着她。我循着她的目光看去，平整的院子，一小簇一小簇的草就像才破土的麦苗，看着极其舒服。周边的树也不少，不过很是秀茂。其他一些农家所需的东西，顺着半矮的墙脚整齐地摆布开来。

我朝里面走了几步，抬头看去，这棵十几年前我就认识的梨树，显得愈发高大，而且增加了一种高深莫测的气息，让我有了一种羞愧的、莫名压抑的敬畏感。几滴雨水滴落在我的脸上和眼睛里，我赶紧躲开几步，用袖子擦了擦脸。

"阿毅叔，你回来了。"耳边传来一声柔和的话语。

我侧过头，阿花已经在窗台后面站起来，微笑着朝着我说话。由于个

子很高，阿花只得微弯着身朝前倾着，向外探着头。一头乌黑的秀发从她的脸侧泻了下来。看着她，我有点恍惚。阿花虽然穿着朴素，但和我记忆中脏兮兮的小女孩，已经完全是另一个陌生的形象。

"阿毅叔。"阿花又对着我叫了一声。按村里的辈分，她的确是应该叫我叔，虽然年龄只是相差十来岁。

我转过身看着她，一时间竟不知道说些什么。周边传来的是沙沙的雨声，和雨滴打落在树叶上的声音，偶尔传来村子里人的话语声。我站着感觉不大自然，仿佛身处一个完全寂静的世界，不知所措。

"阿毅叔，我不想待在家里了。"阿花盯着我，眼神依然明亮，只是多了一种犀利，好像要把我的心看穿。

有几片树叶在我的身前身后掉落下来。"那你想去哪里？打算干什么呢？"我想了想，以问代答。

"不知道。反正我不想再在这个地方待下去了。"

"也好。如果要出去，你来找我，我可以给你一些建议。"

"谢谢你，阿毅叔。"阿花微笑着对我说，脸上泛起了羞涩的微红。阴沉的天气，好像一下明亮了起来。

此后我就忘记了这件事情。直到有一天我再次回到老家，母亲告诉我："阿花死了。"我脑海里忽如霹雳闪过，惊得快要跳起来了。"怎么回事？怎么会死呢？"

"跳井死的。"母亲已经嘤嘤嗡嗡地小声哭泣了，"有一天她跑了出去，有半年多时间没回来。后来回来了，瘦得不成人形了，肯定是在哪里受了折磨。前段时间被人发现，漂在西坪地里的机井里了。可怜的孩子啊！呜……呜呜……"母亲说着说着已经放声大哭了。

我的脑海里已经一片空白。天幕低垂，乌云密布，卷着树叶的风，扫过院子和旁边的路。我麻木地上下张望，再也看不见一个人影。这个世界也许真的要发生变化，可又变得如此的陌生。我眼前一片模糊，看不清这个村庄，看不清自己……

雨终于落了下来。从点点滴滴，到密密匝匝，最后到瓢泼而倾，如同一个歇斯底里的小孩，怒吼着、发泄着。

我不知不觉走到了阿花的家，四周一片狂风暴雨的嘈杂。头顶的梨树，冷笑着，不停地瑟瑟发抖。

"阿毅叔。"我转过头，阿花趴在那个窗台，对我笑着说，"我不想待在家里了。"

2020 年 6 月 20 日定稿

阿毛的日子

有两个人嘀嘀咕咕地说着，走走停停地走进一个巷子。隔壁的院子里面已经有着高高低低的言语之声，从院子的树影间远远传来。两人穿过几个门，朝一个房子后方走去，空阔的院子里，有七八个男女早就坐在这儿，房檐下有待剥的花生，还有一些女人缝缝补补的活计。其余人嗑着瓜子说着话，颇为悠闲。

这个被称为街道的小村子里，男男女女彼此之间都非常熟悉。一部分人常年出外挣钱，一部分人留守做些挣钱的活儿。这几年总体而言，生活的富裕程度明显是提升了，很多人从外表形象上看，已经完全没有农村人的样子，但是只要回到这个有根的地方，其中大部分人的生活，还是和过去传统的状态无异。有的男人无论在外面如何风光，回来了也立即显出当年在村上的样子，甚至过去嬉皮笑脸殷勤轻佻的模样。有的妇人在出嫁前或许还有几分羞涩和矜持，然而一旦嫁了人生过孩子，她们说起荤话来，往往让男子都要脸红。总之，阿毛眼中的村里人，只要聚在一起，也谈不上什么遮遮掩掩的男女之别，总是在这平静的日子，一群人叽叽喳喳地聊些鸡毛蒜皮的事。

"后来想了想，反正人家瞧不上，就不必拿热脸贴人家冷屁股了，以后就不送了。有人不喜欢，总还有喜欢的人。阿毛你是个有主见的人，如今这世事，人高人低的都是小事，人心里怎么想的，想必你是知道的……"阿珠刚从城里回来不长时间，这几天总是串东串西的。听说是在城里什么宾馆当服务员，也有人说是什么"坐台"的，不过阿毛从来是不想这些与己无关的事情的。倒是阿珠每次回来总是过来聊一些城里的事情，人也算热络，相处还是比较好的。说的这些话就是阿珠又发的一些牢骚，不过是阿珠把在宾馆拿回来的香皂、毛巾、小牙刷、小牙膏之类的东西，给左邻右舍送一些，结果有的人不愿意接受，阿珠的自尊心受到伤害罢了。

很难猜测有些人以往与别人来往是怎样的一种情景，但在这几年的日子里，阿毛是亲眼看着有的人家蒸蒸日上，甚或有几家因为攀了好亲戚、结了好亲家一步登天的。不过还是有几家人，总是以那种真正的君子之交淡如水的态度与人来往。这种处之泰然的情况，阿毛总是比较好奇且很欣赏的。

日渐正午的时候，那个叫"玲儿"的邻村女子，从阿永的小院中走出来，上了一辆小车。街道的路上人来人往，小车在春阳中朝着相邻的街巷过去，随后消失在视野当中。阿永是这个村里"不正经"一类但是关注度非常高的人，每次村上的人聊着聊着，总能把话题扯到阿永的身上，什么专门勾引良家妇女、诱骗无知少女、坑蒙拐骗等这样一些话语。

阿毛抬头看看院子那棵听说已有三百年的桂花树，起身收拾了茶具，看了一下鸡笼里有无鸡蛋。刚好隔壁桂花嫂子打院廊里回来，于是两人就隔着院墙说些话，也不知说了些什么，两人很是笑了几回。至于是否真的好笑，阿毛总是觉得，和房前屋后的邻居们说话，让自己被逗笑，然后必须笑上几回，那才是应有的场面，所以阿毛总是很受喜欢聊天的邻居们的欢迎。

这时已近下午，村小还没有散学，所以村子里没了叽叽喳喳的孩子。暮春午时的壮丽天光里，一切都显得安谧而闲适。村子的主道路原是一条省级道路，后来被废弃，呈弧状从村中间通过，形成了一条街道。现在两边早已住满了人。不过这个时间，剩下的只有老人和年龄较大的妇女以及孩子。这个时候有地里干活的人回来，有和阿毛认识的，便与她打个招呼，说两句"饭做好了吗？""娃还没回来吗？""今儿个都干啥了？"等类似于废话的问候。大多数村里的人知道她是上过大学的，是个有见识的人，另外长得的确颇有姿色，来到这个村子里，和大家相处得也很是和气，所以

多半人还是喜欢她的。最主要的是因为自从她嫁到村里后，给大家讲了很多以前从未知道的事情，也是老老实实干活过光景的人，有时也流露出是一个有故事也有趣的人。所以，总体来说，阿毛在村里的的确确被认为是一个相当不错的女人。

坐在门楼口的石头上，阿毛东张西望了一会儿，东边有孩子陆陆续续嬉闹着过来，应该是放学了。阿毛的眼神就热切起来了。星儿和月儿今年上三年级了，这对龙凤胎现在是周边人们最为羡慕的孩子。漂亮不说，很是乖顺，学习还特别优秀。阿毛感觉这辈子最为幸福的事情，就是拥有这两个孩子。当然，孩子的班主任，也是很好的……阿毛想着那个人，脸色有点红，赶快站起来看向了村东，既是找寻孩子的身影，也是遮掩自己的不自然。

今天是昊家访的日子，所以阿毛心里紧张且兴奋。虽然那个人已经不是第一次家访了，但是对于阿毛来说，班主任的家访，是阿毛的生活里最为美好的事情。阿毛站在窗前，看着孩子和老师进入院子，转身在镜子里再看了看自己，用手撩了一下刘海，挺了一下腰身，感觉还算满意，就出去招呼人了。这个时候家家户户飘出炒菜的香气，孩子们奔跑着欢笑着，也有大人呵斥孩子的声音，农村最典型的氛围才算是营造起来了。隔壁桂花嫂子家里好像有许多人，饭桌摆在了院子里，阿毛听着她与众人的随意谈笑，在心里想着一会儿该怎么办。

不过今天终究是平平淡淡地结束了。阿毛有点泄气。送走了昊，阿毛心里就像下起了雨。

站在门口，看着昊挺拔俊逸的身影缓缓消失在街道尽头，阿毛怅然若失的神情让扛着锄头路过的俊生盯了好一会儿，心里嘀咕着"奶子真大啊！"瞅见阿毛看过来了，俊生垂涎欲滴的视线赶紧收了回来，脸上荡起谄媚的笑容。"阿毛，你男人还没回来啊？没回来的话，有啥活儿给哥说一声，顺手就给你做了。"

"那你小心你强子兄弟回来揭了你的皮！"阿毛嗔怒着回了一句，赶紧岔开话题，"你这才吃了饭都不消停一会儿，就急着去地里啊！得是你兄弟媳妇候着你哩?"俊生的婆娘前年得病死了,这家伙就成了村里的孤魂野鬼,整天就爱串门子。和阿毛说过几回话,话里话外的玩笑阿毛是懂得的,不过有一次变了脸,所以两人以后就再没有什么试试探探的意思了。俊生也知道阿毛压根儿就看不上他这样的人,也就断了念想。所以听到阿毛扯到自己兄弟媳妇身上,俊生尴尬着赶紧走开了。

阿毛是隐隐约约听说了俊生和兄弟媳妇的事情,不过在阿毛看来这样的事情在农村,至少在这个村子里,算不得是什么大惊小怪的。就是她自己,第一次见到昊的时候,心里就浮现出了异样的感觉。所以事后她也不禁怀疑,自己到底是真的喜欢这个她生命里目前为止遇到的倾心的人,还是因为受了村里人的影响,才有了这样以前最为不齿的事?不过,阿毛现在已经把自己比作一头疯掉了所以乱跑的牛,好不容易从以前无知的被诱骗的感情中脱出控制,何不就大着胆子,不留遗憾地实现一次,曾经那个充满浪漫幻想的少女的梦想呢?

想着这些烦心事的时候,已到傍晚时分。夕阳绚烂,村子里的景色明媚如画。

来来往往的人和车穿过不宽的街道,阳光正从西边的天空铺照下来,映衬得各色树木甚是秀丽。临街的柳树鹅黄的叶子,在风中摆动,枝条飘飘荡荡地拂过屋檐,有鸟儿起伏着从树顶飞过。阿毛看了一会儿手机上的信息,再看着装有喇叭,操着河南腔不断放着"三十块钱大包洗衣粉,清洁去污效果特别中"宣传声音的小货车驶过,还有"专修房顶漏水"的三轮车,以及一些匆匆而过的行人,直到在前方的岔路拐角,两辆车分道扬镳。

阿毛打算今晚去跳一次广场舞,舒缓一下不大好的心情。行过短短的一段路,便在路边的一处宽敞的地方看见四五个女人说说笑笑地出现在视线中。这些人服装参差,身材不齐,长相也都算不得好。有的见人不多,坐着等人,也有的仰着头抱着胳膊不屑于跟别人说话,还有的在摆弄着录音机,有的在夸张着给别人示范动作扭来扭去,不一而足。阿毛忍着厌恶停在路边,努力让支撑着自己尽力合群的,假装欣喜却快要爆炸的情绪,在这时能冷静下来,不会损害九年来积累的美好形象。

坐在边上的石磙上，阿毛忽然就想起了十年前自己刚刚大学毕业，遇到强子的情景。自己一个大学生，居然就那样稀里糊涂地被职业高中毕业的强子占有了。也许是当时安徽砀山的老家太穷了吧，父母谩骂着逼着要她赶快挣钱给弟弟找对象成家，让她无法忍受那种屈辱的不堪，然后，就把自己交代给这个西北省份说好不好说坏不坏的村子。

阿毛有时夜里做梦惊醒后，呆呆地想，人的一生，会有很多境况。有的境况你会春风得意，有的境况却会身受秋雨凄苦，有的境况会遇到一个个难题无法破解，有的境况关乎选择，关乎命运，大多数时候却不由自主。其实，过后想想，那些当初看来已经无路可退无法可想的困境，自己通过这种无所谓的婚姻途径去解决，到现在也只是一种作为应对命运的，自我救赎中带有自欺欺人的态度而已。

所以，来到这村子，她安静呼吸，慢慢安抚恐惧，慢慢放下期待，逐渐做出适应当前这种生活的选择……

剩下的，便交给命运了。

夕阳已经落下来，在远处渲染出春日的残红。阿毛不禁忧伤起来。眼睛里亮晶晶，有眼泪快要流下来了。不过，从来没有哭过，今天干吗要这样伤感呢？阿毛低下头，装作被疾驰而过的车带起的灰尘迷了眼，揉去了那些清凉的水珠，起身回家了。

这样的日子，阿毛就这样平平常常地过去了。第二天清晨，阿毛依然收拾得干干净净，清清雅雅。她肩上扛着锄头，手上提着一只草笼，去地里干活了。田野上起雾了，迷迷蒙蒙地笼罩了这个村子内外。人的说话声隐隐约约，来去的人影影绰绰。通向田地的路上，十数米外便看不清动作，有驶过的车，速度缓慢，在视野中如一头笨拙的黄牛走过，然后又进入视野另一头的白茫茫里，消失不见了。

快十点的时候，阿毛从地里往回走。村里重重叠叠的院落间，鸡鸣狗吠之声已经到处响起来。村外树林清静，明媚的阳光落在树林里，把时间划得一缕一缕，阿毛重复的日子再度向自己走过来了。

春风拂动了路边的柳树，像是在向阿毛招手。阿毛放下锄头和装满青草的笼，看着远处的景象，还有那伸向远方的公路，春日昏昏的气息，让这个世界在安静中蕴生出一种浮躁和焦虑。

阿毛想，在远方的某个地方，会不会有一个人，会不会有另一种不同的日子，等着她……

2021 年 3 月 28 日定稿

老人与春

泛青的树枝上挂着的一些网茧，从里面陆陆续续钻出些虫蛹，用肉眼可见的速度，变成了一只只色彩斑斓的蝴蝶，在明媚的春光中，扑闪着翅膀，震动着这晚春初夏清新的空气，发出轻不可闻的声响，争先恐后地扑进了覆盖在田地上的金黄色中。

田地边相隔着一条不宽的道路，路那边就是老人的后院。高高的树木长在院子里，冒出院墙，一树白色的苹果花和红色的木槿花正在兴高采烈地绽放。院子有个后门，不大，敞开着，望进去，距离房屋后墙不远的地方，一簇芍药婀娜多姿，甚是妖媚。

老人这会儿就坐在后门的石头上，手握着一根拐棍儿，望着前方的阳光与花树，怔怔地出神。南面有山，是秦岭的分支，叫蟒岭，连绵逶迤。翻过去的南方，有他的故乡，但他可能再也回不去了。

这个村子周边，以及附近街巷，有许多树，大多是杨树、槐树、榆树、梧桐树，很高大的样子。晚春飒飒的风声传来，潮热熏闷的空气显得凉爽起来。老人的前门临街，街道通向东边镇上的大街道。街巷间行人如流。平常日子，总有人车来往，还有很多一家几口的走过走回，那肯定是去镇上的街道逛集了。也总有父母抱着孩子，或是推着童车里的孩子，或是引着蹦蹦跳跳的孩子经过，有玩着玩具的，有吃着糖葫芦的，有惹恼的哭哭啼啼的，但总归是这些无忧无虑的画面闪过，令老人在这人世间的喧嚣中，感到一股难言的安逸和欣然。

春欲去，夏将至。四月的天气是日日转暖，村里已经进入农忙时节。老人偶尔走上田间地头，身处这还算平阔的田野，整片天地给人的感觉都是生机盎然的活力。对于他这个鲐背之年的人来说，夏秋两季大概是最好过的日子，没有春日的料峭，没有冬天的严寒，阳光温和，天高气爽，心神通透，这个大自然的一切，都俊朗得让人心旷神怡。

这段时间，也是乡村最为有趣的时期。春节的纷扰与繁华已然散尽，新生万物，激发着人们泛起新的活力，如潮水般涌进涌出，熙熙攘攘，忙于世俗的功名利禄、生死存亡。村子也自然成了"空心村"，外面的花花世界，大门敞开了很多年，闯荡的人早已心向往之。就连早些年常见的乞丐，也已经好多年没有留下过那让人心思纠结的乞讨声了。留下的只有这些稀疏的散人。

时间如流水。九十多年前老人出生的地方，现在几乎不存任何印象。早些年通过老一辈人的口，也仅仅知道是在广西。十几岁以前，眼里只有无穷尽的十万大山，只有土豪劣绅的横征暴敛、戕害人命。最后因为拉丁，他留在陕南这个秦岭夹缝的小村，头顶的天，总算有了更多的颜色。

对于见识过浮浮沉沉、起起落落、生生死死的老人来说，眼前的世界无论有着多么巨大的变化，也不过就是那么回事。春种秋收，日做夜息，一日三餐，所有的事情已然无须较真儿。生活，归于那古朴自然的味道，才是最真实的。这样生活的人，也总归是如老人一般千帆过尽，容易自我慰藉的人，收获了平安和温饱，便能够日照三竿犹自眠，该干吗就干吗，平常心罢了。

春节的时候，老人家里也的确是热闹了一阵子。老人与原配的子女，以及后来续弦的子女，都曾在这个雅致的院子说了好一阵话的，好像也有不和谐的争吵，不过小小插曲而已。原配就是这个村里的人，基于对一个革命改造者的同情，还会点打铁的手艺，脾性冲和，虽然有点瘦小，但算下来总是一个过日子的较好选择，所以就认了这个赘婿。后来虽然经历了"文革"的再次洗礼，但光景反倒是日益好转了。孩子们也有出息，各自成家立业，眼看着蒸蒸日上了，却不料原配多年积劳，一病居然就殁了。为了消解愁闷，老人经常独自出外散心，机遇随缘，遇到了东边河南省林县的一位女子，就想续弦。然而并不顺利，两处因缘际会子女牵牵扯扯，磕磕绊绊，虽然最终还是成了，但过得好不好外人也无从知晓。可惜二十多

年后，女人还是没能陪着老人走到人生尽头。据说因为埋葬何处，又是一场风波，续弦的魂归故里，徒留老人再次听风望月。

今年开春雪融之后，村子远远近近的皆是行人，来往的商旅也开始穿行在村里的街道上，小小的乡村，也显得热闹起来。老人现在独居，虽然九十多岁，但身子骨还算硬朗，自己做饭是没有问题的。尽管子女们经常回来各种的说服，让他随着他们一起生活，但老人始终不愿离开，宁愿独守这一院清静。夜晚的小楼中，有一扇窗户，灯也始终亮着，老人会在这个临街的房间里看看书，听听戏。若是街道里彻底沉寂，那灯光才会在悄然无声中熄灭。

现在，村里的人早就习惯了那扇窗里透出的柔和的光。无论多晚，那缕光映射出的，总是一丝希望，让人觉得温暖。

在这样安谧的暮春，每户人家的每一扇窗口，透射出来的每一点的光芒，都承载着很多人弥足珍贵的欢乐与愉悦，它让村子里的人在各自前行的路途上，忘却、舍去背负的挫败、危险、屈辱、伤痛，甚至死亡。每天黎明到来，晨曦冲缓了时光的流逝，初晓的晨风从村里各种的树木间穿梭，涤散了多少人生命的沉重。

临近初夏的早晨，老人的院子里有轻盈的风，天地之间澄净如洗，就像婴儿的心灵。老人会在空旷庭院中间的石凳上坐一会儿，旁边有欣欣向荣的花木藤蔓，一天的光景，就从这一片安静的空间延伸开来。

明天，这个老人，还会静悄悄地坐在院子里，风轻云淡地看着这个春天慢慢过去。

万物生，夏日长。人至老，天地如初。

2021 年 4 月 9 日定稿

那些鸟，那个人

"听，它们又在歌唱了！"

"今天是在开会哦……"

"有什么喜事了吧，你看它们那么欢快？"

"发生什么事情了吗？你听，有点伤心哦……"

每天，我总是很无聊地这样有一句没一句地说着，当然，我没期望得到什么回应，有得到，也总是漫不经心的"哦、哦"。办公室依然沉静，偶尔传来低低的一声叹息，转瞬又恢复如苍白的天空那样寂静。只是，外面的它们，依然还是那样肆无忌惮地鸣叫——天知道它们为什么总是这个样子？这群鸟儿！

"唉——"这次是一声长长的叹息。我循着声音看过去，与他浑浊空洞的目光交接，一触即无，伴随着视线转移的是他轻微地摇头。

我也转过头去，和他难得一同去关注那些烦躁的家伙。

"还真是奇怪啊！"他燃起了一支烟，脸上看不出什么表情，就像一潭水波永远不兴、荡不起涟漪的深湖。"数九寒天，它们怎么就那么开心地聚在一起整天叽叽喳喳啊？不累吗？不烦吗？有那么多好事让它们兴高采烈吗？"

看着他若无其事地说出这些话，我很是吃惊。

自从我到这个办公室，不，感觉好像是自从他和我一起坐到这个办公室的时候，我就从来没听过他一口气说过这么多话，这个办公室也从来没有这么有生机地发出过他的声音。这是一间临街三层的房子，隔着

窗子，闹市的喧嚣总是坚韧执着地穿过墙壁，随意撩拨着这里的每一根心弦。当然，这一切都是徒劳的，因为他的心弦，在我初次认识他的时候，就已经感觉锈断了。

"子非鱼，安知鱼之乐？呵呵。"我突然一下子就有了和他打破僵局的兴趣，顺着他的话题说开了。

"……"我的话语挥发在了空气中，因为我听到我故意发出的笑掉在了地板上的声音。我有些郁闷，些许尴尬，当然还很无奈。不过我今天的兴致总算高涨了一次，所以就坚持着继续把目光牵引到他的身上。

他瞥了我一眼，厚重的眼镜玻璃后面，是两个深不见底的古井，发出幽幽的微光。

"那你说说，这个世界上到底有什么值得它们唱歌、开心、忙碌的呢？"

"嘘——"冰块终于慢慢融化了，一种如释重负的感觉，让我长长地出了一口气，立即产生了无限期待。

"也许它们朋友相聚啦，也许找到很丰盛的食物啦，也许它们的宝宝终于可以飞翔啦，也许是谁又看到了一件什么新鲜事情啦，也许正在商量去哪里游玩啦，大家正在讨论是由谁去发现新路线啦，还有，谁和谁恋爱啦，谁和谁快要结婚——"我突然停住了一串连珠炮似的词汇，闭口不说了。

我试探着去看他的反应，还好，他还是雕塑一般，手指夹着一支升腾着袅袅轻烟的香烟，轻纱似的烟雾笼罩在他的周围，他的脸我越发看不清楚了，模糊的样子让我感觉我们彼此相隔千里万里。

房间里只有空气，混合着烟草味道的空气。

"该死的鸟！"我心里懊恼地咒骂了一句。

"呵呵！"

啊！我禁不住要跳起来了！这是他发出来的声音吗？他会笑吗？会发出笑声吗？

我直视着他，看到他的眉梢的的确确保留着微笑的痕迹。

"没事，过去了。"他又恢复了严肃认真的表情，头微微偏向窗外，不知道是不是仍然还在看那些繁忙的鸟儿。整个冬天，窗外临街的梧桐树上，聚集了一大群不知名的鸟，无论大雪飞扬，还是寒风凛冽，它们总是不知停歇地渲染着沉寂的寒冷和死亡一般的萧瑟。这间办公室因为正好面对着它们，所以每天上班，我总是第一个关注它们的人。日复一日，我逐渐对它们产生了兴趣，猜测着它们的动向和意图，虚拟着它们的故事和情节，用我空虚的想象，企图打发无聊枯燥的日子，打破办公室积累的沉闷，当然，还有对面的他，一个干枯了快五十年的影子。

"你也许很好奇吧?"他突然对我说。他端起一只厚重的墨绿色的陶瓷茶杯，抿了一口，若有所思地看着我。

那是一个难忘的下午，一个冬天很普通的下午，外面有点阴沉，但在一间小房子里却上演着一幕幕生动曲折而富有传奇色彩的爱情戏剧。一个活生生的主人公逐渐出现在我的眼前，生动的脸庞隐藏着一颗曾经充满浪漫与幻想的心，在时光的冲刷和岁月的浸湿后，历经坎坷和磨难，曾经起伏的胸膛里注满了悲愤和辛酸，泛着光芒的眼睛，在爱情破灭之后，舞台拉上帷幕，戏剧到此结束，一位天才般的演员就此成为一个没有心灵、没有理想、没有激情的空壳。

"我是一个过时的道具。"因为倾听，我忘记开灯，房间光线已经暗淡下来，我几乎看不见他的脸，他的声音让房间更加黑暗了。

"路还很长呢。"我用轻松的一句话改变了压抑的气氛。我起身打开了灯，房间立刻明亮了起来。他下意识用手遮了一下眼睛，以防刺眼。"人生处处都有希望，你看，刚才还很黑，这不一下子就充满光明了? 呵呵。"我给他续上水，笑着说："心有所想，就有所得。只要努力了，目标总是会更加接近的。无论什么时候，都要向前走，要让自己快乐起来啊! 你看，天已经黑了，它们不是还在歌唱吗?"我用手指了指窗外，那些家伙，还是没心没肺地在唱着、叫着、吵着。

"呵呵呵!"我第二次听到他笑了。"听你的，兄弟。"他站了起来，"这些小家伙，也不知道吃饭啊! 呵呵呵呵……"

　　在楼下转弯的地方，我坚持请他吃饭，他坚持拒之不受。昏黄的路灯，拖着他孤单的长长的身影，消失在街道的人流中。

　　我抬起头，看了看那些依然叫个不停的鸟儿，微笑着摇了摇头，深深地呼吸了一下，大步流星地向前走去。

2012 年 8 月定稿

寓所杂记

我的寓所背后靠着一座小山，叫金凤山。原本这座山并没什么名气，因为靠近州城，这个名字近年来才逐渐叫了起来。随着经济社会的发展，现在城市边上的小山小坡，大有一种"夫贵妻荣"的势头，跟着城市人们所谓回归自然、返璞归真的生活而变得金贵起来了，纷纷以一些动听美丽的名字装饰起门面来了。金凤山大抵也是如此，其实哪里来的什么金呀、凤啊的？

山的半坡是座革命烈士陵园。陵园周边过去都是些乱坟岗，晚上阴森恐怖。自陵园周边往上，后来陆陆续续修建了一些公共设施，逐渐成了一个休闲的去处，倒也真的"土鸡变凤凰了"。

说是寓所，不过是一个好听的叫法，其实就是我客居此地的一个容身之所，是在一个私人院子小楼的三楼，很是简陋，却也不至于每到夜幕降临无处可去。一楼住了两户算是看家护院，二楼住了一对小夫妻。从二楼上楼梯靠左边是卫生间、洗漱池，并列着一排四间房间，靠最右边的是个厦房顶形成的露台。我就住在第二间。左边是我一个同事小三口，紧挨着的是个姑娘，打工妹吧，最右边是一个妇人，就是专门在这里偷着生孩子的。一个小院，一座小楼，也算是一个小社会的缩影了，人口各异，性格相杂，众态百相，有时也是尽入眼来，不免就会生了无处可逃喧嚣红尘的感慨。

寓所实在只是个斗室而已。宽不过三米，深不过丈余，中间一墙隔断，也算是厅室套间。后面容身，可以昏天黑地周游蝶乡；前面除了摆放日常用品，权作客厅待客之用，偶尔打牌、习书，倒也其乐自知。所处偏僻，

故周边环境颇为清静；地势较高，月朗星稀之时，小城面目色彩斑斓很是赏心悦目。小院中间一棵高大茂盛的柿子树，是所有人的最爱，绿意盈盈、果实累累、鸟唱虫鸣所带来的诗情画意，常常在每个人的眼神中氤氲流露出来，实是一处最美的风景。房东是个年过花甲的退休老干部，通情达理，非小人嘴脸可比，实为客居他乡一大幸事。因此，不知不觉春冬交替，一载倏尔即过，倒也安心舒畅。

我所在楼层的四间房屋，彼此都是一墙之隔，邻居之情实是近乎隔肤。可不承想墙壁隔音效果不是很好，所以晚上就是最为煎熬的时候。我的同事是个白净的帅小伙，和老婆正是年轻热烈的年纪，每晚总是热情高涨。他的小孩很可爱，可是每到晚上总是大吵大闹，我以前总是不大理解，后来终于在他们夫妻暴怒如雷的大吼大叫中渐渐明白过来，想想不禁莞尔，孩子毕竟是无辜的啊！那个打工妹，才搬来的时候腼腆害羞，不言不语，不过后来就有一个男孩子常进常出，两个人都无声无息的，进门关门，颇有"躲进小楼成一统，管他冬夏与春秋"的意思。

有一晚两厢夹攻，弄得彻夜难眠，中午下班回来，看到他们在阳台上嬉笑盈然，红润的脸上个个春情洋溢，倒着实有些郁闷。趁着他们闲聊我便也插些说笑，就说："现在的人都情意淡薄，什么事都皮薄心厚，就连盖房子都偷工减料。别人修盖也罢了，自己给自己盖也克扣节省，看看咱住的房，墙这么薄，隔音很差，尤其是在晚上，房间里做个什么事情，外面清晰可辨啊！"说完我就很潇洒地走进厕所享受了，刚才还欢快的嬉笑声戛然而止，身后静得只有柿子树上愤怒的小鸟的叫声了。

其实算起来，我到这个小城已经有四个年头了，现今的住所已经是第三处，大多都是为了方便工作而迁移，就像一只鸟儿一样，不停地轮换着选择最安全最舒服的树枝，期冀有个停泊休憩的港湾。这个住处，现在也因为办公地点的变化，来来去去地奔波，又徒增了许多烦恼。很多朋友劝我重新找个地方，几经犹豫，还是难舍。这个小院和我的村子，从某种意义上没什么两样，小两口儿偷摸着亲热和拌嘴吵架，上下邻居因为鸡毛蒜皮指桑骂槐式地骂骂咧咧，两家男女打情骂俏、眉来眼去，那个妇人和别的男人不清不楚，间或傻傻看着雨帘垂幕，趴在阳台漫无目的地看日落晚霞，等等，生活的肥皂剧，每天都在上演着，却也是"几家欢乐几家愁"。

有个过去的同事，偶尔一次来我这里做客，环视我的陋室，带着轻视的口气说："你这也太过寒酸了，有失你的面子啊！"我只好打着哈哈，诺诺应承。我是个感情比较细腻的人，有时甚至因为太过缜密而优柔寡断，但从小就有的理想主义、完美主义始终萦绕心头，骨子里的浪漫主义，也时时有跃跃欲试、撒野放纵之感。只是由于先天性的条件限制，只能安于一隅，做个普通的平凡人，因为理想难以实现，所以就在破灭的幻想中逐渐沉沦。说到底，也还是中国传统书生的意气之事，反思了其实也是一种迂腐。幸好后来在俗世中打磨历练，一些激进思想慢慢淡化，倒也变得沉稳起来，可惜总还是有些难以削砍的个性，在某种时候滋长张扬起来，这个时候，就往往给自己带来一些世俗眼光的鄙视，幸好西安去得多了，脸皮也慢慢和城墙一样厚起来，倒也习以为常，不再妄自菲薄了。

然而，还是有很多朋友不断劝我搬离那个地方。我下班回来和邻居的妇人说了，她略带伤感地说："住了这么久，相处得这么好，彼此还真舍不得啊。"我不知道她是不是有表演的成分，但终究还是满足了一下小小的虚荣心，但可能真的是要搬离了。

我本就是一个萍踪无定的人。下一个寓所，是什么样的情况呢？还真是个未知数呢。

2013 年 8 月 10 日定稿

六楼的时光

有一天，领导突然叫我，一反常态地和颜悦色，在对我的表扬中含蓄地表达了工作安排。大体就是因为工作需要，成立了一个临时机构，需要抽调一名同志前去工作，领导希望我能接受此项任务。其实在领导开口的时候，我的思想早已天马行空，无限的想象空间让我不断变换着憧憬的画面。在那些美好的画面一一而过的时候，我粗糙的脸上洋溢起了春意般的微笑。见我如此这般，领导的谆谆教诲也就无须多言，于是在如沐春风的氛围中事情敲定，我鞠躬弯腰感谢。面对领导那一抹意味深长的笑容掠过眼角，我潮红着脸诺诺而退，彼此在关门的一瞬，身影不约而同地一闪而逝。

新机构在这个县城政治中心的另一栋楼的六楼，是这个楼原本作为大会议室而中间突兀起来的最高的那一层。原来在此办公的单位迁走后，留下了这几间几乎被遗弃的房子。现在稍作装修，倒也窗明几净，环境适宜。此外居高无扰，也落得耳根清净，虽然每天上下班比较吃力，但是站在最高的地方远望，放飞之情也总是油然而生。

我们这个新机构的办公室共有两个，处在这个楼层的北面，每个办公室各有三人，总共四男两女，有沉稳的孙哥，内敛的李弟，还有春心萌动正在恋爱的眼镜小弟，当然，还有活泼的小张妹妹，以及内秀的婉华。和我们同一楼层的还有一个单位的两个办公室，有新加坡留学归来的美女，有我以前一起共过事踏实勤恳的大姐，还有颇有风情的乡党美妇，以及三四个工作流动的兄弟。所有这些人，因为工作的交集，在彼此短暂的交流后，很快就打成了一片。于是一个小小的社会就此形成，一段人生拐弯后出乎意料的时光就此开始。

　　从开始的矜持，到逐渐敞开心扉，再到最后的稔熟无私，通过在一起的工作战斗，彼此互相帮助，六楼的生活逐渐从沉闷枯燥中脱离出来而变得丰富多彩。我们一起分享完成任务的喜悦和因为做出的成绩受到表彰的快乐。我们一起交流工作中的心得体会，相互学习彼此的优秀之处，携伴着更加成熟和知性。忙中闲余，彼此也互诉衷肠，互倾心事。有痛苦的往事，有难忘的记忆，有各种遗憾，有难为情的小秘密，还有很多不堪回首的情感经历。当然，更有家长里短，鸡毛蒜皮，衣服、孩子、老公老婆、化妆、美食、外出游玩，小到家庭、生活，大到国家、世界，浅到天气、影视，深到人生、命运，俗到讲笑话、荤段子，雅到论哲学、谈艺术，你一言他一句，可以互相扯脖子涨红着脸，也可以窃窃私语而突然放声大笑。还会因为一个话题争论很久，也会因为某个观点而群起挞伐某某某，而在有人伤心难过的时候也会一起陪着给她无言的安慰。

　　六楼没有那么多的心机与虚伪。十多个人，年龄基本相当，大家除了彼此鼓励努力工作，更多的是心贴着心的关心关怀。在如今这个人情冷暖的世界，在彼此冷漠阴暗的工作环境中，能如此这般心灵亲近，情融谊深，实在是不多见的阳光人间。我们在一起说话做事，不必刻意，不必客套，不必做一切世俗里小心翼翼的花里胡哨、虚张声势，即使有批评，那也是一片真诚的关爱。

　　在六楼里工作生活，可以让我们难得地任性。我们说堆雪人就堆雪人，全然不顾一大群已是蹚过浪漫之河的中年男女，却突然骚动起一颗少年的心。我们无意中聊着天就会立即决定某一项活动，比如相约去摘樱桃，一起去撸串儿，集合起来去爬山……率性的快乐总是千方百计地冲抵工作的劳累和人事的烦忧。在六楼我们不会干什么都是做给别人看，所有人都可以卸下套在身上的壳子，恼就恼，笑就笑。有人会像小燕子一般叽叽喳喳，有人会像老黄牛默默无声，还有的人会像闪电犀利地划过天空，有人又像夏收时的天气风来雨去任性洒脱。

　　当然，六楼里也有很多凡尘俗事。分割开六楼这个小小的社会组合，每个人其实也都有着每个人的悲欢离合、失落无奈。坐在六楼的办公室，

每个人喝的茶或其他，不尽相同，个中滋味各有体会，曾经看到一句话，"人生如茶，第一道苦如生命，第二道香如爱情，第三道淡如清风"。六楼的时光何尝不是一道茶。有时我们浓烈，有时我们清淡，有时我们品尝的是第一道，有时我们第二道、第三道混合下咽。但是每每过后细细品味，却总会给我们带来一份淡泊，一份宁静。窗外是功名利禄来来往往，炎凉荣辱浮浮沉沉，可是在这逼仄的六楼，那些与我们渐行渐远的成败得失，拉上窗帘，外面纷扰的世界，也不过是飞过无痕的苍茫天空。站在六楼的窗前，人生滋味如茶。

所以我喜欢上六楼，最初的时候，大抵是因为喜欢上站在六楼的那种体味。我才到这个新单位，就认识了一位志趣相投的朋友，后来我送他一幅书法作品，内容是"朗抱云天"。在书写这个内容的时候，其实就是我刚到六楼工作时，这也是对自己暗暗的期望。一个人最难得的幸福，是心灵的自由和心境的坦荡。六楼可以放宽心境自由畅想，这就是一种惬意。现在想来，那个"朗抱云天"写在六楼的时光里，写给知心的朋友，的确是写对了。

然而人生聚散无常，六楼也不过是一个驿站。相聚的时光毕竟是短暂的，每个人的生活之河终究还是要继续奔流。在经过很长一段随波逐流的日子后，我的心在六楼得到沉淀。停驻、靠岸、欣赏、享受，阅尽风景，然后我会去另一个别有一番滋味的"六楼"。离开总是人生常态。在我离开不长时间，已经有人陆续各奔东西。然而我还是怀念六楼，很多次总要再次上去转一转、看一看，和那些还继续留守的人说一说、笑一笑，很多忧愁就此化为乌有。

分散了之后偶尔回想，其实在一起的时光总会留下太多的欢乐与悲伤。站在六楼，我们看得更远，明白得更多，所以在笑声中总会隐藏着心酸。我们六楼，有的人的青春被无谓地蹉跎，多少珍贵的岁月被无奈地消耗，然而却有很多楼下的人对此充满嘲讽。我们每个人都曾经用自己的努力奋斗想拥有一切，可是一个小小的六楼，却是对我们无情的讽刺。等我们在六楼坐思良久，大家会在突然的沉默中明白，很多很多的一切，不过是因为生活太过现实。而我们，不过是一枚小小的棋子，孰胜孰败谁也无能为力。趴在窗台，俯瞰着脚下那些熙熙攘攘、脚步匆匆的人，曾经如他们这般的故事，终于会在无所顾忌的哈哈大笑中淡忘。抬头望天，所有的烦恼也随着六楼的欢声笑语而云淡风轻了。

　　一个下雨的星期天，我突然很怀念那个让我获得温情的六楼，于是不由自主地重复起曾经在此上班的脚步，仿佛当初我心情畅然爬楼的画面。然而离开了六楼，曾经忙忙碌碌的身影只是化为空气。我站在空荡荡的楼道，对面是通向楼顶的门，脑海里想象着打开那扇门，外面就是不一样的世界。眼前浮现出曾经工作在六楼的那些人的情景，会突然听见有人惊呼着"哎呀，快来呀，我的花开了呢"，会在眼前幻化出某个人，倚在门边对我笑着说"来嘛，晒个小太阳噢"。这些画面，我不需要用它来证明六楼有人曾经存在过。人生无非是走走停停，六楼的上下班与别处相似，六楼的深夜加班也与他处类同。不同的是我们彼此遇见了最好的对方，经过大家的共同努力，把一段原本平平常常的日子，过成我们想要的生活。尽管六楼的岁月有时很热闹，有时也很恬淡，但是因为大家共同的营造，我们学会了高处耐寒，享受到了不惧风云从容飘逸的超然，也慢慢习惯了在这繁华中品味淡泊，在这静谧中颐养心境。

　　现在我从六楼移居到一个坡塬的二楼。从办公楼再向后爬坡，就是这个小城的北塬，是很多人闲来无事的优游之处。我的办公室正面向南，不想居然是一个小小的庙宇。工作疲劳的时候，我站在阳台看去，会想象着大千世界的众生相，会思考着关于神和禅的问题，尽管我根本看不见庙宇里的情景。曾经的六楼在现在这个地方的东面，鳞次栉比的楼房，完全遮挡住了眺望的视线，可我总是习惯性地向东张望。我是个懒散的人，很少去想象未来，我只是热爱生命。所以六楼依然是我生命中的一部分，我于六楼，六楼于我，缘聚缘散，一切就只留在美好里吧，尽管六楼终究会成为回忆。

　　敲完这些文字，前面庙宇里传来隐约的梵音，我忽然就怅然若失起来。一扭头，给朋友写的"静里听禅"那幅字，正歪歪斜斜地对视着我。

2018 年 5 月 3 日定稿

新华中学的白蒸馍

我的初中时光是在古城镇新华中学度过的。1990 年至 1993 年，这三年的时间，是我人生最美好的时光，也是感觉最苦的时间。在这里有欢笑，有泪水，有过沮丧，有过兴奋，懵懂的青春是五味杂陈，而在这杂陈的味道中，我始终忘不了新华中学灶上白蒸馍的味道。

新华中学始建于 1985 年，位于我老家的村东，原来是一片稻田和低洼地。恢复高考制度后，古城中学成为初高中一体的完全高中，但是因为校园校舍受限，所以需要另建新校，于是新华中学应运而生了。

尽管受到当时条件的限制，但学校对师生的伙食还是比较重视的，对于最基本的做饭蒸馍更是关注，所以对灶上师傅的要求比较严格。不过那时候的整体环境很是艰苦，只要学生们能吃上一顿稍微不错的饱饭就已经知足了。当时，很多远处的学生不得不在学校住宿，因此很多人就得自带食物上学。学校的食堂，分为两部分，其中一边是学生的食堂，在一间房里的大灶台上架起一个我至今见到的最大的撑锅。早上师傅烧开一大锅开水，供学生们灌满电壶（暖瓶）饮用，然后再烧开一锅水，把学生们带的玉米糁子下到锅里，熬成一大锅糊汤。上午放学了师傅每人舀上一洋瓷碗，然后就上自带的咸菜腌菜之类的，午饭就这样打发过去了。下午继续先烧开一大锅水让学生们自用，然后再烧开一大锅水，把学生们自带的面条下到锅里，等熟到七八成，再把一碗油泼辣子倒进锅里搅匀，就这样下午饭——一顿不稀不稠的混面条就好了。

因为学校就建在我们村上，所以我不用上灶吃饭，但就苦了远处的孩子。不过说实话，那时候条件艰苦，有学校这样的伙食，已经很不错了，因为有的学生家里，像这样的饭食，都不会经常出现在饭桌上。

然而孩子们正是长身体的时候，每天一碗糊汤、一碗面条，如何能够吃得饱啊！所以学生们就得吃"零嘴儿"，就是在课堂间隙吃些自带的馍，因此就产生了"背馍上学"这样一个富有时代特征的词语。那时候，住校的同学背到学校的馍，基本上都是家里的粗粮细做。大人们想着孩子读书用脑费身体，就尽可能地想尽一切办法，给孩子蒸上家里最好的馍。不过说是家里最好的馍，其实一般都是用小麦磨出来的三道面蒸出来的黑面馍，或者就是玉米面里加些小麦面蒸出来的稍白一点的玉米馍。而家长在家里干着繁重的体力活，往往吃着纯粹的玉米面窝头，或者豆渣馍之类聊以充饥的食物。

学校对于老师们的伙食，也是尽可能地创造条件予以改善。因此就单独给老师们办了一个小灶，里面做炒菜、蒸馍。菜好不好我们不知道，但是蒸的馍是可以对外的，也让有条件的学生自行补充一下营养。不过一个馍一毛钱，只有家里比较富有的学生，才会去小灶上买那种人人羡慕的白蒸馍。我们那时候叫蒸馍为"罐罐馍"，因为蒸出来的馍，特别像个小罐罐。那些个白蒸馍，外皮儿就像剥了壳的蒸鸡蛋，洁白光滑而富有弹性；馍瓤儿绵、软、酥、香，散发出浓郁的麦香。下课的时候，有钱的同学，会拿着刚出笼的白蒸馍，故意在我们面前显摆着吃，常常让我们在馋人的欲望面前，羞愧得无地自容，尴尬地遮掩着使劲吞咽口水的窘相。

但是，新华中学的白蒸馍的确是香啊！掰开馍的时候，酥软的一层一层；嚼在嘴里，又是那么劲道；咽下之后，仍然唇齿留香，忍不住依然咀嚼回味，感觉世界上再没有如此好的美食了。所以我到现在，始终忘不了那通过辛辛苦苦积攒下来的钱，换到手上白蒸馍的那种充满欣喜若狂又极力压抑住的激动与窃喜。可惜也就是那一次，还是我们三个同学相约着各自攒钱，然后集资买了一个，偷偷在教室山墙与围墙之间的杨树下，悄悄分着吃了一次"大餐"。但就是那一次吃到学校的白蒸馍的经历，却让我至今难忘，至今怀念我们在新华中学读书的时光。

想到吃白蒸馍，我特别喜欢吃那才从蒸笼里拿出来的白蒸馍。那种不停地在左右手上反复倒换着烫手的感觉，抑制不住垂涎的急切，忍着烫手

的灼疼，掰开馍撕下来一块放进嘴里，那种酥软中透着麦香，充斥在口腔的烘热的感觉，真是一种最美的享受。然后一层一层剥着慢慢吃，真是舍不得把一个白蒸馍很快吃完。除了自己陶醉于那种幸福之外，也有一种小孩子式的给别人小小炫耀的意思。那种感受着别人对你投来的羡慕眼神，感觉此时此刻，自己就是世界上最满足自得的一个人。

可惜我几乎没有更多机会吃到学校的白蒸馍，因为家里很穷，我是一个平常身上不会有一毛钱的穷孩子。在那物资匮乏生活窘迫的年代，我们家和大多数家庭一样，甚至比大多数家庭更加贫困，要想吃到白蒸馍，只有到过年时才能吃上几顿。盼过年能吃上白蒸馍几乎成为我儿时的一种奢望。所以能在学校看到那近在咫尺的白蒸馍，那种渴望真是难以压制。看着那一个个蒸馍白得诱人，香得可口，却是在别的同学嘴里大口大口地吃着，觉得他们应该是世界上最幸福的人，也觉得自己是最可怜的一个人。

没有饿过肚子的人，是不知道粮食的珍贵的；没有经历过艰苦的年代，是体会不到白蒸馍的诱惑的。上学的时候，我为自己有这样一段经历而感到羞愧耻辱和伤心难过。现在我会想起那种特别想吃白蒸馍而吃不到的经历，也会为有那样的经历而感到人生的完整和庆幸。

羡慕能吃上一个白蒸馍的经历，激励着我们奋发读书励志自强的决心，历练了我们应对人世百态中种种艰难困苦的能力，让我们对贫穷多了更多的坦然和从容，培养了遇到苦痛挣扎而从容不迫的精神 。那母校的一个小小的白蒸馍，让我从很小的时候就明白了成长的不易，学会了很多做人的道理。

前段时间我去汉中参加一个培训学习，到留坝县开展研学，吃饭的时候上了一盘白蒸馍，我迫不及待地拿一个吃了起来，没想到当年新华中学白蒸馍的味道又回来了。尽管与我想象中的感觉还有一点点差距，但是仍然让我止不住一连吃了五个，让一桌吃饭的学员对我侧目而视。想来，对新华中学白蒸馍的那种情结，让我忘乎所以，以至于不顾吃相而失态了。

现在生活条件好了，只要你想吃，天天都能吃上白蒸馍。但是我走过很多地方，吃了很多白蒸馍，却再也体味不到当年在新华中学吃白蒸馍时的那种馥郁香气沁人心脾的感觉，以及那种咬在嘴里富有弹性忍不住陶醉的感受了……

　　因为想吃白蒸馍，我对小麦也特别有感情，所以我总是不断鼓励家里多种小麦，也喜欢去麦田走走，喜欢看麦子的长势。看到小麦长得茁壮碧绿，就禁不住从心底泛起憧憬丰收的喜悦，还有那大口大口吃着白蒸馍的幸福。

　　每到三四月份，田野最有青春活力的季节，我喜欢迎着朝阳灿烂的光芒，在老家田野的阡陌间走走看看。踩在脚下的土地上，轻快的脚步踏着松软的泥土，一种踏实质朴的感觉油然而生。面对充满生机的田野，目之所及，心里滋生出了饱满的希望。三十年前，也就是我在新华中学读书的时候，每当看到学校大门前迎风起浪的麦田，就一天一天憧憬着麦子成熟，乡亲们挥着镰刀收割的景象。想象着打麦场上紧张忙碌又充满欢声笑语的画面，堆着一堆又一堆的麦穗，铺了一席又一席的新鲜麦粒，就会有一股浓郁的白蒸馍的麦香扑鼻而来，这时候我的喉结就会不由自主地开始涌动起来……

　　好怀念那种味道啊！可是，什么时候，才能再吃到新华中学的白蒸馍呢？

2022 年 9 月 17 日定稿

有关猪的记忆

大部分农村人几乎对猪都很有感情，我也毫不例外。我很喜欢猪。

在我的记忆中，有很长一段时间，猪和我的生活休戚相关，我的命运也会因为猪而随时出现不可预知的变化。猪的形象在我的脑海里难以磨灭，因为它是很高大的。

这其中有一头猪，是我印象极其深刻的。有一次我正在教室上课，但是不知道什么原因，肚子突然疼痛难忍，我发黄的脸上滴着汗珠，肠胃里的绞痛甚至让我蜷缩在地上打滚，死去活来的场面吓得老师、同学们手足无措。最后老师派一名同学十万火急地去我家报信。正在地里忙活的母亲急急忙忙地赶到学校，把我带走，赶快找医生看病。但是看病需要钱啊，父亲外出打工，母亲拿不出，只好向村里人借钱。但我家已经借了很多人家的钱，这次事发突然，实在是难以在短时间内再借到钱了。看着痛苦呻吟的儿子，母亲着急得大哭，但实在没有办法。邻居们只好劝说母亲卖了家里的猪，母亲在那一刻只好立即同意，虽然大家都感觉很可惜，因为那头猪已经快成年了，而且长得很好，正处在快速上膘的时期，再过一段时间就可以卖上好价钱了，但为了儿子的性命，别说是一头猪，就是再珍贵的东西，母亲也会毫不犹豫地卖掉来换取儿子的性命。于是，我和那头只有一百斤出头的猪，一起躺在架子车上，急匆匆地被大家拉着赶向集市。那头猪很不幸，但我因为它却得到了一次命运的眷顾。这真是我生命中最难忘的一头猪啊！它救了我，为了我，它被奉献了尚处青春时期鲜活的生命。

儿时记忆中，我家最大的猪好像是那年杀的过年猪，不过它大概也超不过一百八十斤。猪虽然不大，可是那猪肉，真叫一个香啊！村里一家人煮肉，全村都飘荡着浓郁的肉香，几里外的人都能闻香流涎了！

父母给我童年时期下达的主要任务有两个：一个是好好学习、天天向上；另一个是好好拽草、天天喂猪。虽然我很不情愿去完成第二项任务，但是在父母苦口婆心的教育下，我明白了只有完成第二项任务，才能确保我的第一项任务顺利完成。因为我有一个健康的身体，能安心地坐在教室上课，那主要的功劳就在我家喂养的猪身上。在明白了这个大道理之后，我的逻辑思维立即清晰起来，思想意识马上得到了提高，于是每天放学后和一帮伙伴去野地里拽草。

其实，我之所以喜欢上喂猪这个任务，还有一个原因，那就是为猪拽草是一件很快乐、很美好的事——好玩嘛，那是童心使然。想想啊，和村上一群不相上下的野丫头野小子，吆三喝四地挎上草笼，叽里呱啦地分散在天高云淡、自由放阔的天地，有时蹲在草丛中，有时钻进青纱帐，有时爬上蹿下地逡巡在坡坎上，还有时卷起裤管徘徊在小河里、稻田里、湿泥滩，只要哪里有猪喜爱吃的草，哪里就有我们的身影。最后每个人的笼里装满散发着清香的青草时，孩子们就撒着欢地自由活动了。这个时候，那就是各显其能尽情玩耍了。男孩子们上树掏鸟窝，下河逮鱼捞虾，胆大的偷着拔几簇落花生，刨几个红薯，掰几个玉米棒子，弄堆野火烧烤着就香喷喷地吃了。摘人家地里的西红柿，顺几条脆皮黄瓜，打些青皮核桃剜着吃，这些都是为了照顾女孩子。还有那长荒了的玉米秆，放倒几棵嚼起来甜得像甘蔗。总之小孩子们随性的事情那真是太多了，却也是其乐融融，快乐无比，而这一切都来源于各自家里的那头猪。

我在当时基本就是一个"蛤蟆骨朵儿"，跟着人家那群"鱼"浪呢，人小个子矮，但偏偏喜欢跟那些比我大的孩子玩。其中有一个丫头，是前门路上的慧慧，长得漂亮，也泼辣，很有"大姐大"的范儿，经常带着我们给猪拽草，我们这群野小子个个把她当作讨好献殷勤的主儿，所以她基本上就不亲自拽草了，骄傲的女王哪能动手干这个啊！她家的猪我没见过，但那头猪的成长，肯定是有我不小的功劳。虽然有时是我不情不愿，嘴里嘀嘀咕咕的，但一想到有漂亮的女孩子用不同于其他人的眼神看着你，那

就把她家的猪当作我家的猪儿子、猪孙子吧！呵呵，小孩子们从喂猪的事上也能学到阿Q精神。

当然在喂猪的过程中也有很多乐趣。每天看着猪因为吃着我给它拽的草，看着它一天天长大，具有一种无比的成就感。我会在喂猪的过程中，细心观察猪的一举一动，知道猪的喜怒哀乐，喜欢吃什么草，不喜欢吃什么草，它发出什么声音是什么意思，我渐渐和猪建立起一种亲切的关系。这个世界上，什么最能驱使人去做事？那就是感情。一旦建立某种感情，你就会在某个事物身上寄托一定美好的希望，让它成为你生活的一部分，成为快乐的源泉。即使是和猪，也不例外。那时候我对猪真的很上心，很是喜爱它，它憨憨的，只要你对它好，它就对你好。每当你提着草笼站在猪圈门前，它立即就会欢快地迎接你，就像迎接一位久违的老朋友。你走进去，它会磨蹭你的腿，拱拱你的脚，抬起头朝你哼哼，你要是给它挠几下痒痒，它会温驯地躺下，充分享受你的友谊带给它的惬意。温暖的阳光照射在我和猪的身上，我感觉这一刻和猪的日子真是很不错呢。

喂养猪最开心的事，还是猪长大了可以换钱。虽然每次和父母一起去卖猪，都会有依依不舍的难过，但毕竟是个孩子，在面对父母用猪换来的钱犒赏我的时候，那点永别的难过也就随之烟消云散了。这就是喂猪的快乐，哪怕是最后和猪生死离别也是快乐的，这是那些城里孩子难以享受到的快乐。所以到最后我迷恋上了喂猪，迷恋上为猪拽草时敞开心扉自由呼吸、自由奔跑、自由玩耍的生活，甚至也把妹妹带动起来，每天为猪拽草就如同每天的家庭作业一样，成为必做的功课。

说起来我对猪真是很有感情。我才开始在乡镇工作那几年，也就是二十出头的小伙子，经常下乡走村入户，却总喜欢趴在人家的猪圈看那些猪。看见猪们肥肥壮壮的，吃食吃得欢，或者悠闲地享受时光静好，我的心情就灿烂明媚。

因为对猪特别关注，看着有的人引进了新品种，有的人科学改圈，我就心痒难耐，终于有一天怀揣一张图纸，用摩托带着两头良种猪崽奔回了家。我和父亲商量，我要养猪，要正正经经、美美地养一回猪。父亲对我的先斩后奏大为恼火，和我大吵一架，但父亲最终还是同意了我的意见，大体按着图纸修好了猪圈。那时我真的把猪当作宝贝，只要在家，我基本上是和猪生活在一起，为它打扫、冲圈、撒石灰消毒、疏通风口，为它刷毛、挠痒痒。猪们见了我真是如同见了亲人，那个热情啊，让我感动之余更增添了养猪的信心。我常常按着它们的脊背心里暗暗说："朋友，给争点气啊！"可真要猪们争气，那就不是很容易了，猪们少不得今天生个病，明天不好好吃食，所以我从畜牧站的朋友那里借了《养猪技术》《猪病防治》的书，整天手不释卷。有次一头猪病了，我结合症状，断定是感冒了。父亲听后眼睛瞪得好大："啥？猪还会感冒？你小子感冒了吧！"没办法，我只好现学现卖，给他详细解释一番，赶紧买些针剂直接就给猪扎上了。等猪缓过劲了，父亲看着我的眼神就跟看猪差不多了。也是的，我得意啊，这是因为养猪让父亲佩服了我一把啊！

我带回来的那两头猪，一头是大约克夏，一头是杜洛克，都是用来做母本的。两年后，两头母猪长得猛，最大的一头长到四百二十多斤，足有一米五高，跟一头牛犊子差不多。这么大的猪在我们村是头一个，邻居们都来看稀奇，猪崽下得多，品相好，脱槽快，自然卖得好。可惜最终还是由于经验不足，一头猪有病了怎么治疗也不见效，忍痛卖掉了；另一头产崽虽然很多但死崽率越来越高，最后也卖了，我的养猪生涯也就黯然终止了。

从此我再也没喂养过猪，猪也逐渐在我的生活中消失了。但我很怀念那些因为猪而难忘的经历，那在野地里为猪捅草快乐的童年生活，那个带着我们捅草的慧慧。那每次看着猪吃着自己捅回来的青草舒坦的幸福，现在哪里去找呢？

我坚持修建的猪圈，至今还在，不过已经好多年没有猪了。母亲年纪大了，没有精力喂养，父亲也对养猪失去了兴趣。曾经喧闹而富有生机的猪圈，像那些企业破产后的厂房，颓废衰败，只有当作柴房，还能显示它有一些剩余价值。那遥远的猪，已经不会知道这些了。带领我们捅草喂猪的慧慧，中学没有读完就出去打工了，从此一去不回，我再也没见过她，她家也再没有养过猪。

有次我去观摩一个生态园，那里的猪很多，现代化的养殖技术，让它

们在流水线一样的作业操控中，迅速长大。可是这些猪，它们会懂得美美地吃那些孩子用双手捡来的青草的滋味吗？它们会懂得孩子们为了养育它们长大而为之倾注喜怒哀乐的复杂情感吗？它们不会明白，因为猪，那些贫穷的孩子永远有一个可以记忆的快乐童年。

可是那些猪呢？那些我曾经为之欢呼雀跃的猪呢？它们永远不在了，已经逐渐模糊得如同记忆里的尘埃。

2013 年 11 月定稿

冬雪，总是想起许多事

　　有一年冬天，大雪纷飞，我放学回到家里，父亲正好从秦岭山中的矿上回来了。家里生起了炉子，父亲带回来很多生活用品，让我们这个贫困的小家一下子洋溢着温暖和卑微的幸福。不过最大的惊喜，是父亲还给我买了我人生第一个，曾经梦寐以求的日记本。尽管那只是一个64开的薄薄小本本，却也让我不情不愿带来玩的两个同学羡慕不已。寒冬凛然，屋外厚厚的积雪，难以覆灭我内心燃起的一把温暖的火。

　　这件事，只是我人生度过很多个冬天的微不足道的一件小事。可是每临冬天，总是会在脑海泛起很多往昔。总是有很多记忆，让人在冬雪里，难以泯灭那其实无关冬和雪的情怀。

　　我曾是一个激情燃烧的文艺青年，血液里不缺浪漫主义情调。冬天，飞雪，在我的文学作品里时常出现。在这些元素上附加的难以割舍之情，常常让我无法回避下雪和冬天。下雪的冬天是那么的美，要么雪花飞舞，漫天飘洒；要么粉妆玉砌，银装素裹，无不是浪漫陶醉，诗情画意。所以，拿起笔抒写冬雪，我也难逃俗情。

　　然而，对于冬天，我其实是很不喜欢的。因为，冬天来了，我们家的生活就到了最难熬的时候，缺衣少食，饥寒交迫，穷困凄惨。因为冬天，我们家和有钱人家的对比，就会更加明显，内心的耻辱感就会像凶恶的野狗撕咬着我的自尊心。而母亲每每到了冬天那声声叹息，更让我的心如坠冰窖。所以，那种对于冬天彻骨的伤痛，一直影响到今天。我不喜欢冬，只是因为贫穷。

记得在我六岁前，我们家是借住在一户人家的柴房的，四面土墙歪倾欲倒，颓废破败。印象最为深刻的，是后墙与山墙之间裂开大缝，寒风吹来，抖动那遮挡的玉米秆和塑料纸，发出的声音，犹如鬼哭狼嚎。更为恐怖的，房东在当屋居然放置了一口大棺材，黑漆漆、阴森森，每次我进屋的时候，极度的恐惧让我心胆欲裂。就是在那样的房屋，有年冬天，冰天雪地，严寒至极，然而家里却断粮了。于是在雪漫长空的冬日里，一个因为冬天而不得不低头的汉子，忍受着内心痛苦的煎熬，卑躬屈膝地向左邻右舍去讨借粮食。那个时候，冬天，是我最恨的季节，包括那飘飘洒洒的雪花。

所以，冬天对我来说，无关风花雪月。虽然我也很想附庸风雅，很想潇洒浪漫，很想文艺一把，但面对寒冬和风雪，我的脑海里，还是只会想到"风雪夜归人"那样的情景。

很多个冬天，总是带给我不幸的消息。有一年冬天，姨母家的二表哥，在秦岭山中的矿洞里，惨遭塌方。对我非常好的表哥，一个十九岁的年轻生命，就此留在了皑皑白雪覆盖的秦岭荒山，成为一缕孤魂，缠绕在我幼小的心上。

冬天，也往往让我这个内心自卑的人，多一些幽情和忧思。尤其是遇到傍晚的大雪，整个世界空寂无人，内心的清寒总是会滋生出忧郁多愁的心绪。记得有一年冬天，下着大雪，师范最后一个学年的寒假即将开始，待到来年，人生之路难以预料。一个青年的迷茫，伴随着冬天的雪花，更加阴沉。于是不顾已是傍晚时分，迎风冒雪，信步漫游，不知不觉来到一个山坡，眼前是一片杂草丛生的荒坟。失意的我，面对白白茫一片，前途无计，一时间人生凄苦，伴随着寒雪凛然，让我在荒山野岭独坐雪夜。也许因了那一场雪，我有所顿悟，重新抖擞精神，顺利完成了剩余学业。

随着年龄的增长，我的思想渐趋沉稳。我不喜欢那些只要一下雪，就惊呼连连，喜出望外，做痴迷状、陶醉状，然后一大堆美丽的形容词，俗套一般地借以表达自己对雪的文学赞美。有一次，一个南方的网友出差到哈尔滨，在网上跟我惊喜万分地说："从没想到雪是如此美，真想永远生活在雪的世界。"我只是淡淡地回复："狗屁，我家的水管都冻裂了。"想来，朋友看到我对雪的粗俗，绝对是不堪忍受，难怪自此以后逐渐不再联系了。其实，她哪里懂得，我一个北方的人，一个秦岭山区的人，对于冬雪，司空见惯，习以为常，甚至厌雪、憎雪，因为每到大雪降临，总是伴随着很多生计烦恼。我会想到，母亲洗衣服怎么办啊，做饭的柴火怎么办？菜冻了母亲该发愁了，父亲无工可做，孩子受冻怎么办？该给媳妇儿买棉袄了，路上滑父母走路突然摔跤怎么办？……我是一个俗人，也许面对如此美丽的雪景，我却大煞风景，竟然是一堆鸡零狗碎。

在我的记忆里，村上的老人，很多都是非常害怕过冬的。每个冬天，总会有几个老人，寒病交集，挨不过煞冬的肃杀，默然离世，那泥雪蜿蜒的小路，我常常跟在送葬的队伍里。村后的高粱坡，白色的雪，掩盖不住悲伤；刺眼的雪光，犹如扎在乡亲们心上的尖刀。老树枯枝在雪地里狰狞兀立，其上寒鸦点点，瘆人的哇哇怪叫，让冬天的寒晦更加浓郁地笼罩在每个人心上。我更加厌恶冬天，憎恨这掩饰一切的雪。

然而无论对冬天怎么不喜欢，也只能徒增烦恼。冬天该来的时候，依然嚣张霸道、步步紧逼，哪怕严寒凶恶，也只能跟着冬天苍白的太阳，自找自乐地享受一个年头的余欢。雪呢？要下的时候，公主一般，骄傲地搔首弄姿、眉目顾盼，要么无缘无故姗姗来迟，要么恣肆任性绵绵不休。煞花残柳，覆道埋屋，一派肃杀气象，大千世界，唯白一色而已。

当然，雪冬里也有催梅放香的娇艳，这也许是雪能带给我的，寒冷中一个分外的欣喜。所以，冬天的冰雪世界，除过对雪吟诵梅花，就是一种对来年的期盼。"瑞雪兆丰年"嘛，更何况大诗人也不是充满希望地感慨："冬天来了，春天还会远吗？"

今年的第一场雪，很大。已经过去了好几天，雪仍然不急于消除人们对她的记忆，残雪依然处处留情。内心担心老家父母的生活，不顾雪后初晴，玉树琼枝，美景无限，匆匆赶回老家。看到家里安然无恙，方

才放下心来。踱步村后，远眺雪后南山，冬阳映射，倒也"江山如此多娇"，心情不禁一下子好多了。

　　然而，更有一层喜欢，就是又能穿上母亲为我做的新棉鞋了。看来这个冬天，可以调整一下心境，去好好欣赏欣赏一下雪景了。

2016 年 11 月 29 日定稿

腊月的气氛

　　小时候总是盼着过年，现在想想，其实是盼着放寒假，可以和伙伴们在年前尽情地玩耍，尽情享受腊月里那种准备过年的气氛。

　　腊月，在古代最早是"蜡月"，因为岁末年终，人们要祭祀先祖，所以要用到"大蜡"，因而得名。其后因为祭祀必须要用到畜禽牺牲，那就需要田猎围狩，因而"腊"通"猎"，就是捕猎的意思。到了腊月，在民间就是跑狗逮兔，捕兽猎禽，杀羊割鸡，屠猪宰牛，一个月都是围绕过年吃肉做准备，所以要"猎"。因此一年最后的一个月，就叫"猎月"，后来称为"腊月"。

　　那时候物资匮乏，吃肉对于老百姓而言，那是一件大事情；对于小孩来说，那就更是一个梦寐以求的愿望。可是小时候时光很慢，一年的时间总是盼不到头，盼来盼去还是盼不到腊月。好不容易到了腊月，大人们才开始紧张忙碌起来，备年的味道才慢慢有了渲染。一到腊月初五，"五豆饭"吃了，基本上就预示着进入准备过年的快节奏了。"小孩小孩你别馋，过了腊八就是年。"一旦过了腊八节，年味就越来越浓郁了。"腊八粥、喝几天，哩哩啦啦二十三。二十三灶爷送上天，二十四扫房子，二十五做豆腐，二十六煮大肉，二十七杀年鸡，二十八把面发，二十九蒸馒头，三十贴上春联玩一宿，大年初一扭一扭。"当然这是过去的谚语，已经与时下的实际情况不大相符，一般不会再这么按部就班地操作。但是传统的腊月天，到处都是那种辛苦一年之后的精神休闲和准备庆祝的意味。孩子们因为放了假，可以到处乱窜撒欢，看热闹瞧稀罕，可劲儿地欢天喜地热闹起来。

　　我们村子里有一个专职杀猪的，腊月天几乎天天闲不下来。我们就跟

着他，到处看杀猪。杀年猪就像家里过事一样，也是很重大的，因此必须要有仪式感。先是看着主家给猪好好吃一顿"断头食"，然后烧香敬神放鞭炮，接下来主事人安排人事，一部分人锅灶烧水，一部分人支搭大撑锅，还有一部分人搭建挂猪架子，再有一部分人开始逮猪，各种滑稽有趣的场面总是引得大家哈哈大笑。逮住猪之后，捆着压在案板上，就看屠夫那最血腥的行为了。那可真真是"白刀子进红刀子出"，殷红的鲜血，伴随着猪声嘶力竭的吼叫，从脖子咕咕地流个不停，不一会儿肥猪气息断绝，多半盆子猪血就被主人端回去了。接下来众人抬着猪放进大撑锅，开始烫皮剥毛，最后分肢剖解，翻肠洗肉。整个过程大家兴致盎然，有人发出惊呼："好家伙，这头猪膘水真厚，有四指儿了！"这个时候主家就一脸的骄傲神色，然后客气地回应："今年还行，没少欠它吃的。"年猪杀罢，主家客客气气地让屠夫自己挑选一块最好的五花肉带走，然后发烟喝酒，一团和气。有人会得到一些猪胰子，也算是劳有所获。孩子们最开心的是拿到那个猪尿脬，吹鼓扎口，然后当球踢，一场民间的蹴鞠就在欢乐的气氛中开始了。

除了杀年猪，备年的大事情还有一大堆。先是储备硬柴。因为一年到头，之前的柴火基本用尽，过年蒸馍做豆腐都需要大量用柴，加上正月过后开春农忙顾不上砍柴，所以储备硬柴就是农户腊月的一大硬仗。山里的村庄当然不消说了，我们川道的村子，这个时候，各家各户的壮汉劳力，就得连着好几天进山砍柴。我现在还记得，天尚未明，陪着父亲，带上母亲准备的锅盔馍，吆喝着左邻右舍，拉着架子车深入蟒岭大山里，爬山翻岭，上树剁枝，删藤割蔓，捆扎拖拽，架绑在架子车上。我人小力薄，一般就是砍剁一些低矮的灌木梢子，捡拾一些枯枝烂木。等到装车停当，基本上就到后晌了。我们父子把在山上没吃完的锅盔吃完，就随同砍柴大军一起往回赶。一路上还不断遇到别村拉柴的人，队伍甚是浩大，一路上说说笑笑，唱唱嚷嚷，盼年的氛围，就在这腊月天的峡谷沟壑里，在每个庄户人的心间，起伏荡漾开来。

硬柴准备好了，就到了过年最重要的一件事了，那就是蒸年馍。在农村，年过得好不好，就看谁家馍蒸得好不好。一个是馍蒸得好，人吃起来得劲儿；再就是拜年给亲戚送，也有面子。小时候家家户户都贫困，拜年的礼物很难拿得出手，就全凭送馍。因为馍最实惠，实实在在用面粉蒸出来的，有了馍就有了吃的，就饿不着。所以每家蒸年馍的量就很大，比如我家，每年过年都要蒸上五六锅儿，一锅儿两箅子，全部下来要装上满满一蒲篮，就像小山一样，蔚为大观。孩子们一般喜欢给大人烧烤碱面疙瘩，烧烤熟了大人掰开看一下碱放的轻重合适后，我们就可以吃那些烤碱面疙瘩了。再就是馍蒸出来，我们特别喜欢拿着桃红瓶瓶儿，给每个馍顶点上红点点儿，这样年馍才算大功告成了。有淘气的孩子，互相给对方脸上、额头上用桃红乱涂乱抹，一个个小花脸，惹得众人哈哈大笑，甚是有趣。

年馍蒸了以后，一般紧跟着就是炸馃子。我的老家是陕南山区的，小的时候总以为炸馃子是全国普遍流行的习俗，长大后才知道是我们当地的特色。因为有一年我大妹夫从关中平原回来拜年，吃到家里的馃子，然后惊奇地说："咱们是怎么把面弄成这种带花纹的空心面包的？"我才知道炸馃子是老家特有的过年美食。大人们先把酵面擀成一指厚，切成方块状，再在上面对角或者横竖交错切压出痕迹，放到铺在热炕上的干净床单上，等待发胀后，开始在油锅里炸。这是很讲究技术的，掌握不好，就会成为"死板板"，或者炸焦发黑。条件好一点的，炸完馃子，父母会用鸡蛋搅和面粉，给孩子们炸一些麭酪和虾片，过年的时候既可以当零食，还可以摆上餐桌招待客人。等这些年馍啊、馃子啊什么的都弄好了，这过年的气氛一下子就出来了。

接下来就是做豆腐了。前一天要泡黄豆，把黄豆充分泡软泡膨胀，第二天脱皮捞出，然后担到村里的石磨子磨浆。最初的时候条件比较原始，人们都是用石磨，因为磨少人多，所以还要排队等号。后来有了打浆机，的确是省事很多，不过很多老人总是感觉机器打出来的豆浆做的豆腐不好吃。所以这两年很多人又恢复到当初石磨豆腐的工艺上来了。孩子们对于做豆腐，最主要的是享受三道美食。一个是放糖的豆浆美美地喝上一大碗，再就是从锅里捻起的豆腐皮尝个鲜，最后就是点卤之后的豆腐脑儿，舀上一碗，调一些韭花、辣椒酱，吃起来爽滑鲜嫩，撩得很。

腊月里期盼过年开心的事情有很多，当然包括穿新衣服的事情。所以一到腊月天赶集的日子，我就拽着母亲的后襟，哼哼唧唧地跟着她，缠着

买衣服。那时候买衣服也是件大事，所以每一个母亲都很慎重。母亲当然先是尽可能地"大改小、旧改新"，实在不行再买新衣服。于是就和其他妇女，镇上的街道从这边转到那边，大家一个摊铺接着一个摊铺，挑挑拣拣翻来看去，试过来试过去，一般总是好多天才买好。更何况我们姊妹三个，从头到脚里里外外，算下来件数很不少，所以买过年衣服，真是一个很烦琐的事情。但是我们孩子是乐此不疲，这个赶集日买不好，还有下个赶集日，而到散集的时候最起码还能落得一碗炒粉吃，或者几个水煎包子，甚至还能吃到冰糖葫芦过个瘾，那也很是心满意足了。

过年要备年货，大人怎么备小孩不管事，我们只想着死缠烂打式地给父母要钱买鞭炮。那时候鞭炮可以论个儿卖，有大的有小的，你哪怕只有几分钱，都可以买几个炮仗。只要怀里揣着炮仗，过年的时候就可以耀武扬威地"震天动地"，在别的小孩面前美美地威风一回。我们往往是出其不意地这里扔一个、那里扔一个，最好是能突然爆炸吓人一跳，特别是惊吓得那些女孩子花容失色，那就极其得意了。如果有"链子枪"，还可以用鞭炮里面的火药玩打枪，那英雄一般自我良好的感觉就可以再升好几级了。怀着这个梦想，腊月天我们这些小孩子，就想方设法给自己储备一些"武器"。所以因为买鞭炮，有哭的，有闹的，有撒泼打滚儿的，还有挨骂挨打委委屈屈哭哭啼啼的，很是一道精彩纷呈的风景线，不过那种心情可真的是波澜起伏啊！

腊月里盼年还有很多值得开心的事情，比如买瓜子糖果，买年画门神，买春联灯笼，等等。说到买春联，我家和别家不一样，因为我家总是卖春联。因了祖上的传承，我们也算是略有文化的家庭。我曾祖父算得上过去的乡绅，据说书法甚是了得。祖父的书法我是亲眼见过的，现下还有他的真迹，功底深厚，书风庄重，颇有大家之气。父亲也是写了半辈子毛笔字，因此我从小就自觉地练习书法，我们家几乎承包了村里的春联。我师范毕业后，在父母的催促下，连续九年，每到腊月，就骑着父亲留下的老式二八大杠，在周边六七个乡镇赶集卖春联。当然这些仅限于对外，回到家里，村里房前屋后各个邻居的春联，我依然包揽了挥毫的任务。那种写春联的气氛，是腊月里独一份的享受，至今难以忘怀。

　　这些都是传统的文化记忆。乡村有乡村最朴素的美，在腊月里就是最典型的体现。现在我已经过了不惑之年，可是腊月那种喜庆的、欢乐的、忙碌的、紧张的、团圆的、喧闹的，透着一股子淳朴的民风民俗，着实让我常常沉浸在那些美好的回忆里。有老家，有父母，有温情，有小火炉，有热炕，有锣鼓、社火、舞狮、秧歌，有爆玉米花的围火而聚的场面，有弥漫在整个村庄的猪肉香，有家家户户拉风箱的咕嗒咕嗒声和每个房顶烟囱里飘散的袅袅炊烟，还有大人小孩皱着的脸上洋溢的笑容……

　　今年的腊月，我牵挂的还是年迈的父母。因为母亲已经得病卧床两三年了，父亲的身体也大不如从前，所以备年的气氛，总是索然无味中透着压抑。那种家里面母亲忙忙碌碌的身影，父亲进进出出拿这样提那样的招呼，厨房里叮叮当当准备过年做美食的声音，拖擦洗抹、挪桌子、搬凳子、扫漆灰的嘈杂喧闹声，嫌我们懒惰不会做事而吆来喝去的责骂声……现在都没有了。

　　可我们都是有根有情结的人。故乡的记忆总是融在血液里，乡愁一直浸透在漂泊的灵魂里。所以我一直在想念小时候那种腊月天的气氛，想念那种亲情温馨的欢乐时光。我想把那种美好，传给我的孩子，也让他们每到腊月的时候，用一种纯粹的朴素的情感，从内心深处体会到，真正的家的情怀。

　　山水虽然依旧，春夏秋冬的风花雪月却已经随尘而去。腊月，我只想千家欢乐，万家依然是，有情的人间。

2022 年 12 月 29 日定稿

父亲的指责

临近腊月了，想着老家可能都忙敞开了，应该回去看看。特别是最近一段时间，自己就像冬眠的灰熊，蛰伏在地洞里，在懒惰和冷漠中消耗着生命，思维也跟着冬天的冷风寒气，冻结凝固了，去了许多人间烟火气儿，少了很多温情暖意劲儿。门窗关着，隔离外面的世界，也就隔离了人情冷暖，心脏被小小空间的污浊空气憋得很是难受。于是周五这天下班，想着一家老小，归心似箭，也想趁着团聚透透气，解解闷，舒展一下身子骨。

走到院子，看见父亲正在剁柴。我问一声："大，忙着呢。"父亲好像没听见，继续高高扬起了斧头，狠狠地劈在了木头上。我走上前，又叫了一声："大，这个时候咋还剁柴呢？"父亲这才抬起头，冷着脸说："咦？你是谁？走错门了吧？"我只好难堪自嘲地笑了笑。我知道父亲生气了，倔脾气又上来了。只好蹲在他面前，赶紧摸出香烟，递给他。

"吃不起！"父亲又是冷冰冰的一声。我只好嘿嘿着抢父亲的斧头。在拉扯中，父亲这才在絮絮叨叨的指责中逐渐消了火。

"看你爷儿俩这啥样子，也不嫌人笑话。"母亲端着脸盆过来，嗔怪着说道。

"哦，回来一回，两手甩，空嘴说空话，还有脸回来？"父亲看来是跟我挤对上了。"说啥呢，娃两个工资够买个啥？你是缺啥少啥了？"母亲赶紧给我帮腔。"哼！人家娃有本事了么！"父亲的指责让我无地自容，脸红耳赤，真想找个地缝钻进去。

吃饭的时候，我端上第一碗饭递给父亲，父亲爱接不接地说："你端的饭，吃着都没味！"我讪笑着打哈哈。一家人一边吃饭，一边听着父亲对我最近生活和工作上的询问，一问一答中时不时就是一顿呵斥。母亲在一旁埋怨着唠叨："就你能，一辈子成了个啥精？娃难得回来一次，吃饭都堵不住嘴。"

父亲眼睛一瞪、筷子一撂："咋？没出息还不敢说了？翅膀硬了就不认他大了？他娃再大，啥时候都是我的娃！"

我赶紧把筷子递给他，笑着说："大，你说啊，尽管骂，我听着呢。都习惯你骂我了，你不说我，我还浑身发痒不自在呢，嘿嘿！"一家子就又笑开了。吃着饭，听着父母的唠叨，家的味道在我心里流淌。

想想，我从小就是被父亲骂着长大的。这一辈子，我最害怕的就是他。从小到大，每做一件事情，我首先都在用父亲的指责激励自己，唯恐做得不好被他呵斥，甚至是挨打。父亲的指责，就像私塾里老先生的一把戒尺，时刻悬在我的头顶手心，让我在惶恐害怕中行为谨慎，不断学好。更像是他做木匠活的规矩，不断地衡量着我为人做事的方正与歪斜，时时刻刻约束着我走正途、踏正路。

在我的记忆里，父亲给我的印象就是对我的种种不满意，对我永远地看不上。所以从小到大，我一直感觉自己从来就没有一件事情做得很好、很完美过。在父亲的眼里，我永远都是一个问题孩子，毛病丛生，缺点满身，他对我横看竖瞧都是贬低和指责，我在他心中的满意度几乎为零。上学时，无论是我获得三好学生，还是我某一门成绩得到满分，或者什么事情得到老师的赞扬，父亲从来没给过我好脸色，好像从他嘴里说出来的话，是褒是贬，是高兴还是恼怒，全都是以达不到他的要求而被训斥的单一表现形式。

当然，我打小就知道父亲是一个好强要强的人。父亲弟兄四个，他是老大，穷苦的家庭让他独立早熟。过去艰难的岁月磨砺着他的一个男人的心志，让他总是以坚强硬朗的硬汉形象树立在我们这些孩子心中。他为人耿直，乐于助人，对待别人总是诙谐幽默，热情开朗。可是一旦回到家里，针对我们这些孩子的教育，却毫不含糊，家法严厉。他总是以一个朴素的农家男子汉的主观思维，指导自己埋头苦干，严于治家。耕读传家的想法，让他对自己孩子的成长，总是在威严中把自己的期盼在冷面寒霜中化为肃

语厉声，训斥指责。那种望子成才的心切，让他带有一点封建家长作风的暴脾气，总是狂风骤雨一样落在我们的身上。我们就像一棵棵小树苗，稍有长歪出刺的地方，父亲就凶狠地给我们砍削修正。

因而在我的成长过程中，我没少挨他的喝骂、训斥、指责，更是没少挨他的鞭打。所以我一度把父亲作为我这一生最恨的人，最大的敌人。甚至在我的青春叛逆期，我忍无可忍地大着胆子顶撞他，在日记里、作文里，谩骂他、诅咒他。可回到现实，我还是不得不低着头，接受他对我的残酷的家庭教育。

就这样，我在父亲的指责中慢慢长大。虽然距离他对我的期望相去甚远，但总算做到了他所希望的正轨而行。在我的行进中，父亲的指责，就像是警钟长鸣一样，时时提醒我、警示我所出现的失误错误。日消月长，我已经习惯父亲对我言谈教诲的方式了。它让我们父子，在这些指责中更加心灵贴近，感情融洽，在父亲别样的关爱中，享受到人间亲情的温暖。

"你看你，一天像个啥，哪有点干部的样子！"他总是担心我随波逐流，不注重个人修身养性，害怕别人看轻看低自己的儿子。

"整天埋怨这个、埋怨那个，得不到提拔，是你的工作能力不行。"对于我的牢骚埋怨，父亲总是无情地驳斥，让我深感自己内功不够，继续努力奋斗。

"一天不好好上班，就知道和狐朋狗友瞎胡混，和二流子有啥区别？"只要看见我和朋友喝酒打牌玩乐，父亲火山一样的脾气爆发是肯定避免不了的。

"水平不行，就知道摆大话，有能耐得个奖给我看看。"面对我的扬扬自得，父亲的指责总是像一瓢冷水迎面泼来，把我泼醒，让我头脑清明。

"就你那性子，不服领导管教，还能成啥事？"知道自己的儿子脾气倔，性格犟，时常敲打敲打，让我化性养和。

"跟着你都丢人，不好意思跟人说你是我不成器的娃！"恨铁不成钢的咬牙切齿，让滋生出来的耻辱感促进我进步。

"看把你得意得忘了形，你娃有啥本事值得傲气的？见了邻里邻居的问一声。"谦虚的父亲，总是担心自己因为孩子而担上骄傲自大、目中无人的恶名，对村里乡亲的风评尤其重视，稍有看不上眼的张狂行为，那是丝毫不会容忍的。

"出门带盒烟，见了村上的人散一根。没一点礼数。"父亲对传统礼仪始终毕恭毕敬，对待自己的孩子总是言传身教，唯恐失了礼数，被人嘲笑。

"……"只要遇着父亲，我是一无是处，没有哪一次不被指责的。

回到家里，我一切行动听父亲。父亲让我干啥就干啥，丝毫不敢马虎。然而，无处不在的指责总是萦绕在耳畔。"一天吃好的吃成肉墩子了，就这样还能抓起斧头？""好吃懒做，把你惯得不像样子了，菜窖都不知道咋刨开了？""没一点眼力见，都不胜我孙子。"在他眼里，我就是家里最无用的人，我永远都没有长大，永远都不会成熟。

多年来，看着父亲脸色行事，对他脸上的阴霾胆战心惊，已经成为我的生活习惯了。虽然随着我们的长大，父亲的指责渐渐少了，但是每当看着他对我们失望的眼神，感受到他伤心绝望一般的痛心如灰，我总是为辜负了父亲对我的期望而羞愧，激励着我继续追求尽善尽美。

其实，我何尝不知道，父亲的指责里，更多的是对我们的爱，是对我们操碎的心啊！如今，那过去曾经对父亲的怨恨，早已化为云烟，无影无踪，有的只是宽容和理解，以及对父爱的全新解读和认识。

随着岁月的打磨，父亲苍老的面孔更加水波不兴，面对生活中的艰难困苦，更多的是倔强的沉默。和我相处的时候，也更多的是睥睨和冷视。我有些惶然，内心里总是隐隐担心和父亲的距离不断拉大。让我感觉缺少了父亲的指责，如同缺少了融化在血肉里的催化因子，让我的生活失去了动力。所以现在，我总是有意无意地故意自找他的指责。有了他的指责，我才能更加接近他，更加深入地了解他，更加贴身体验那浓浓的父子情。我甚至有时引导着他指责我，然后看见在他背过脸后稍纵即逝的一丝笑容，那个时候我是多么的开心和幸福！我知道，他的指责，他的训斥，已经成为父亲对儿子感情表达的一条纽带，一座连接血肉亲情的桥梁。我有时静静坐在一边，看着父亲对我的指责，有时故作怒气冲冲的模样，我总是像欣赏最美风景一样，细细欣赏我的父亲。耳畔里已经没有了指责声，没有了周围的嘈杂声，没有了天籁声，时光就此凝结，只有父亲口唇一张一合

的表情，表达人间最美的大爱，是那么温馨，那么动人，那么幸福。

在家里紧张忙碌地待了两天，我和父亲一起砍柴，一起干木工，一起做豆腐，在劳累的农家活计中，美美享受到亲情带给我的快乐。尽管父亲的指责有时让我尴尬，但能抚平我内心的浮躁和焦虑，让我眼明心亮地面对明天的生活。

走的时候，父亲早早就给我收拾东西。一个不大的布袋里，装着红薯，装着早上才蒸的大白馒头，装着蒜苗和葱，装着爆米花，还有几个鸡蛋和中午才压成的豆腐，害怕压坏了，只能装进另一个小塑料袋子里，单提着。我走下台阶，父亲推出车子，把袋子递给我，冷着脸说："实在不想给你拿这些，你吃了都白糟蹋了。"我挠挠头，只是嘿嘿地笑。把我送到路口等车的时候，父亲从兜里掏出一把零钱，甩给我："给，买个票！"我赶紧挡住，连声说着不用，父亲狠狠地把钱戳进我口袋，头一扭就走，在身后只听见他讥讽的训斥飘了过来："给你钱，是让你娃丢人羞先人呢！"我一下被呛了一口，红着脸咳嗽了两声："大，你这人，唉，咋这样啊！"父亲不闻不顾，骑上车子看都不看我一下，绝尘而去。

我呆呆站在路边，望着父亲回村的背影，想象着父亲嘴角一撇弧线的表情，眼泪止不住流了下来。

扭身向前走，我忍不住时时回头，仿佛父亲还在我的身后，还在指责着我什么……

2015 年 1 月 20 日定稿

和父亲吃扯面

那天早上快下班的时候，父亲突然打来电话，电话里声音嘈杂，只听到父亲大声说他在南门口桥头，让我下班去找他。我心里倏然一惊，难道父亲出了什么事情？所以急忙朝那里跑去，一眼就看见父亲提着一个蛇皮袋子茫然地站在人来人往的桥头。我眼里一热，赶忙迎了上去。话长拉短，嘘寒问暖，原来是父亲专门来看我买的新房，将来好帮我装修。

在看房子的过程中，虽然父亲掩饰不住内心的高兴和对儿子的夸羡，但也少不了唠叨和责怪，因为在他看来，我们是地地道道的农村人，理应安安分分待在老家，因为那样心里踏实，活着实在。何况老家的房子虽然不是高楼大户，但也舒服坚实，好不容易积攒点钱，居然就忘了本丢了根，要在这吵闹混乱的城里过日子。不过说归说，到吃饭的时候，父亲还是感叹道，和娃有一顿饱饭吃比啥都好啊！

所以那天终于有和父亲一起吃饭的机会，我心里那份挥之不去的情愫，如同油泼的火焰蹿升得很是高涨，这算是和父亲第二次吃饭了，真是件令人高兴的事啊！我坚持到档次比较高的饭店，点上几个菜，来点酒，然后遂了父亲的意，美美吃上一顿饭，也算心满意足地下了一次馆子。却不想父亲坚持要到一个小餐馆吃，好说歹说也没拗过他，只好由着他，最后在新家对面公路边一个简陋狭小的餐馆，每人要了一碗油泼扯面。坐在里面，我明显感觉到父亲的不大自在和拘谨，想着他很少进饭馆吃饭，更难得和儿子一起在饭店吃，那份难抑的内疚不禁油然而生。所以我赶紧想个由头，说些新鲜事慢慢打开父亲的话匣子，逐渐让父亲活泛起来。还好，我们边吃边聊，说天道地，吃得顺心，聊得开心，不亦乐乎，真是滋润到心坎了！

一碗面吃了一半，看看父亲谈兴尚浓，我又要了两碗，父亲一听赶紧拦住，连说吃好了、吃饱了，不能浪费。我不听他的，坚持要，他坚持挡，最后要了一碗和父亲分着吃。快吃完的时候，父亲忽然说："大这人没本事，一辈子也没让你们娘儿几个吃过好饭，愧惭啊！"我的眼泪瞬间泉涌般掉在了碗里，我只是埋头无语，就着眼泪吃起面来。

走出饭馆的门，车水马龙市声喧噪，白花花的太阳照在父亲灰黑的衣服上，让他更显沧桑。忽然就想起小时候和父亲吃扯面的事，就说："大，你还记不记得我小时和你吃的那次扯面？"父亲嘿嘿一笑说："早忘了。"我想，其实父亲哪能忘呢？父亲是对过去不堪回忆啊。

父亲一生简朴惯了，过去每次赶集，他几乎都是空腹而回，但他总是能从自己牙缝里挤出点钱给孩子们买几个烧饼、几个果子。说实在的，到现在，我也没亲眼见过他在街上进过一次饭店，甚至在小吃摊吃上一碗面皮。现在唯一能回忆起的就是在我八岁的时候，和父亲一起去县城附近一个煤矿拉煤，因为要看在县城住院的姨父，所以就在县河桥头一个用木板搭个棚子的饭店里吃了一顿扯面。那是我今生最骄傲最难以忘怀的一次经历，甚至在我的一生中，那算是我真正走进社会的第一次，让我可以和大人一起认识这个世界的某个层面。因为在那时的我看来，一个穷孩子终于下了一次"馆子"，这无疑会使一个懵懂无知的孩子人生阅历发生历史性的突破和跨越，虽然那其实不过是一次太过寒酸的最简单的消费行为。

当时生活困苦，出门的人就得带上干粮，父亲的干粮就是母亲先一天晚上烙的杂面锅盔馍。幸好母亲的手艺好，总能把锅盔烙得酥黄干脆，也不知从哪儿弄些苜蓿之类的草草叶叶放在里面，闻起来更是香得让人直流口水。但那是我们想也别想的，因为那是"硬粮"，是给出门在外闯生的人的特供食物，我们是不允许吃的。可等父亲出门了，我们却总能在某个碗下面，或者小锅里找到几小块。

那天父亲也是带着干粮的，所以父亲一走进饭店，就对那个戴着白帽子，围着已经变黑的白围裙，憨胖的师傅喊："来两碗面汤！"不一会儿那师傅就端着两碗面汤过来，说："姜老弟，不下面哪来的面汤哟！"父亲就笑骂着说："你个奸贼，今儿个就专门带我娃来吃你的扯面的，看把你吓死了!"我只记得父亲先泡了一碗锅盔吃,好像那个师傅还从父亲手里掰了一块吃得有滋有味。然后我们把一大碗看着让我眼睛发亮,又白又长、又软又香的扯面分着吃了。那散发着清香的葱花,翠绿的香菜,油滋滋红汪汪的油泼辣子,让我吃得直冒汗,饱嗝打个不停,惹得吃饭的人哄堂大笑,臊得我恨不得钻进地缝里。

小时候的许多记忆早已恍若隔世模糊一片了,有些事情绞尽脑汁也难以搜索无法呈现,可唯独这件事,犹如昨日经历,总是清晰如画地浮现脑海。我有时也惊诧于记忆那强大的历史穿透力,一个八岁少年的偶然行径,居然可以持续演绎二十多年,仍然深深烙刻在心灵的底版上。

许多年过去了,每每想起这件事,虽是一种复杂的情感,但更多的还是一种愧疚和惭悔,因为我从没有想过那顿饭父亲究竟吃饱了没有。想想当年,父亲正是三十出头的汉子,正是下苦最重饭量最大的时候,那点饭仅能果腹,何况又被我这二愣子吃了个昏天黑地,父亲哪会填饱肚子啊!可也就是那次吃扯面,让我从此对扯面有了一份特殊的感情,不仅对扯面有了一种由衷的喜欢,也对父亲亏欠了一份扯面的情。以后的日子,无论走到哪里,和父亲吃扯面的情景总会历历浮现眼前,就会隔一段时间痛痛快快地吃一次,虽然父亲总不会和我一起吃。那时的扯面肯定也没有现今的口味香爽可口,可那碗扯面却是我这一生第一次吃到的美食,也是最香最幸福的一次。以后的日子,我吃饭吃过许多第一次,可与父亲第一次下馆子吃扯面,却是我生于世、活于世恒之永久的"第一次"。

这实在是一件普通得让很多人忽略不计的小事,可对我的人生意义何其大啊!对父亲我亏欠太多了,从小到大只有我对他的索取,甚至因为自己的人生而把他当作甘蔗一般榨干吮尽,而我从来没有想过他早已瘦弱无力,早已疲惫不堪,早已伤痕累累,早已苍老衰迈。他总是用一腔的爱和责任感呵护着我,在他坎坷多舛的人生路上奋力前行,用自己一双粗糙的大手,拼尽心血给我打造美好人生。可我却没想过回报给他什么,就连一碗扯面也没尽兴吃过,然而他总是默默无言,没有一句怨言怨语,因为在他看来,只要孩子能有一碗扯面吃,即使他只是喝碗面汤,什么也不吃,也心甘情愿,无怨无悔!父亲无愧于家里的每个人,无愧于他卑微而高贵

的生命，倒是他那句"愧惭啊"让我惭愧得无地自容。

　　看着父亲渐行渐远的背影，我真正体会到了朱自清的那种心情。然而我和朱自清不同的是，看着父亲已不再挺拔昂扬渐生蹒跚的身影，我不仅有凄楚心酸的难过，更多的是还有一种欣慰，一种幸福，一种骄傲，一种让我无比安心舒顺的轻快。是的，父亲虽没有朱父的富有，也没有别人父亲英雄壮烈的经历，但他是我最钦佩的人，是一个坚韧不屈，一个淳朴无私，一个有着铮铮铁骨却心藏无尽儿女柔情的农家汉子，是我心中真正的男人！

　　永远也忘不了那个吃扯面的父亲！

2011 年 3 月定稿

回家，看看母亲

妻子打电话问：这周回来不回来？我握着电话迟疑不决，为经常奔波于路途的困顿而犹豫。也许感觉到我的迟疑，随后妻子告诉我："有块地妈要种药材。"我听了立即就说："那我就回来。"

母亲的身体一直不好。我是独子，又是长子，所以从小我就自觉不自觉担负起家里的琐碎活计。但说实在的，我又能干得了多少呢？父亲每次外出前，都给我再三叮嘱："多回来帮家里干活，你妈是个病身子哩。"所以回家看看就成了我的一种责任。早些年在乡镇工作，每周必回，甚至每逢开会、下乡，中途也会顺便回家看看。后来到了县城工作，回家的次数就逐渐少了，现在到市里工作，不回家是正常的，回家了那肯定是有什么紧要的事。

母亲现在的病已经有好多年了。先是腰部胯骨疼痛，一疼就疼了好几年，后来有一次从楼上摔下来，在医院住了半个多月，硬是落下了病根，腰疼、胯骨疼、坐骨神经疼，最后胸部疼，全身都感觉疼。她的胃病也有近十年了，胃胀、胃痛，胆汁反流性胃炎，每晚睡觉前炕头都要先放上一杯凉白开，以备晚上时不时地漱口。我经常劝她去医院做个系统检查，可她舍不得花钱，当面口头上答应得很好，事后要么去找游医，要么就去一些小的诊所胡乱抓上几服药，有时根本就不治硬扛过去。这两年她的身体更是每况愈下，越来越虚弱，稍微干一点活儿，就疼痛难忍，痛不欲生，整个身体就像散了架一般。而我，回家越来越少了，有时偶尔打个电话，有时甚至只在脑海里念想一下，算是告慰一下自己愧疚的心。年后不久，母亲用一种抱歉忐忑的语气对我说："去医院检查一下吧。"我心中一惊！

看来问题是真大了，如果不是病痛折磨得难以忍受，母亲是不会主动提出来去医院的。

三月上旬，妻子陪着母亲来市医院检查，我因工作没能陪同。检查结束后我才匆匆见到她，赶忙问起她的病情。母亲看似轻松地对我说："没啥大事，冠心病，慢性的，不要紧。"我没细想，心里顿时一松，想着这类慢性病没什么大不了的，所以随后几周我也没有回老家去。

上周的一天，突然接到一个电话，接听后，原来是父亲。他是从打工的地方打过来的，我知道父亲肯定是有事了。果不其然，父亲的语气非常严厉，带有一丝怒火，开口就说："你妈的病很严重，你有没有放在心上？有没有当回事？你为啥老不回去看看？"那语气仍像小时候他训斥我时那样严厉，一下子就让我回到了孩提时代，紧张得有些结巴，只是嗫嚅着说："我回去哩，也照看着呢，问题不大啊！"父亲一听我这样说，立即大发脾气，好一顿教训，大意就是亏我还是受过教育的人，对什么病问题大不大都不知道！在他心里我立刻就成了不忠不孝的逆子了。我被训斥得一时无语，忙不迭地回话："好好好，我回去，回去！"

不承想，这边父亲的怒火熄灭了，大妹那边的埋怨又来了。第二天大妹就给我发了短信，劝我工作即便再忙，也不要忘记家里的事情，要经常回去看看老人，不要因为一些琐事就把父母的养育之恩忘记了，父母年龄大了，回家多看老人一回是一回。等等之意，言切辞厉，委婉的批评含蓄其中。我知道这次妹妹也对我有意见了，因为平时她对我是很尊重的，用这口气，那就是很不满了。看来我这儿子真是大不孝啊，引起公愤了。

回到家里和母亲耕种了一天的地，晚上母亲的腰已经疼得直不起来了，我看着泪水直在眼眶里打转。母亲明显苍老了，头发稀疏了，手脚笨拙了，记忆力也下降了，可她每每还要养鸡喂猪、洗衣做饭、干活种地。她行动迟缓，却用她的坚韧意志与岁月抗争，与命运较劲，与生活竞争，只因她的心里放不下肩头养家糊口的担子，放不下儿女的成长，放不下她对生活这份执着的热爱。每次回到家里，丰盛可口的饭菜那是少不了的，只要是我喜欢吃的，没有母亲做不到的。看着我狼吞虎咽吃得直打饱嗝，母亲脸上就会浮现难得的笑容。

　　母亲对我们的爱，有时会像小孩子的童真一样。那种质朴得近乎笨拙的母爱表达，会让你一次次在会心一笑的背后忍不住流泪。几乎每次回去，母亲都会用一些孩子式的小惊喜，让你真切感受到母爱的真、纯、善、美。记得有一次我刚回家，上到台阶刚坐一会儿，母亲就开始忙碌起来了。不用说，我这个不称职的儿子已经有一个月没回来了，母亲肯定是心疼我在外面没吃好，所以就忙着包饺子呢。过了一会儿，母亲有点神秘地跟我说："你来，给你个好东西。"我一时惊疑还未反应过来，就见母亲已经走到葡萄架下朝我招招手，我疑惑着过去，看那空空的葡萄架上没什么奇特的，不料母亲在几片叶子下面扒拉几下，竟神奇地冒出了两串紫里透红的葡萄来。"赶紧吃，别让那些小孩子看见啊。"院子里有一小片草莓，我每年都能吃到让她巧妙藏起来的几颗。院子里的其他果树，有了什么好吃的，那都是必须要让我吃到的。有时为了让我吃得过瘾，她会不畏艰险上北山捡拾地软，给我包些包子吃。其实这些东西，在城里人看来根本没什么稀奇珍贵可言，可在她这个一辈子生活在农村的老实妇女来说，那就是对儿女最真挚的爱！年复一年，我无时不在殷殷母爱的呵护下成长，可是母亲却越来越老了……我随时都会从母亲那里得到一些东西，母亲也随时都在被无情的岁月剥夺她珍贵的东西。而我，却从没想过她要什么，给过她什么！

　　有了母亲，就有了回家的念想，就有了一种召唤。这是一份爱的召唤，是儿女心中那份责任的召唤。回家，那是在外的儿女内心最期盼的，回到家，见到对你最亲的母亲，那就是一生受尽劳苦委屈也值得的最大的回报。

　　我将这份愧疚说给一位朋友听，她跟我说："儿子长大了，母亲就老了。要常回家看看啊！"我心里不禁一惊，打开电脑，听着《常回家看看》那深情的乐曲，朴素真挚的歌词，让我心里最柔软的地方，立刻就在浓浓的乡情母爱中颤动起来。

2012 年 4 月 16 日定稿

亲人纪事·外婆

　　说起对我最好的亲人，我脑海里浮现出的第一个人就是外婆。外婆是旧社会中国农村最典型的小脚老太太。她恪守儒家理学的三从四德，一辈子孝敬长辈、教育幼小，持家执业、坚守本分，勤俭节约、寡言良善。在外公中年去世以后，她想方设法抚养四个孩子长大成人。她品行端正，端庄稳重持礼，从不轻浮随便多语，有时甚至是威严凌厉。

　　外婆一生共生育了十四个孩子，却因为生存环境的残酷恶劣，十个孩子都不幸夭折了。有的是出生没几天，有的已经养育了一段时间，或者疾病或者饥饿，早早丢失了生命。这对一个母亲来说，是何其残忍啊！但我从来没听过外婆对此的抱怨和哭诉，当她给我说起这些"故经"的时候，平静得几乎麻木的表情，隐藏着无比的坚韧和决然。

　　说起来外婆不应该是我最亲近的人，毕竟我们已经算是外亲了，然而让我永记恩情的亲人，外婆还是排在第一位的。因为在我后来稍长记事的时候，父母就给我说起养我活命的外婆。那是在我刚出生不久，家里几乎一贫如洗，家族的矛盾引发家庭的矛盾，父母在贫困中难以全心全力养活我这个弱小的生命，于是我就被送到了外婆家，一直长到三岁多的时候，又被轮换着送到姨妈家。听舅舅说，那时候我就是在外婆的养育下，靠着玉米面糊糊一勺一勺养活过来的。但那，已经是外婆倾尽心血了。

　　在我的童年记忆中，我总是能想起在外婆家的一些生活片段。比如站在外婆炕边的窗台上撒尿，比如我拉着外婆不知道在哪里找到的一个怪树桩的"猴儿精"，还有外婆搂着我坐在门槛上看着夜空的月亮讲"月亮光光，四四方方"的故事，以及外婆眯着眼睛，拄着拐棍，颤巍巍地叫着我的名字……想着外婆，那一切是如此亲切温馨，让我心里不禁暖洋洋的，仿佛外婆不曾离我而去。

其实对于孩子，外婆一向是严厉的冷冰冰表情。最起码在我的记忆里，我鲜见外婆对孩子慈爱过，包括对我的妹妹，她几乎就没有正眼看过，以至于到现在妹妹还在耿耿于怀。然而我却是她最疼爱的孩子，对我从来都是慈爱有加，从来没有批评过我。小时候每次去看她，我都会受到外婆的特殊待遇——她会把珍藏的一些好东西让我吃。我犹记得她的炕头边，总有一个小席篓，她总会从那里面给我掏出几个核桃，或者几颗花生，还有偷偷为我积攒的鸡蛋，最稀罕的是有时还会有几颗水果糖。为了不让别人知道，她还总是找着借口撇开妹妹或者其他的孩子，透着神秘地关上房门悄悄给我吃。所以那个时候，在我小小的头脑里，外婆的小席篓，是对我最为诱惑的藏宝之所。而每次她偷偷给我好吃的的时候，我总感觉是在和外婆隐秘地干着一件不为外人所知的大事情，让我兴奋地洋溢着童年那极其微弱可怜的一点快乐。

而她枕头边的炕席下，总还压着一个用布片或者油纸层层包裹着的小口袋，那是外婆最珍贵的东西，因为那里面保存着外婆日积月累来之不易的私房钱。可是每次见到我，她都会偷偷给我一毛两毛。她那种小心翼翼，却流露着心情愉悦的慈祥表情，低声叮嘱我赶快藏起来的神态，让我总是在一丝苦涩的回忆中，感受到莫大的幸福。现在想来，金钱对于童年的我来说，几乎是一个完全陌生的概念，而只有在外婆那里，才能带给我那"非常巨大"的财富，那是何其激动何其幸福的巨大惊喜啊！那对一个处于苦难环境中成长的孩童来说，赐予我财富的那个人，那个身材羸弱的小老太太，又是多么伟大多么神圣啊！

外婆对我的期待非常大。可能我小时候一直是个乖顺孩子，学习还特别好，她潜意识里就一直认定我将来会有出息。现在我也知道，外婆思想深处也有着重男轻女的倾向，但那个时候妇女固有的思想在整个社会都根深蒂固，外婆一个穷困家庭的小老太太，自然未能幸免。但从一个长者疼爱孙辈的角度来看，外婆对我的好是实实在在的，她特别疼爱我，甚至是溺爱我。尽管那个时候的溺爱，无非就是在感情上较多偏爱，可我却一直

牢记着外婆对我倾心所好的一点一滴。只是很可惜，她认定将来很有出息的外孙，却没什么建树，实在是愧对地下的外婆啊！

外婆是八十六岁去世的。说起来她的身体一直还算硬朗，很少有什么小毛病。不过因为年纪老迈，下台阶的时候不慎摔了一跤，然后终因体能衰竭而逝。在去世前的几天里，外婆的生命在悠悠荡荡中，仍然牵挂着我这个外孙。她身体反应比较大的时候，只要我坐在她跟前，握着她的手，叫几声"婆，婆……"，她就会平静下来。然而她还是挣不开命运的安排，最终离开了看着长大成人的亲人们。我想，外婆肯定是抱着遗憾而去的，因为她终究是没有看到最疼爱的外孙出息的那一天。而我，当时也不过是一个十二三岁的初中学生，面对这个世界上对我最为疼爱的亲人离开这个世界，竟然还没心没肺地跑进跑出。母亲伤心地痛斥我是一个没良心的孩子。可是现在，每每想起外婆，想起外婆的音容笑貌，想起她再也不会疼爱我了，那迟来的伤心的眼泪，却总是不由自主地流个不停。

想起外婆，我一直很愧疚。我曾经天真地给外婆说过，让她将来如何跟着我享福的话，可惜终究是成为永远不能兑现的空话了。

外婆，你的外孙想你了……

2015 年 2 月 3 日定稿

亲人纪事·二舅

又到大年初二了，按照老家风俗，女婿要去丈人家拜年。新女婿也就罢了，就是小两口儿，但是一般从第二年开始，有了孩子，顺理成章，也就成了外甥拜舅了。

我有两个舅舅。大舅小时候过继给本家叔叔，算起来是外人了。所以外婆家，后来当家的就是二舅了。现今，大舅已经去世多年了，那份亲情已经随风而逝，逐渐淡出了我的现实世界，只有靠着回忆，思念着那份珍藏下来的余情。唯有二舅，仍然以顽强的生命，继续延续着我这个外甥牵挂不舍的亲情，寄托着我过往生活经历的悠悠感怀。

所以，看望二舅，不仅是我过年的一件大事，更是我对二舅感情的一种庄重的表达，这已经成为我生活中不可或缺的常态之举了。

在我的记忆中，大年初二，给舅舅拜年，雷打不动，从未间断过。早年是和母亲一起，后来我慢慢长大，就由我和妹妹去了。再后来妹妹出嫁，就是我一个人去。到现在，我是带着媳妇和孩子去。算下来，快四十年过去了，重复的过程中，二舅家人多人少，生老病死，悲欢离合，亲情人情，在这拜年中，变换更迭，回想起来不禁唏嘘不已。在这近四十年中，外公不见了，妗子不见了，外婆不见了，大表哥不见了，他们都一个个离开了人世。表姐也远嫁了，原本一家人，已经分成两家了。我的两个表哥，吵吵闹闹，分分合合，农村最为普遍的家庭问题，就在一年复一年的日子里，编成一部小人物的历史剧本了。而这其中，见证者就是二舅了。他从一个儿子，到父亲，到爷爷，从一个自小就受尽磨难的小伙子，到现在饱经风霜、苍苍暮年的老人，心路历程曲折坎坷，实非常人所及。

说起来，二舅真是个非常苦的人。少年丧父，中年丧妻，老年丧子，人生三苦，全应在了二舅身上。家穷日子苦；为了生计拼命劳作身体苦；家人不和、人事不顺，屡遭突变、噩耗连连，他心里更苦。现在犹记得二舅到处揽活回家后疲惫劳累的模样，还有他半夜起来喂牛喂骡子吃料窸窸窣窣的情景。更记得亲人遭难去世，二舅白发人送黑发人时那种痛得麻木的苦。世上千般的苦人，二舅就是其中一个最苦最苦的人了！

听母亲说，二舅还很小的时候，正处中年的外公就去世了。偌大一个家庭的重担，早早地就压在二舅还很柔弱的肩上。在二舅四十多岁的时候，因为婆媳之间的家庭矛盾，妗子想不开喝了农药饮恨而去。好端端的家庭，一下子失去了主妇，那种悲惨，凄苦难言。到后来，二舅六十多岁的时候，我的大表哥去山西打工，出了意外事故，殒命异乡，子不在而亲无养，晚景凄凉，痛不欲生。

二舅虽然屡次被命运打击，被岁月摧残，被生活折磨，但是他依然在凄风苦雨中一步一步艰难地走了过来。他的一生可谓运途坎坷，平常人所难以想象的苦难，他都饱尝遍受。听外婆和母亲说，二舅在十四岁的时候，就跟随村上人，下南阳、去灵宝，翻秦岭、闯关中，硬是靠着一把力气"担脚"，成为年龄最小的一个脚夫。担煤，担盐，担粮，担杂货，贩小货，给地主打短工。然而，在那兵祸不断、战火纷飞的年代，出门在外闯荡，还要胆战心惊地躲避着那些盗匪兵痞的袭击，稍不注意，就可能命丧他乡。曾听二舅说过，他好多次被那些流窜的大头兵用枪逼迫着帮他们搞走私运输，有几次还在抢劫逃跑中几欲伤了性命。后来终于盼到了全国解放，二舅靠着一股子干劲，期冀通过辛勤劳作解决一家老小的温饱，可是日子仍然是困苦恓惶，一年到头所得无几。国家政策形势好转后，二舅拼着命地干，好不容易挣着了一些钱，他雄心勃勃地买了两头大骡子，"吆骡子"就成了他很长时期的一项职业。他跟着那些骡帮骡队，下煤矿驮煤，到秦岭山的金矿里驮矿石，驮木料。那个时候，这些地方几乎是无序管理，五湖四海、天南海北，形形色色的人等非常复杂，社会秩序极其混乱。偷盗劫掠，坑蒙拐骗，打架火并，甚至闹出人命的事情经常发生，可二舅硬是在刀口上舔血的日子里坚持了下来。然而危险也无处不在。有时干了大半年，蟊贼盗匪抢劫一次就前功尽弃了。即便是受个伤，在那种险恶的环境里，也是大损失。还有意外事故的，骡子摔下悬崖，那本钱就都没有了。据二舅说，和他一起赶骡子的，前前后后有好几个人都丢了性命，不是被歹徒害了，就是得病死了，再就是掉下山崖摔死了。二舅命大，靠着那些年赶骡子，硬是把一个穷困潦倒的家，打理成了村里光景靠前的庄户。

　　二舅常年在外奔波，靠着自己的机智闯荡社会，所以也练就了一张"江湖嘴"。他逢人说话，总是有着一副行走江湖的气场，古道热肠，豪爽好义，尽管言语中经常流露出夸张和扬扬自得的意思。在他极其生动的表达过程中，那爽朗热情的话语，黄河之水，吞吴之势，让人在身临其境中激情澎湃。所以我小时候很喜欢听二舅和大人们"江湖论道"，作为一个小粉丝，眼睛里满是崇拜的小星星。这样的说话表现形式，尤其是在谈论我的时候，二舅表现最为明显。不知道从什么时候起，二舅总是以我为荣。他在外面谋生行走，遇见熟人，在交谈中如若能谈起他的外甥，二舅总是一副自豪的样子。在他眼里，他的外甥是个文化人，有本事，文章写得好，字写得好，为人做事情深意长，很有些江湖人士的习性。所以他感觉，自己的外甥像他，身上有着他的影子，于是觉得什么都很行。二舅和我挺对缘，有时我们坐在一起的时候，他还会给我讲起过去的事情。说起当时我们两个家族发生矛盾的时候，他是如何为了妹妹的幸福，为了外甥活下去，只身勇闯姜家老宅，大闹一场，硬是孤身把我夺了回来，在二舅家里养活了好几年。说完，二舅总是陷入回忆的状态中微笑地看着我，一脸的得意和自豪，仿佛那是他这辈子干过的最为称道的大事情。听着二舅的话，我总是会听出他的一股侠气。二舅到老也是难改本色啊！

　　我敬畏那些勇敢的人，以自己卑微之躯中那勇敢的心，披荆斩棘开创自己的路。二舅就是一个这样让我敬佩不已的人。不过现在，日子好过了，生活总算稳定下来了，可是二舅，却已衰老，他今年已经八十三岁了。我的二舅，就是一个小乡村中迟暮的英雄！

　　是英雄怎能无酒？二舅虽然只是我个人心目中的"英雄"，但他的确是个好酒的人。他年轻的时候，义气豪爽，喜欢和朋友肝胆相照，把酒言欢，以酒寄情。他说，出门在外辛辛苦苦打拼，总是要靠着远朋近友，哪能离

得了酒？男人不喝酒，那还有什么意思啊？男人的交情，就是用酒喝出来的。听着他说起年轻时，和那些江湖走客，那些在外一起闯荡的汉子，为了生计舍命闯荡的经历，我脑海里仿佛浮现出了他当年勇闯天涯意气风发的英姿。也许只是为了多挣几个小钱，或许在他乡的某一处，二舅与朋友偶遇相逢，他们称兄道弟，互道问候，在短暂的相逢喜悦中，尽情地推杯换盏。二舅痛快淋漓地豪饮一大口酒，举起空碗哈哈大笑。那样的二舅，真是让我为之着迷。其实，类似这样喝酒的场面我小时候也亲历过不少，几乎都是看见二舅豪气干云地痛饮，从没有什么拖泥带水的样子。可是现在，我举起酒杯敬他的时候，二舅已不复当年模样了，尽管他依然是笑着仰头，一气灌喉，可是看着他端着杯子却颤巍巍的手臂，我不禁唏嘘凝噎了。

二舅是一个普通的人，一个平凡无奇的人。他生在旧社会，生在一个贫穷的小村，却用自己一辈子的努力书写着自己的不平凡。

如今他已如同一片茫茫沙漠，苍凉的主调里，满眼都是风云转换后沙丘的起起浮浮，生命始终在一个不变的主题里延续。只是，谁也看不懂，那厚厚的沙砾下面，究竟埋藏着二舅什么样的人生秘密？是独自吞咽的心酸，是一汪默默的泪泉，还是用一辈子终于换来的不能言说的浅浅的欢愉？

面对现在越来越好的环境，二舅独坐在院子里晒着太阳。他有时很怅惘，总是叹息着："唉，老啦，没用啦，就等着死呢!"我听了很是难过。英雄落幕，大概就是这个样子。可惜二舅的身躯已经日益枯萎，眼里的光亮逐渐黯淡下去。坐在他的身旁，我凝视着他，不禁想起书中说的，二舅就像一根甘蔗，被吮吸完了汁液，被榨干了，现如今就只剩下一堆干渣了。

听着他寂寥无奈，却又充满不甘的话语，我突然感觉二舅仍然还是那个充满侠义斗志的"江湖好汉"。然而终究是时不我待，二舅还是老去了。现在他就像一棵枯老的核桃树，树干嶙峋弯曲，树皮粗糙脱落，周身布满树洞凸疖。树枝干枯，却如同一副坚硬的骨架，昂然屹立不倒，倔强地刺向荒野和天空。他默默无声，在岁月的长河里执着地迎风破浪搏击潮头，坚守着自己心中一直保存的朴素的凡人梦想，期冀用自己微小但坚韧的生命，奋斗到命运的终点，博取一家老小生活上的点点幸福。现在，他已经知道自己即将走到生命的尽头，却还在坚持着春暖花开，坚持着发芽抽嫩，尽力再结出最后的果实。

看来，二舅还是那个一直让我充满渴望去挖掘神奇的人啊！看着二舅那平淡无波的脸上，尽管已经饱经沧桑，岁月的利刀削砍着他粗糙的皮肤，皱纹里沟壑纵横。土红色的脸庞上，冷静、冷淡、冷漠，看着眼前时光流转，浑浊的眼睛里水波不兴。我在想，一个人经历了太多的大悲大苦，受过了太多的磨难挫折，承受了太多命运的艰难险阻的责任，等到生命老去的那一天，还会有什么值得他再去睁大惊奇的眼睛关注呢？想来，二舅已经渐入化境了。

"舅活够本了。一辈子也算值了。"二舅还是像我小时候那样，不由自主地想抚摸我的头。可是那双手，已经不再像他年轻时那样有力，抬了抬枯瘦露筋的手，表达出了心意之后，无奈地垂了下去。

我不禁湿润了眼睛，握起二舅的手，仿佛手中握住的是一把战场拼杀之后刃口如齿的刀剑，仿佛是反复投进火炉千锤百击打磨的镰斧，仿佛是老酒里沉浸了百年的山参。从他那粗糙的皮肤里，传递给了我一种抗击命运、争夺岁月的力量。还有，一个即将老去的英雄的血液的温热，让我的心不禁在亲情的慈爱中温暖了起来。

2015 年 4 月 8 日定稿

亲人纪事·姨父

　　我有一个姨妈，两个姨父。没错，姨妈经历了两次婚姻。两次婚姻对姨妈来说，都是不幸中却又幸运的事，对我而言，就是有了两个值得我敬爱的亲人。

　　第一个姨父去世已经三十年了，但我仍然常常记起他。他很帅，个子高高的，瘦瘦的，皮肤也挺白，瘦削的脸庞，一双深沉的眼睛，总是一副若有所思的沉静模样，有一种透着温和含蓄的高雅。他说话很轻缓，语音柔和，总是静静地凝视着对方，仿佛看透你的心。他不苟言笑，但如果浮现一层微笑，姨父就是一个实实在在的偶像派男神，让人不禁心生敬爱。

　　事实上，第一个姨父的确是个很好很好的人。否则姨妈当初也不会顶着巨大的压力一心要嫁给丧妻二婚的姨父了。姨父是我们镇上供销社的一名职工，在我们这个贫穷的小镇，算是端着一个皇粮碗，是个有身份的人，体面的职业让姨父在我当时小小的心灵里，成为一个为之骄傲的精神偶像。尤其是在当时，供销社那更是最具有正面形象的平台，一个供销社的职工，不知道羡煞多少人。所以每逢赶集的时候，我总喜欢走进那高高台阶上的供销社营业厅，看着姨父站在柜台后面忙碌工作，一股自豪的心情油然而生。

　　姨父是一个内秀的人，但是他又极有坚韧决绝的一面。我家当时可谓一穷二白，一家四口寄居在村里的一户人家，经常遭受欺凌和侮辱，生活举步维艰。姨父看在眼里，记在心里，平时总是暗暗相助接济。终有一日，姨父找到父亲长谈了一次，不知道他是如何费尽口舌，总之是坚定了父亲建造新屋的决心。于是，姨父资助一百五十元（那时候的一百五十元可是一个巨额数字），并多方奔走，积极联系了一些建材。有了姨父的不断鼓励，父亲硬是靠着一股信念，修建起了属于我们自己的第一座房屋。这在当时一个极度贫困的家庭，可谓是惊天动地的大事。在这件事情中，姨父付出了极大的心血。

看着我和妹妹两个面黄肌瘦的小孩子，姨父常常给我们两个买些衣物等日常生活用品，这让我们在贫困面前，尚有一点点难得的惊喜。最难忘的是，姨父总是在他们单位的福利中，拿出一份来接济我们。到现在我还总是记起姨父给我买的海军衫，给我们送的糖果。

然而常年的劳累工作，姨父病倒了。但我印象中，他总是很乐观，好像没事人一样，知道最后检验出患的是肝癌，他才不舍地走下工作岗位住院治疗。当时，我幼小的心灵只是知道，自己很亲的姨父得了重病很痛苦，然而，当时条件艰苦，想看望一次也颇为困难。一次，父亲借着给人拉煤的机会，让我趴在手扶拖拉机上，赶在他去世前看望了姨父最后一次。记得他当时还露着微笑，抚摸着我的头，眼睛里满是慈爱的深情。而我，只是带着第一次出远门的好奇，东张西望，吃着姨父给我的糖果，毫不在意亲人被病痛折磨下的伤心难过。现在想来，真是辜负了姨父对我的疼爱啊！姨父工作表现优异，是县、地区、省级的劳模，单位的领导对姨父很是看重。他为人处世诚恳厚道，所以人缘特别好。在他住院治疗期间，组织对于姨父的治疗很是关心，单位提供了很大便利，同事们也都热心帮助。听姨妈和父母说起，当姨父去世的消息传回来的时候，单位的很多同事都悲痛得流下了眼泪。

姨父是个好人，所以他的朋友很多，但是与姨父关系最好的，是他从小一起长大的伙伴，并又一起工作的同事。他和姨父是一对患难之交，姨父病重期间，他总是倾心帮助。姨父临终的时候，握着他的手，郑重嘱托，让他照顾家人家庭。这是一个沉重的话题，又是一个考验担当而艰巨的重任，但他的同事，答应了。这个姨父的同事，就是我第二个姨父。

中国农村的家庭，经济命脉大多十分脆弱，因病致贫、因病积困，而导致人散家破的现象屡见不鲜。所以在姨父因病去世后，姨妈的生活仿佛一下子失去了阳光，愁霾笼罩，阴影遮蔽，显得憔悴苍老了许多。然而天

无绝人之路，总是有临危施援的好心人。伸出援助之手的这个人，就是姨父的伙伴和同事。他用实实在在的帮助，彰显自己一诺千金的侠义柔肠。后来在自己的妻子去世后，姨妈与他再次组建了家庭，成为我第二个姨父，至此，对老伙伴的重托以及自己的郑重承诺，成就了一段美好姻缘。

第二个姨父，其貌不扬，个子矮，又黑又瘦，性格内敛沉稳，和第一个姨父一样言语不多，但是出口话语却在冷幽默中流露着睿智和犀利。他同样是个心地善良、吃苦耐劳的人。自从来到姨妈家，他就用他瘦小的肩膀，重新撑起了困苦家庭的一片天。一般说来，中年重建家庭，总是伴随着重重矛盾和很多问题，但是二姨父总是能用他低调的智慧，巧妙解决两家人的很多问题，两家的孩子都能和睦相处，彼此的孩子对两个长辈，犹如亲生，亲热融洽，这实在是很难得的。

二姨父丝毫没有退休职工的高傲，劳苦大众的本色在他的身上体现得淋漓尽致。他从不计较吃和穿，朴素的作风让我受教良多。对我们家也很好，还如第一个姨父那样，一如既往对我家照顾接济。只要是有什么困难，总是毫不犹豫伸手帮忙。农忙了，干完自己的活计，就赶着帮我家做活。他还为了更好地照顾家庭，不顾六十多岁瘦弱的身躯，跟着父亲跑山西上工地干苦活。我家修房子，二姨父已经七十多岁的人了，还在工地忙个不停，有一次竟然和我整整搬运了一天的水泥，足足有八吨多啊！二姨父累得浑身散了架，但是他并不在意，毫无抱怨，晚饭也不吃就悄悄地走了。

二姨父近年来身体陡然糟糕起来，好几种病症折磨着他。尽管从他表情上看不出他所承受的痛苦，但我仍能体会到姨父用他坚韧的毅力，顽强地抵抗着病魔。姨妈的身体更不如他，二姨父对其悉心照料，无微不至。姨妈曾多次感叹，如果没有二姨父，也许她坟墓上的草已经长了好多年了。有二姨父这样的人，亲人们真是得之幸甚。

二姨父也有很多苦闷，很多烦心事，但是他从不多言，总是深埋心底。表嫂是一个任性的小女人，性格乖张，心胸狭隘，总是主观武断地以一种另类的生活观念和人生价值观处理家庭琐事，滋生了诸多矛盾。二姨父用他机智的应变能力，温中有严地循序教导，总能让紧张激烈的家庭氛围得到温和的缓冲。表嫂容人之量不大，但对二姨父很是尊敬。二姨父原配的一个儿子因为突发事故失手杀人，二姨父悲痛之中理智有序地帮忙处理了后续事宜。他神色平静，黝黑的脸庞下，其实可能掩藏着经历世事后的大气化境。面对这样一位老而弥智的男人，让我懂得，真男儿、大丈夫的另一种不为人显的英雄气概。

二姨父和我很谈得来，我总是喜欢聆听他对社会大千、众生百态、人世沉浮的肺腑之言。他用言传身教，教导我做人做事的道理，受益良多。现在二姨父的身体越来越不大好，每次回老家，总是想去看看他，不知不觉对二姨父有了一种牵挂。和二姨父的这份亲情，每每想来，愈来愈弥足珍贵。

看着二姨父瘦小的身材，他的面庞与罗中立的《父亲》中的形象尤其相似，岁月的刀斧痕迹，让他的面容犹如风雨侵蚀的山崖，彰显着一个朴素的汉子一生坎坷艰难的历史。看着他的脸，总是让我不由自主地感慨万千。以前在小说影视中，看到那种兄弟托孤的情义之举，居然真实地出现在了我的生活中，而且是在我的亲人身上。他们把朋友之情看得无比厚重，把一诺千金的人生信条铭记在心，无论多么艰辛，始终抱有一颗践诺的决心。那种颇有古代侠义之士的高古之风，总能让我在低矮的二姨父面前敬目仰视。

两个姨父其实都是农村不起眼的小人物，他们的人生轨迹不过如两幅简笔画，朴素，简约，凝练，却用心用情蕴含着一种境界，让我获取了无价的精神财富，其功大矣！

大姨父，您含笑安息吧。二姨父，愿您安泰余生。

2015 年 10 月 28 日定稿

亲人纪事·姑妈

说实在话，姑妈是个"麻糊"的人。

"麻糊"，是我们这里的方言，意思就是不辨是非、不知好歹、不讲道理、胡搅蛮缠，对什么事情，只要不遂自己的想法，就强词谩骂、纠缠不清。我们这里形容这样的人还有一个词语，叫"麻糜不分"，大抵也是如此。

不过我这样形容姑妈，倒也不是对姑妈的大不敬，或者有意贬低她，或者敌视批判她。只是作为亲侄子，几十年来的亲情交往，我对姑妈的了解比较透彻，所以也只有我才敢于这样说出来，而她也不会在意介怀。我也曾当面这样劝导过她，并未见她对我有什么芥蒂。我想，这就是亲情的无所顾忌，最起码姑妈知道，侄子对她的批评是为了她好。到现在，我对姑妈在亲情上仍然难以割舍，其实就像当初很多人和我的感受是一样的，因为姑妈就是一个最典型的"刀子嘴豆腐心"，她的心地其实特别善良，待人非常真诚。尽管她经常和周围邻居因为鸡毛蒜皮的事情吵架，但是每次吵架结束，总会如同电闪雷鸣过后的天空一洗如碧，心无杂虑，从不记仇。你去她家，极尽热情，有什么吃的就拿出来招待你，毫无藏私之心。所以天长日久，大家摸透了她的性情，也都不再介意她"麻糊"的一面了。

"麻糊"的姑妈其实命运并不怎么好。她和父亲一共姐弟五个，姑妈是老大。俗话说长姐如母，所以姑妈从小就照顾一家老小。在她那个年代，读书更是可望而不可即的事，一般家庭男孩子认识几个字就此作罢，女孩子不上学成为文盲的那就极其普遍了。因而姑妈一生与读书无缘，基本上为当时命运所定。所以我想，姑妈所谓的"麻糊"，也正是因于她没有读书的缘故吧。

当然，一个家庭的困境，也往往决定了一个人的性格性情。我的这个家族，说起来在我们当地，也算是个大户面，但是中道没落，日子也就恓惶起来。早当家的姑妈，自然是深受生活之苦。油盐酱醋茶，柴米锅碗盆，每一样都要精打细算，家里每个人的吃穿用度、喜怒哀乐，她也一样要面面顾到。所以，不当家不知道过日子的艰难，对于姑妈来说这个体会更是有着切肤之痛。这大概也就是她后来出嫁到同样贫苦的姑父家，性情变得粗暴的最大的原因了，无非就是因为生活的艰辛遭受折磨而逐渐改变了最初的习性。试想，三间低矮的土房，三个嗷嗷待哺的孩子，居住在一个贫瘠的小山沟，在那极其艰难的年代，能有几个人会委婉贤淑地去打理日子？所以，为了一口吃的，为了一己之利，与人争辩、争吵、争夺、争抢，在那个时期几乎是每个家庭的家常便饭。

看着木讷的丈夫行动迟缓，她就怒其不争。看着孩子调皮捣蛋，她就骂其不孝。在极尽愤恨的教诲仍于事无补后，那股怒火就会渐发渐长，以至于演变成破口大骂，动手鞭挞。因此，一个恶妇、刁妇、泼妇的名声，就把姑妈害了一辈子。

到现在，问问我的三个表哥表姐，哪一个没受到过姑妈的呵斥、怒骂和揍打？然而三个表哥表姐现在哪一个不对姑妈愧之以情，报之以恩？试问，没有当初姑妈的严母之教，他们会有今天的出息？在思考这个看似毫无道理的问题的同时，姑妈那种粗俗背后的慈爱，又岂能以文字表述？

然而过日子终究还是不能每天吵吵骂骂，摔摔打打。所以狂风暴雨之下，往往总是隐藏着危险。终于在彼此的不堪忍受中，也不知道是谁第一个先发出离婚的声音，从此姑妈的离婚大战就开始连绵不绝，纷争不息。当时的我，年龄尚小，也不过六七岁，孰对孰错无从分辨，然而每次去姑妈家，在享受和表哥表姐尽情玩耍的快乐的同时，总是能隐隐约约感受到家庭分崩离析的气息。果不其然，作为长子的父亲，作为每次姑妈姑父战争中的调解人，最后终于在姑妈的哭闹纠缠下，逼不得已做了一次"罪

人"，为姑妈牵头了结了他们不幸的婚姻。

然而姑妈"麻糊"的一面也终于带给了父亲亲情的伤痛。在离婚后不长时间，姑妈在痛定思痛中，终究还是放不下对孩子的思念和牵挂，同时也放不下对姑父的那份感情，她还是在后悔的哭哭啼啼中，来央求父亲给他们复婚。父亲实在是对姑妈的"麻糊"烦恼至极，于是撒手不管。姑妈就又回家纠缠姑父，离而不走。最后听说姑父也心生断离之意，于是这段婚姻终于就此结束。可惜三个表哥表姐年纪不大，对于大人的世界不明就里，只知道是父亲让他们母子分离，让他们家散人分，于是个个仇恨填膺，对父亲的敌视甚是强烈，甚至我的大表哥曾经扬言要对他的大舅"放了黑血"，这实在不能不说是一段人间的悲剧、亲情的悲哀。也基于此，曾经两小无猜的表哥、表姐、表弟、表妹，从此分道扬镳，形同陌路。每每想到此，我总是痛惜不已、憾恨不尽。还好，人总归是要长大成熟的，表哥表姐们长大成人、结婚成家后，终究还是理解了当初大人的是非恩怨，更何况还有那割舍不断的血脉亲情，所以曾经的爱恨纠葛，也就在岁月的过往中烟消云散——舅舅还是那个舅舅，外甥还是那些外甥，姑妈依旧，侄子依然。

姑妈后来改嫁，第二个姑父也还是个笨拙老实之人，质朴厚道，和第一个姑父很有相似之处，所以姑妈的性情依然强势不改。还好随着年龄的增长，姑妈终究敌不过春夏秋冬的磨砺，心智趋于成熟稳定，尤其是在四表妹出生后，对生活的态度，也逐渐矫正过来。尽管第二个家庭依然贫困，但是在姑妈姑父的勤苦经营下，也算吃穿不愁，逐渐殷实起来。她待人的那份真，更是无从减弱，越发注重亲情。春天院子的樱桃熟了，三番五次叫我们这些侄子侄女去吃；夏天的蔬菜瓜果，每逢赶集的时候路过老家，总是捎带一份尝个鲜；秋天的花生、毛栗、柿子，她家里有什么，就想给她牵挂的亲人拿什么；冬天了，催促着姑父拾掇柴火，让她的兄弟拉回去加以补给。一个小山村的家庭，应有尽有的也就无非这些，然而在她毫不吝惜的举动中，每每透露着自卑羞惭的意思，却又着实让我难过。所以，工作闲暇之余，总会想到姑妈家转转看看，虽然不能为她做些什么，也就图个心安。

　　姑妈也很邋遢，总是不会收拾家里屋外，厨房卧室，铺杂脏乱。所以我每次去，总是习惯性地先给她家扫院子。去她家的人，也总是不愿留下吃饭。所以姑妈经常在我面前抱怨，某某来了不吃饭是看不起她，某某一顿饭都不吃不知道有什么心思，等等。听到这些，我总是毫不客气地嘲怼她："家里这么乱，厨房这样脏，谁愿意吃你的饭啊……"有时甚至批评她："都过了一辈子的光景了，咱就不能把家里好好拾掇拾掇，这哪像个过日子的？"姑妈总是笑骂着我，说我嫌弃她。我就回应着："就是嫌弃你。"可是嘴上这么说，几乎每次去姑妈家，我还是要坐下来吃一顿她做的饭，因为我不想因为一个吃饭的事情，惹得她伤心。

　　现在最小的四表妹也已经出嫁成家了，三个表哥表姐经过多年打拼，事业小有所成，经济也算宽裕，隔三岔五地接济，姑妈也总算能闲下来享福了。然而她依然勤苦不改，操心不改，唠叨不改。今天操心北京打工的两个表哥，明天操心西安的表姐，后天还要操心小表妹的孩子没人管。上午操心地里的庄稼，骂姑父不知道干活；下午又操心移民搬迁办不下来，骂姑父没心没肺；晚上又操心没钱花，骂姑父没本事。甚至直到现在她也还关心着前姑父，叨念着他现在日子是怎么过的，身体怎么样；等等。这些都是我去姑妈家和她聊天得知的，所以每次我总是不厌其烦地劝导她，还好听了她大侄子的话能清净一段时间，尽管过段日子又重复依然。所以面对姑父有时忍不住的委屈，我也大多是好言安抚，无奈苦笑。还好，姑父是个忍耐力极好的人，两个人互相担待着，日子倒也在磕磕绊绊中过得稳实。

　　前段时间回家，听母亲说大表哥来家了，我立即就想和他聚聚。不过知道他这次回来是因为给前姑父治病，也就按捺住了急切的心思。不想有天早晨和母亲去地里干活，居然就在路边遇到了帅气的大表哥，着实很是惊喜。聊了很多，亲情依然，相聚恨晚。因为有事，只能匆匆作别。其实我很想和他一起去看看姑妈，可惜未能成行。

　　第二天和母亲去看望了前姑父。曾经和表哥表姐们生活的场景，一幕

幕犹如眼前。院子的那棵大核桃树不见了，想想当年姑妈早上总是能捡拾几个熟落的核桃给我，不禁唏嘘不已。不过老房子还在，走进去仔细地看了看，我们兄妹五个曾经一起睡的大炕还在，脑海里突然就泛起了姑妈在炕下烧火做饭的记忆，耳畔仿佛又传来她骂我们"懒鬼还不起床"的声音，眼泪忍不住流了下来。

这个"麻糊"的姑妈啊，让人真是牵挂呀……

2018 年 8 月 9 日定稿

我的从教经历

在我们国家，耕读传家是老祖宗留给下一辈的传家宝训。从古到今，老师这一职业，就是非常神圣的。因此，对我那一直保留着传统儒家思想的封建家庭，以及思想里根深蒂固的尊教崇教的父母来说，子女一辈子能当个远近敬慕的人师，那可真算是光耀门庭了。所以，我的教师职业，几乎就是命中注定的了。

但在我初晓世事的时候，我是打心眼儿里不愿意当老师的。老师辛苦，起早贪黑，劳心动脑，工作环境封闭，社会接触狭窄。随着社会的发展进步，国家、社会、家长，对于老师的要求更加严格甚至到了苛刻的地步。试想，我一个新时代的"五好"青年，何必干这样一份出力不讨好的事情呢。所以在被父母说服填报志愿的那段时间，我就是一个倔强的坏小孩，抵触情绪那不是一般的大。当然，每个人都不是孤立的，我个人的命运是受到各方各面的影响的，最终，我在哭哭啼啼、不情不愿的心态中，走进了师范学校，走上了从教的道路。

然而，我没有完全当过老师，没有真正地从事过教育工作。之所以做了一段时间老师，那是因为师范毕业前夕，按照规定我们必须有三个月的实习，所以我就是做了两个半月的实习老师。可自从走进学校，我那种抵触的心理就越来越厉害，因为我遇到了很多在之前从没想到过的困难和问题，我在心里很气馁，感觉自己真不是一个当教师的料，教师真的太难当了，当一个优秀的教师那更是难上加难。因为，在教学实践中，我深刻体会到，教学是一门高深的科学，也是一门永无止境的艺术。作为科学，它要求教育者善于发现和利用教育规律；而作为艺术，它要求教育者要以人

为本，善于春风化雨，润物无声地启迪学生的心灵，激发他们的创造力和学习兴趣，帮助学生通过学校生活构建起属于自己完整的精神世界。但是我的脾气急躁，性格倔强，真的做不到这些心灵沟通、人格影响、情操陶冶、灵魂改造的细腻活儿啊！一种打退堂鼓的想法逐渐滋生了出来。

更没想到的是我一开始走上讲台，学校就给我安排了二年级乙班的包班教学任务。除了思想品德课程由老校长任教，我基本就是班主任兼各科老师，同时还要每天早晨带领全校师生上早操。接到这个差事，我心里真是郁闷极了，心想，面对这么小的孩子我一点都不习惯，怎么跟这些学生说话讲课呀！更何况我懒散惯了，实在难以在天刚蒙蒙亮的时候就站在空旷的操场上吹着哨子跑步做操。但是不管怎样，我还得硬着头皮去接手。第一次进教室，我强压着心里的不满，阴郁着脸在教室里转了好几圈，心里嘀咕：克制，一定要克制，慢慢适应，慢慢适应就好了。

我的小妹当时刚刚八岁，就在我的班级里。因为教学任务的繁重和劳累，使得我心情烦躁，压抑不住的坏脾气就逐渐暴露出来，所以就可怜了我的妹妹了，她往往第一个成为我的受虐对象。学生们也知道小妹和姜老师的关系，所以在我暴风骤雨的教训严惩下，个个噤若寒蝉，闻声色变，杀一儆百的示范效果那是不言而喻的。可怜我的小妹，没想到一直到现在，心理上始终留存着对我的恐惧阴影，这算是我当老师的一个败笔吧。

在我的班级里，有一名学生是我们村上的一个女孩子，家里比较富裕。上课没几天，她妈妈就跑到我家里告诉我，这孩子脾性固执，不听话，自己想怎样就怎样，家里对她没办法，希望我多教育引导。我在教学中也慢慢发现，她真的有很多缺点，比如她娇惯的大小姐脾气，不爱学数学，就把数学书扔了，她的课桌也搞得乱七八糟，找不着书，找不着笔，找不着作业本。我当时本来心情就比较烦躁，看到她这样子，忍不住发了脾气，但是没想到适得其反，孩子的逆反心理让我和她的师生关系越发紧张，因此也影响到了全班的教学环境。她的家长反映到校长跟前，校长对我倒也没怎么批评，反而以他的教学经验谆谆教诲了我一番，终于我在冷静下来后，逐渐明晰了教学工作的思路。我采取了一些温和灵活的方式，逐渐拉近了和那个学生的距离，了解孩子的内心世界，去懂她，感化她，温暖她，慢慢地，作为一个当时年纪也不是很大的"大男孩"，友谊之爱让我在潜意识里把她当作了自己的朋友，逐渐让她回到了学习的正轨上来。果然，在以后的学习生活中，我发现她的书桌慢慢变得干净整洁了，我布置的作业能按时完成了，正确率也大幅提高了，甚至在一次测验考试中，数学居然破天荒地排在了班上第五名。

看着自己的成果，那个时候感觉自己还挺厉害的，能通过自己的精心培育，让一个落后的学生实现良性转变，那一份自豪和骄傲，逐渐在我心田里长出了一片翠绿，感觉人生的希望无限美好。慢慢地，我的心态发生了改变，自己为人师表，虽不惊天动地，但是平凡的教学生活中有着巨大的责任和神圣的使命，无数稚嫩的面孔对着你，无数纯真的眼睛看着你，无数家长的期盼激励着你，自己怎么能退缩逃跑、弃之不顾呢？教学中的情景历历在目，让我悟出了人生，悟出了生活，悟出了生命的价值，真是感悟至深啊！所以，我逐渐树立了"干一行精一行"的观念，用自己的青春年华，努力在讲坛上创造自己的人生价值，实现生命的升华。不知不觉中，我对教师这一职业倒是真的有了一份"初恋"之情。

思想转变了，工作的态度就转变了，我的教学方法更加灵活多样，我的教学方式更加臻于成熟，在这样的教学实践中，我也得到了前所未有的满足和快乐，让我单调的教师生活更加丰富多彩，更加充满幸福感。

记得有名学生是我们村上电工的孩子，他爸爸可以算是中年得子，很是宠爱，加上他家里社交关系广泛，小小年纪便有了很多同龄孩子难以得到的玲珑心思。他的优点是，有礼貌，心思细，见到老师就问好，但缺点是不爱写字，略显调皮，爱说闲话，做小动作。比如我一进教室，他就像个小绅士一样，问候"老师好"。或者像个小大人一般很关心人的样子对我来这么一句："老师，你今天发型变了喔！"要么就是"啊！老师，你今天戴眼镜了，你近视了吗？"有时来一句："老师，你今天好帅！"等等。你看他观察人多仔细，但可惜没用在学习上，学习成绩始终提不上来，总是在中下游徘徊。我既气，又好笑。后来我想了个小办法，一次他在"故技重施"的时候，我不发一言，只紧紧盯着他看，让他在我的眼神下慢慢产生一种羞涩和惊慌，同学们也安静了下来，一束束视线朝他射去，怀疑的目

光让他躲躲闪闪，不知所措。终于当他意识到原因所在，赶紧掏出了课本，认真读了起来。课后，我叫他来办公室，和他聊一些他喜欢的、感兴趣的事，慢慢转变话题，引导他明白来学校的主要任务是什么，学生和老师的礼仪和正常教学生活的关系，有礼貌和学习成绩优秀成不成正比，等等。最后，他终于明白我谈话的意义了，诚恳地对我说："老师，我以后一定把心思放在学习上，再不乱说话、耍小聪明了。"我就趁机给他讲："讲礼貌，对老师关心，这都是好的，说明你是个有教养的孩子，值得表扬。但是你在上课中一再问一些无关紧要的事，这样就打断了老师的思路，还影响老师的情绪，更会影响同学们的学习，也影响了你，这就不好了，就不是一个好学生了。"他听了连连点头："老师，你就像我哥哥一样，我喜欢你。"我高兴地对他说："那好啊，你就当我是你哥哥，以后一定要听哥哥的话哦！"他脸上露出开心的笑容。自那次谈话后，他变化确实很大，上课听讲认真，回答问题积极，有了问题主动询问，学习成绩逐渐上升，看着他一点点进步，我心里充满了成就感。

自从当了老师，我看到学校的同事们吃也清淡，穿也素雅，每个人都如同一棵不起眼的小草，默默孕育着大地的生机。面对五彩缤纷的大千世界，他们以自己无悔的心，甘于在学生们琅琅的读书声中，起始于辛劳，收结于平淡，在三尺讲台上，用无数个真挚而又感动自己的故事，演绎一名普通教师的人生剧本。我也在那些教学生活的点点滴滴中，深刻体会到了一名老师的酸甜苦辣，那种滋味，让我在咀嚼难咽中却又回味无穷。

当了老师，我遂了父母的心愿。可惜后来阴差阳错，我居然成了教育战线上的一名"逃兵"，毕业后走上了其他的工作岗位。直到现在，我没有什么轰轰烈烈的传奇，只有曾经短暂任教的朴素小故事一直留在我的脑海，这却是我这一生永远值得珍藏的无比珍贵的财富。

2014 年 11 月 20 日定稿

　　我走过最长的路，是通往心底的路。行走的风景，是人生的一种写意，一段旅程，让心灵纵情在天地山水间，尽情挥洒天然去雕饰的真性情。这一段孤独的羁旅，一路跋涉，一路高歌，诸般际遇，皆是一场阅历！人生无常，心安于天涯，天涯是我永远的灵魂之家。

探寻梦想的世界

我的家在我们镇子最好的平川地带，虽然这与那八百里秦川相去甚远，但总归是叫川，"武谷川""米粮川"等叫法挺多。小时候，每每站在田野里，看着屋后那重峦叠嶂的南山，我就向往着去山的那一边——一个未知的地方总是充满神秘的色彩，充满对好奇世界的遐想和诱惑。

随着年龄的增长，这种想法如同清明过后疯长的麦苗，甚至长得已经畸形了——我是如此垂涎梦中翻过南山寻找到的那个崭新美丽的新世界啊！那比母亲送我进考场前做的"大餐"还诱人！

1988 年，正在上四年级的我，终于在那一年暮春的一个星期天，决定用我穿着布鞋的脚丫，去打开自己一直想努力打开而未打开的视野。是的，我要找到山的头，山的尾，哪怕它的两边在我眼前无限延伸，直至隐没在蓝天下面的白云里。我铁了心要发现新世界，要实现我的梦想，我才不在乎南山的家在哪里呢！

那一天天刚蒙蒙亮，我给自己带上前一天晚上藏下的几个烤土豆，两块玉米蒸糕，几个核桃，以及自己独家调配的饮料——用母亲做的醪糟，放上糖精，再倒进去一点醋配上颜色，真是酸酸甜甜可口极了。我甚至还借了邻居家拐子的两本连环画，借了大个子的"狗娃哨子"，我想象着到了一个如梦如幻的地方，可以惬意地享受一番。就这样，我在经过全副武装后，一路欢歌向着神秘的南山那边出发了。

我选择从我们村子后面一个叫高粱坡的土梁翻过去，从梁背面的山沟打开战略通道，然后全力纵深突击，最终强攻高地。我的想法是美好的，自认为设计的作战方案也是完美的，这可是我站在高粱坡顶用肉眼进行了

长达十多分钟的观察和分析后所选择的路线。这条路首先有一条小河一直伴随着它，能清楚地看到河边那郁郁葱葱的柳树。我踏上这条路的时候，左上边是一块一块开得金灿灿的油菜地，已经开过的迎春花这时就像绿色的瀑布，从那土崖上倾泻而下，简直就是一面绿色的墙。还有很多盛开着粉红、粉白的野蔷薇，以及遍地的小太阳花，野草莓也是到处都是。我一路兴致勃勃地向着看似很近却总是走不近的南山前行。

土坡边最多的是山楂树和酸枣树。说实在的，我很不喜欢它们这种看起来刺头巴脑的植物，丑陋，极其没有线条的柔美感，即使有风吹来，它们也只会无病呻吟一般哗啦啦地怪叫。人哪，总是对自己不喜欢的东西越看越不顺眼，越看越不舒服，所以我就索性折了柳枝气鼓鼓地一路走一路鞭打它们，很多才开出嫩花的树枝就在我激愤的摧残下蔫巴巴地投降了，真是像极了举着双手浑身颤抖的日本鬼子，站在小兵张嘎的面前讨饶。这时候我心怀大畅，跑着冲向小河，脱掉母亲为我纳的千层底布鞋，踢腾着水花开怀大笑。

一路上我遇到很多人，他们大多是在地里劳作的农人，也许在他们的眼里所有的事物都是很平常的，可是今天他们却发现了一个奇怪的人——这是谁家的孩子？哼哼唧唧唱着不知名的歌，一路上这里一看那里一瞅，这儿一停那儿一蹲，蹦蹦跳跳的那个欢实啊！可我那时怎么顾得上他们眼中的莫名其妙啊，我这只出笼的小鸟，正期待无边的春色呢！

一段欢快的旅程过后，接近正午的时候，我终于到达小河的尽头，那是从山崖上流下的几股泉水，那时我黑亮的眼睛里全是无尽的惊讶——天哪，那一整河的水竟然就是这几股泉水变成的呀！这越发勾起我翻越大山探寻那个梦想天地的欲望，激发了我顽强战斗夺取胜利的决心。

在上山的过程中，我又遇到了几拨樵夫和猎人，这对我来说正好，因为我还在暗暗害怕呢。山上到处都是树，松树、栲树、栎树、桦树，间杂着一些森森的柏树，在树与树之间，一簇簇茂密的灌木填塞着遮天蔽日的空隙。山林间传来啄木鸟敲击树干的"梆梆梆"声，以及山雀、百灵的啾鸣，越发显得山林阴暗的寂静，所以我心里着实紧张呀。等我努力拨开灌木丛，找到小径钻出树林站在裸露的山脊时，望着一条条山谷，炽热的阳光又映衬出一片苍白的空旷和死寂，疲劳让我的双腿微微发抖，疲累和害怕逼迫着我不得不改变计划。一个老猎人带着一个比我大不了多少的孩子，看见我狼狈不堪的样子哈哈大笑起来，那刺耳的笑声在整个山谷间波浪般回荡，几只野鸟扑棱棱地沸腾起来，土枪上挑着的几只兔子和山鸡，炫耀般地左右摇晃。我恼怒地瞪了他们一眼，噌地站起来，扭身就要朝上爬。

"碎娃子，还要上啊？逞能得很么！"

我一点也不想理他。

"哟呵，还犟得跟牛犊子一样。小心黑狼叼了你这崽娃子。"

我停住了脚步。因为我听见了"黑狼"这一让我胆战心寒的词语。外婆说"白狼成精，黑狼成妖"，在狼里面这两种狼是最为凶残的。一时间恐惧让我不得不回头恶狠狠地瞪着他们，当然还有恼羞成怒。

"跟我走。屁大的娃娃，也敢一个人上南山？"

他并不问我上山的目的，却让我分外感受到人格被鄙视和侮辱，虽然山里人一般都不会问你"进山干什么"之类的问题。耻辱让我想独辟蹊径，但对于黑狼的恐惧又让我不得不暂时依赖眼前这讨厌的爷孙俩，尽管那个孩子还微笑着给我拔了一根颜色鲜艳的野鸡尾翎。

现在，这才是上山的乐趣。老猎人对山山沟沟的那些富有传奇色彩的故事，让我丝毫感受不到攀岩蹬石的艰辛。还有乐子，那个哥哥，也和我一路探讨许多新奇的话题，比如马蜂"葫芦包"的蜂巢最大的有多大，野猪拱树根的速度有多快，某个地方究竟有没有鹿，等等。我们还一路走一路互换东西，我给他"狗娃哨子"吹，喝我为之骄傲的饮料，他咂巴着嘴巴："哎呀，咋这么好喝呢！"等我掏出连环画，乐子的眼睛立即瞪得比我的还大（我一向以我的大眼睛而自豪），他每看一会儿就发出啧啧的惊叹，我心里简直就像吃了蜜似的，也就一路的得意之色。可当我把自认为珍贵的烤土豆和核桃给他时，他却哧哧地蔑视我了，笑声立即让我脸红脖子粗——我从猎人嘴里知道他们家最不稀罕的就是这些东西，但还是极大地伤害了我幼小的自尊心。当然，乐子为了表示礼尚往来，给了我几把花生，还有什么红薯干、兔肉干，几颗过冬的毛栗子。这些丰厚的回报让我显得很不好意思，扭捏起来，不过他爷爷笑眯眯的眼神让这一尴尬化于无形，

友情的果实让我几个口袋立即变得鼓囊囊。嗬，这就是孩子的童真，两个原本素不相识的少年，偶然遇到一起，那种淳朴率真的天性就无遮无挡地流露出来，人间最朴素的感情，也就是这样子吧。

这真是难以忘怀的旅行。不过快乐总是短暂的，我们很快就在一架拖着长长白线的飞机呼隆隆的声音中，站了山顶那座小庙的台阶上。这座山又高又险，是方圆近百里最高的一座山头，所在的山峦是秦岭的一条支脉，叫作"蟒岭"，仅从名字就可以知道这条山脉大概的分布形态。

山顶的风光特别迷人。这里覆盖着一片原始森林，棵棵松树粗大得都可以做我家房屋上的大梁，那么高，那么繁盛，林间厚厚的松针和其他阔叶树木的落叶，就像铺了一层松软的地毯；很多叫不上名字的花草，把这里布置得就像天然的大花园，有蜜蜂嗡嗡嗡地飞来飞去，各色形态不同的蝴蝶翩翩起舞，它们像什么呢？哦，像我妹妹在田野上蹦来跳去欢乐可爱的样子。更为神奇的是，在山顶居然有一棵巨大的松树，它的树身通体都是白色的，树干与树冠相接的地方突兀地长出几枝弯曲的树枝，有凸起狰狞的树结，还有张着黝黑大口的树洞。我们抬头仰望，那树冠下方犹如坐着一个摇着蒲扇的罗汉。这怎么能不让我们这心智启蒙的孩子因神奇而惊呼呢？

风景是美好的，然而我终究还是没能看到山那边的新天地。稠密的树林阻挡了我视线的延伸，即使目光穿过树木较为稀疏的地方，目光所及的仍是臃肿的山。

没看到预想中的世界，让我心中很是不快，失望的情绪甚至感染了乐子爷爷。

"碎娃子，发啥愣呀？"

"我想看山那边是个啥好地方，可是看不到。"

"哈哈哈，你这小鬼精！你看山这边不还是山嘛，再过去也还是山。山外有山，天外还有天啊。"

"那就没个人？没个村子？没个街道？城市呢？就真的啥都没有吗？"我着急了，连珠炮似的问了起来。

"嗯，你这娃娃人小心不小嘛。"乐子爷爷若有所思地看了我一眼，"你看，碎娃子，"他扬起手中长长的旱烟锅子指着山那边，"这边再过两道山，就有个村，叫马莲滩。再朝东边斜着翻两座山，有个村叫王湖沟，那都是些穷坷垃子。不过，等你和乐子长大了，山那边就会有街道，有大城市了。"他幽幽地吐了一口烟，神情冷峻地对着山那边凝视着，我和乐子也心驰神往地看着远方。几朵洁白的云像轻柔的棉花飘在天空，短暂的沉默让我们在山风中似乎听到遥远的呼喊和纯洁的天籁。

"你们上到山顶到底干啥去了？"坐在乐子家饭桌上，我吞下一大口他奶奶做的杂面面条后问乐子。"不干啥啊，就是陪你玩呗！"乐子笑嘻嘻地对我说，又看了一眼爷爷，"我爷爷说让你逛一回能，嘿嘿！"我看着乐子爷爷黝黑瘦削的脸，心里暖和得就像他旱烟锅里的火光，一种说不出的感觉让我情不自禁地在乐子微微惊诧的表情里紧紧抓住他的手。

当他们送我走出山沟的时候，我和乐子都忍不住号啕大哭，那哭声就像壶口瀑布的怒吼，一直回响在我心头二十几年。

我走到村子的时候已经傍晚了，在家人焦急的呼喊声中施施然地回到家里，置父母厉声呵斥于不顾，兴奋得像个凯旋的战士，用演说家的劲头，绘声绘色地给妹妹讲了我一天的经历，其中不乏我挥舞起想象的翅膀，天马行空的臆造。

虽然我最后得到的奖励，是父亲在我屁股上狠狠踢的几大脚，以及站在院子中的苹果树下数了一个多小时的星星，但我深为这次的成功探险而自豪。

2013 年 10 月 18 日定稿

心灵行走的方式

我喜欢远方，渴望走向远方。

小时候混沌的脑袋，总是无端充满好奇，以为这个世界如此的大，为什么我只能屈居一隅，每天只能蜷匿在这个贫穷的小村庄呢？所以我总是想尽办法，用自己的脚步，去努力丈量我小小心灵的长度，去尽力延伸自己的视线。我想去看看，外面是个什么样子，远方是个什么样子，还有那些我为之着迷的未知的世界，是个什么样子。

也许一个人的好奇可能是天生的。从记事起，我总喜欢对于目中所及的一切新鲜事物，执着于一探究竟。那时候不懂什么是忧愁，但是我总一副若有所思的神情，托腮凝望远处，不知道是在思考人生，还是在想象未来。但我知道，当下的自己很苦，小小的村落，充斥着饥饿、困苦、潦倒、愚昧和封闭。我感到自己很压抑，感到自己呼吸困难，感到自己在逼仄的空间无法拓展自己的思维。

一个想法由此而生。我想走出去，走到远方，走到一个没有人认识又遥不可及的地方，走到一个可以自由呼吸的地方。随着年龄不断增大，这个念头越来越强烈，仿佛有什么强烈的诱惑，扎根在我的心底，驱使我着魔一样，开始义无反顾地去旅行，去走向一个道路延伸到未知的世界。

想把所有风景都看透，所以喜欢随心所欲地旅行。行走的风景，是人生的一种写意，让心灵一路在纵情山水中起舞，尽情挥洒天然去雕饰的真性情。一段陌生的旅程，紧张，惶恐，迷茫，但是在别样的刺激中得到开心惬意，人生又多一个美好的回忆。心安于天涯，天涯就是我永远的灵魂之家。在旅行的路上，新一轮的太阳，总是那么灿烂温暖。

生活中有太多跌宕起伏，有太多繁华悲凉，有太多钩心斗角，有太多悲欢离合。俗尘凡事让我们疲于奔命，在固定的、冥冥中被设计好的道路上踽踽独行。眼光所触，仿佛命运就已经等在看得见尽头的终点。在这狭窄的路上，一个接一个的希望覆灭了，一段接一段的风景消失了，心灵在一年复一年中迅速衰老，颓废，腐朽，行尸走肉。

但我不愿意这样按部就班地走完毫无生趣的人生。

——我应该是充满期冀和兴致地去探索未知之路的，应该是激情盎然地跋涉远足，用一种云淡风轻的从容和惬意，用一种随心所欲的洒脱和不羁，不去计较前途凶险，不想后面得失好恶，轻松地走一段路，遇一些人，看一些风景，在无羁无绊的旅行中，感受大自然的安逸和轻快。

旅行还可以让我悄然实现从小就有的好奇冒险的渴望，可以像小孩子的时候那么任性，说走就走。可以用自己的方式，观察世界、凝视微尘，以自己喜欢的行走，倾听人生沿途的心声。

有时我会逡巡在一个陌生的街道，漫无目的地晃悠，不知道去哪里，也漫不经心地不知道看向何方，不想说一句话，不愿意去想什么，就那样任时光跟在我旅行的脚后跟。岁月，就在我的背影里，与我一起旅行，一起变老。

尘世的喧嚣，需要独自一个人静静的淡然。一个人的旅行，让你可以慢慢咀嚼、回味、体会孤独的滋味。独自坐在路边，捋一把青草，看着车辆呼啸而过，看着行人经过、消失，灰尘飘荡在空气中，被阳光激起了嚣张气焰，浊浪一般扑打着我长满胡茬儿黝黑的脸庞。耳边是停滞的时间，所有的声音仿佛静止，一个人浑身上下被寂寞包裹，恍然不知身在何处。把青草塞进嘴里咀嚼，无言的滋味涌上心头。旅行的路依然还在前方，手向空中抓一把，无人懂我的寂寞藏在了心中，拍拍屁股，不去看向身后，继续走下去。

也许在旅行中，会迷路，会遭受雨雪冰霜和酷热暴晒，会遇到很多困难，有时甚至找不到正确的方向。那就索性跟着感觉走，走到哪里是哪里。这就是旅行，因为它是自我的，我行我素的。迷路只是一时的错觉，由我做主的天地，到处都是人生的路径。既然旅行，大千世界的选择，就是让

自己走到一个可以找到自我的地方。迷路了就去休息，就去看星星、月亮和天河，就静静地进入梦乡。也许这是最后一段时光，可在那一刻，所有的一切又有什么关系？

小时候那个贫困的年代，我渴望通过行走，找到外面的世界，所以常常自己用两只脚去走没有走过的路，那个时候不知道这叫旅行。后来，我骑着父亲买的二手加重自行车，一颗少年骚动狂野的心，让我用那细细的车轮，行走更多的地方，寻找我更多的梦想。再后来我有了摩托车，满面风尘的我身后飞扬着一股滚滚烟尘，风驰电掣旅行在广阔的田野，想要找到一个可以让我思想休眠、无人知我的地方。再后来有了汽车，满心欢喜地旅行两次，却找不到那种期冀的感觉，一袭倦躯被包裹在铁皮壳子中，无形的束缚，相比恢宏无垠的天与地，旅行的路上却一直没有找到知我懂我的目的地。

所以现在，我还是喜欢一个人上路，一个人骑车去旅行。也许在旅行的路上，有很多无法预料的事情，却可以让你在担惊受怕中，最后安然无恙。回头想想，那是一个铭记于心的故事，是一段人生难忘的风景。曾经因为迷路，在山西孝义坡塬上骑车反复转行四五个小时，没有找到预设的路线，晚霞映在西天，火烧云的绚烂，让我在彷徨无奈中，获得一份惊喜。披一身夕阳余晖，管他东南西北，我依然可以唱着自己的歌，信马而去。曾经在河南桐柏山区旅行的路上突降暴雨，我顶风冒雨前行，雨幕中大声呼喊着听不懂的歌谣，仿佛当年"孔子在雨中歌唱"，在经历一次大自然的洗礼，身心由内到外痛快淋漓。曾经在陕北的旅行中错过预定的休息地点，黑夜中万般无助地敲开一户乡亲的院门，瑟瑟发抖中诉说求住的意愿，终于被让进屋内，吃着热乎乎的饭菜，那种感动，除了这样的旅行偶遇，实难再次发生。曾经去到向往已久的襄阳，因为网络结缘，一个网友热情相邀，盛情难却之下被她用车载到一个景点，却因事急离去，让我在疲惫不堪、饥肠辘辘中耽误行程，哭笑不得地改变计划苦苦夜行。

还有很多难以预料的故事，让我欢喜让我忧，然而回头想想，这何尝不是旅行的意义所在呢？旅行，会有很多意外，也会有很多乐趣，尽管充满很多不确定性，却不正是"人在旅途，身不由己"的体验吗？旅行中，可以在路边玩水饮泉、采摘野果；可以和农人拉话，进院参观、领略民俗；可以搭讪路人，畅叙客情；还可以在用蹩脚的英语说"Hello! Can I take a picture with you?"的时候，却被他用蹩脚的中文说"我……是……Spaniard"，尴尬之余却可以和他在面面相觑之后哈哈大笑。还可以在旅行中欣赏描述古建筑的文字，却读错古文，被一位大爷指出来后热烈地交流两个多小时忘了行程。还有那一次次的问路，一次次的停留和观望，一次次的车坏在半路着急挡车的经历，那些，无一不是旅行中的快乐！

其实，我们去旅行，那些发生或未发生的故事，不就是旅行之初原本就有的期待吗？内心难道不总是隐隐有一个期盼吗？或许就是在等待某一个冥冥注定的时刻，等待旅行路上某一个人的出现，然后，遇见，相识；或许，拥有一段美好的记忆。我们旅行，很多时候就把自己想象成"一朵自由行走的花"，随时尽情绽放在人生路上的每一个路段。我们走着，以各种心情走着，一直走下去，有一天，会在梦想的天涯。

抛却烦恼，旅行的时光带给我更多的是美好。也许是我越来越无法抗拒未知世界带给我的诱惑，我无法掩饰自己内心想去飞翔、想去自由的热望，我想通过旅行，抒写我岁月的诗歌。我在无数的旅行中成长，成熟，我渐渐明白"行万里路"的很多真谛。也许有一天，回头望去，身后旅行的路上印满了我成长的足迹，一个又一个新的征程，就是人生一个接一个新的开始。那遥远却又可及的某个地方，一定有世界上最美的结局等待着我的到达。

旅行会让我感觉自己是一只鸟，一只丢弃思想的鸟，一只固执的永远不停歇想要高飞的鸟，在陌生广袤的空间里翱翔，也可以孤孤单单地栖息树枝，独自凝望那有梦的地方。或许只是一个陌生的小村庄、小山坡，或许是静谧的流云、飘荡的炊烟、寂静的水面。那些原本复杂的生活画面，不会再在我的眼前招摇过市，我只是一只寻梦的鸟儿，漫漫长路，只为追寻。

旅行中，我们无法预测下一个拐弯将是什么样的风景，下一段旅程会有什么意外发生，前进的脚步在旅行的河流中顺流而下，前方没有目的地，却正是旅行的目的。有时，我也就忘了我旅行的目的地，因为心越来越远，

所以目的地也就越来越远，甚至只是一个模糊的概念，在追逐路迹的过程中，不知不觉遗忘了它。不过也好，没有目的地的旅行，不正是最好的旅行吗？

其实，人生何尝不像一场旅行。只是这个旅行，是不由自主的，是注定必须完成的。有的人或许漫无目的，有的人可能根本就没有在乎目的，日出日落，暮暮朝朝，每个匆匆的身影，每一个沿途的风景，每一次看风景的心情，就像不断变幻的云彩，走过了也就走过了，一场旅行下来，没有留下什么痕迹。然而有的人，在旅行中，体验着不同的生存状态，不同的心路历程，不同的价值理念，用一场自我所为的旅行，去多一份精神追求，享受一段抛却世俗烦扰的清静无为和闲云野鹤，从容欣赏人生旅行的千百美景。

记得在某段文字里读到，人的一生都应该经历两件事：一个是经历一次说走就走的旅行；一个是来一场奋不顾身的爱情。其实在我看来，旅行的行为方式，二者兼有，因为，旅行其实就是心灵与远方的恋爱，它原本就是疯狂的、率性的，就是考验勇气和胆识的举动，可以随心而起，可以乘兴而为，可以兴尽而止。一个人不计后果的行为，是何其的洒脱啊，还有什么比旅行更值得去让自己的心真正属于远方呢？

旅行，有时光的回音，有岁月的倒影，有一份牵动天涯的情愫，有一颗永远行走的心。我是一个不安分的人，我喜欢旅行，我愿自己倔强的灵魂，永远行走在旅行的路上。

2017 年 8 月 31 日定稿

那极美极美的小山村

致我那最美最苦，最爱恋又最心酸的，永远流淌在血脉里的乡愁。

——题记

在我的脑海里，有这么一个小山村，那是极美极美的。

春日里，有几处桃花，几处翠绿的竹林，有青瓦白墙掩映其中，那是极美的。

稍晚的春光里，有爬上树枝采摘桑葚的孩子，有上树掏鸟窝的孩子，有在麦场上玩老鹰捉小鸡、躲猫猫的孩子，有丢沙包跳皮筋的孩子，有被父母呵斥打屁股哭哭啼啼的孩子，小小的山村里，温情地演绎着山里孩子的快乐童年，那真是极美啊！

夏日里，村后的山涧，一泓清泉潺潺而流，一群光屁股的孩童，在清凉的山溪里撩水嬉闹，溅起朵朵水花。一会儿逮鱼捞虾，一会儿摸螃蟹夹子，一会儿逗蛤蟆呱呱，静谧的山沟里，到处都是孩子的欢叫声，融进天籁之中，衬托出知了声嘶力竭的鸣叫，恍如梦境，那真是极美的山中岁月啊！

这时，有闲下来的汉子，一顶草帽盖在脸上，斜靠在树上，斑驳的阳光，透过树荫照射在身上，悠闲的时光在他的身边悄悄地流淌。有妇人从一口不深的井里，舀起一瓢凉水，咕咚咕咚地饱饮一气，美滋滋地擦一下红红的嘴唇，舒服地长吐一口气，浑身的凉意爽到了极点，拍一拍饱满的胸脯，女人便袅袅娜娜地隐身在绿树浓荫里，那真是美极了。

谁家的地里，这一块有黄瓜、香瓜，那一块有西红柿、西瓜，山村的田地里，瓜果蔬菜汪洋恣肆，天催日长，虫吃鸟啄，任着坡顶的白云，悠悠地飘过。有几只隐藏在树林中的小眼睛，忽闪忽闪地眨着，羡慕的神情，刻画在稚气的小脸上，极美。

有几只小土狗，有白的，有黑的，有黄的，有花的，肆无忌惮地撒尿，温存，交配，不知意地乱咬几下，跑来追去，撵鸡赶兔，生趣盎然，极美的。

秋日里，有金黄的庄稼，有稀疏黄叶悬挂的树，有霜叶红透晕染的树，有累累的果子点缀的树，有各种显露出曼妙身材的树，房前屋后，坡底山边，此时树的世界，就像一幅浓墨重彩的画卷。在村子的周边，伴有农人收割的声音，那更是声色如幻，美到极致了。

冬日里，有房檐下挂着的冰锥，有白雪厚厚覆盖的房顶、草垛，有被积雪压弯肿大的树枝，有树林里砍树斫枝的声音，有咔嚓嚓树倒枝落的声音，惊着了架在高高树杈上的鸦鹊窝，于是有老鸦哇哇几声，有松鼠蹿上蹿下，有鸟雀在雪地上跳跃觅食啄点，那就是极美的。

冬日暖阳里，在麦场边，在某家人的山墙下，或者在老榆树下的石碾盘子上，三五老汉子老婆子、媳妇子闲汉子，或坐在树桩上、石头上，或圪蹴在墙角，蹲在土疙瘩上，有抽着纸烟的，有不紧不慢捻着旱烟袋子的，有抽完了敲打着烟锅儿的，间或抿一口大瓷缸子里酽酽的茶末子，女人用针划着头皮，纳着鞋底，缝个衣裳，摘着菜的，有一搭没一搭的鸡零狗碎，打情骂俏，嬉闹几声，笑骂几声，有野鸡扑棱棱地惊飞了，那就是极美的。

进得村子庄户，院场上有挂满金黄金黄玉米棒的桩子，小塔一样一幢一幢，房檐下有几串红红的辣椒、青白色的蒜瓣子，有橘红色的柿饼刺挂，有慵懒的小猫躺在鸡圈的顶上，有懒洋洋的小黄狗卧在干枯的树下那一堆树叶上，爱理不理地张望几下，又去做它的美梦了，这真是美极了。

进得屋来，有嫂子或者婶子，或泼辣的，或妖娆的，或淳厚的，热情地招呼你脱鞋上炕。陪着你的，有满脸沧桑少言寡语的男人，递上一根旱烟棒子，或者水烟锅子，嘀咕一声"来几口儿?"有小桌子摆在炕上，核桃、花生、瓜子、柿饼、毛栗子，有爆得很花的极干极脆的爆米花，有农家自制的茶，有自家酿的苞谷酒，你随意地吃，随意地喝，随意地和屋里人唠家常，谝椟子。不一会儿，从锅灶下红彤彤的炉火里扒拉出一块烤得又黄又干又脆的馍饼来，烫得倒换着手给你扔过来，咔里咔嚓地嚼在嘴里，面粉烘烤的香气蔓延在小屋里，庄稼的味道就沁入心脾，真是极美的。

再过一会儿，锅盖揭起，满屋里就是一片雾腾腾、白茫茫，几个大大的紫皮红薯端上小桌，又酥又白的大馒头垒成小山，烫着嘴吃，口腔里、心田里，全都是浓浓的乡情。吃饭了，是柴火熬的芋头稀粥，一大盆酸菜，一大盆腌咸菜，一大盆金黄的炒鸡蛋，一大盆香菇木耳土豆丝，呼呼噜噜地咥，土匪一样嚣张地边吃边咧咧，一家子山里人的好客气氛浓烈而质朴，那就是极美的。

平常的时日里，村庄里有某一户人家，操办红白喜事，前三后三的几日里，全村的人都为着这户人家帮衬忙碌，有杀猪的，有宰羊的，有逮鸡的，有借板凳桌子的，借盘子借碗的，买米买面买油的，蒸馍捞饭的，发烟的，倒酒的，人来人往，山村的人情世故，在此形成了一幅质感极强的风俗画。过白事的，有响家吹龟兹、拉板胡、敲锣打鼓的，和着女声《秦香莲》，男声《三滴血》，还有《张连卖布》，咿咿呀呀，幽幽咽咽。过红事的，来了乡村乐队的，丁零哐啷，村子里的各色人等，围聚一起，指指点点、说说道道，热闹的场面让这个小山村兴奋了起来。院里院外，鸡跑的、狗钻的，还有孩子们屋里屋外、人群里钻进钻出欢乐的世界，偶尔这里一声鞭炮，那里耍闹惹哭了争吵的，到处欢声笑语，到处吵吵嚷嚷，到处亲情洋溢，嘈杂的声音，透过密树浓荫，氤氲在沟沟坎坎，浓郁的山村生活情调，那真是极美极美的。

白日里，或者传来几声狗吠，这里、那里，有母鸡下蛋的咯咯声，有公鸡的长鸣声，有孩童的玩耍声，有牛羊这一阵、那一阵，或长或短的叫声，有放牧的人呼应的吆喝声，回荡在寂寥空旷的山坡，那是极美的。

傍晚，袅袅的炊烟，这一处、那一处，升腾弥漫在山村的上空，晚霞如缎如锦，铺满西天，有牛羊的铃铛，自远处晃晃悠悠地传来，偶尔谁在山坡的野地里燃起一堆篝火，忽明忽灭，有不知名不着调的山歌，就在暮色的山村荡漾，催促着晚归的鸟儿，让阵阵松涛回响在情难化开的畅想中。

这真是极美了。

还有，还有很多……安乐，祥和，闲逸，淳朴，那幅极美的画面，已经深深镌刻在我人生的纪念碑上了。

这些画面，在我的脑海里极清晰、极清新，我想把它写出来，画出来，唱出来，永远珍藏在我心灵的月光宝盒里，小心翼翼，唯恐丢失。如今，在当下这个日新月异的时代，岁月的变迁，环境的改变，如同那梦中的小河，义无反顾地奔流，无法停留和返回。不同的时代，有不同的美丽和幸福，曾经那些朴素的情景，正在我们不经意间慢慢消失，逐渐湮灭，那些极美极美的画面，只能是在恋恋不舍的回忆里追记了。

我是山村的孩子，山村的情和爱，已经流淌在我的血液里。那山，那水，那土，那木，滋养着我的骨和肉，滋养着我的神和魂。那割不断的情怀，也绵绵不绝地滋生着我心灵田园里，那永远青青的草，极美，极美……

2014 年 12 月 13 日定稿

行走在冬日的秦渡

　　这个冬季是我心情最为郁闷的时节。人生的大起大落让我哭笑不得，却又无力改变命运的轨迹。人事莫测的沉重，如同悬在我心头的一把利剑，时刻胆战心惊。坐在老家的土炕上，望着窗外阴沉的天空，我想，总得让自己活泛起来。于是借着陪母亲治病的心思，"失魂落魄上长安"，也算是自己解脱自己。

　　那几日和母亲住在长安郭杜大妹家，倒是闲散清静，却也无味寡然。妹夫家向西十数公里，便有一个去处，叫秦渡镇，是长安与户县的边关之隘，也是一个历史文化古镇。史上的秦渡，是丰京胜地，历史悠久。早在西周，文王作邑于丰，建都城于沣河西岸的酆京，后又在沣河东岸建立镐京。二者沣河相隔，于是渡口周边人物汇聚，遂成集镇，即日后的秦渡古镇。古时的秦渡在军事、政治、经济方面，都具有十分重要的地位。听妹夫说，当地流传着"沣水两岸好苇子，第五桥边好女子"的歌谣，想来，秦渡的确是个好地方，于是和妹夫便极具兴致地前往了。

　　秦渡镇的好苇子已经没有了，第五桥也早被历史的风尘湮没了，所以那些个好女子，我是没眼福了。不过还有一样，可是实实在在的好东西，那就是"秦镇皮子"。据传在始皇时，有一年关中大旱，秦镇一带稻子歉收，劣米无法纳贡，有个叫李十二的，碾米成面，蒸出米皮，以替纳贡，始皇吃后，赞不绝口，从此"秦镇皮子"名扬天下。

　　过了沣河桥，公路两侧，米皮店鳞次栉比，一家紧挨一家，似乎大路长街的两旁，永无尽头都是卖米皮的。但看那一家一家的招牌，便让你侧目，就让你不得不产生是否去品尝一下的想法了。什么天下第一家、天下

独一家、祖传作料配制、米皮世家、祖传老店、绝世秘方作料等，当然还有什么薛家皮子、张家老店、老李家米皮、秦镇阎家等名目，数不胜数，好似只要在秦镇这个地方，他们的米皮永远都是最正宗的"秦镇皮子"。没办法，看着皮子，吃也香，不吃也香，更何况本来就有冲着皮子来的念头，所以大快朵颐是必然的。

走进古镇老街，来到一家店前，是个夫妻店，大哥热情，大嫂勤快，两碗皮子很快上桌。青花的白瓷小碗，白里透亮的皮子，红亮炫目的辣子油，脆生生的豆芽子和芹菜段，轻搅几下，爽滑润口的皮子顺喉而下，那是一种沁人心脾的清凉滋润，把一腔的饮食历史和文化韵味，全化成了回味无穷的意境美，渗透在你的全身，融化在骨子里。一碗皮子下肚，身心爽朗，神清气爽，置人间其他珍馐佳肴不屑一顾，施施然，飘飘然，且做自己的美味神仙。山不在高，有仙则名；水不在深，有龙则灵；秦镇无趣，有碗米皮，足矣！

秦渡是个千年古镇，自然就有古镇的独特风韵。单说那细而长的街道，带些弯曲地延伸在老宅古屋之中，历史的沧桑尽显在古老的街坊门店，阅尽人间尘世的风貌，似乎依然昭示着这里昔日的辉煌。

我和妹夫一条街一条街地走，各类店铺比比皆是，不过倒是调料店和黄酒店格外的多。想想也就明白，"秦渡黄酒"是与"秦镇皮子"齐名的两大名品，秦渡自古即是产米盛地，米多，米皮就多，需要的调料就多，米酿的黄酒自然也多，何况大多是秘方配制，自有其独到可售之处。我对于黄酒兴趣甚浓，妹夫就给我说着哪一家的酒好，哪一家的酒怎么样，走着走着到了一处，妹夫指着一个门脸说，就这家了。我抬头看去，一个酒幌竖在房子的前檐角，上面很醒目地写着，"蒲家黄酒坊，天下独一家"。我就想，写这个招牌的人甚是灵醒啊，他不说天下"第一家"，偏说"独一家"，虽然对自己的酒少了一点自信，但也见主人的厚道诚恳和谦虚包容。这样实实在在的性情中人，反倒让人觉得他的酒地道醇正。想到这些，买酒那就自然是别无二家了。

走进门，只听见麻将的声音，经过侧房隔帘望去，隐约是四个女人在打牌。在院子里转了一圈，酒坊、储酒屋子也看个遍，竟不见一个人影。

妹夫喊了一声"有人没有"，就见眼前一明，一个标致的少妇掀起帘子走了出来。

"要酒吗？"

"要。你再不出来，我们就先把你的酒偷着喝了。"

那女人就笑得俏生生的，一脸的妩媚。

十斤黄酒筛好，我的心神便觉不安宁起来，总觉得我应该当场就先喝它个饱。可大街上人来人往，我又没有刘伶那样的狂放不羁，终究还是把那股热腾腾的欲望强压在心底。不过看着古镇走来走去的女人们，我的眼神就散乱起来，好像满街都是那个卖酒的女人。

来了秦渡，主要有两处古迹：一个是极乐寺，一个是南城门。然那个极乐寺，我却很是迷惑。据了解，它原来是座关帝庙，按照宗教的说法，那本是道教的禅居，谁知什么变故，居然成了佛家的法地了，前后变异之大着实让我吃惊。顺老街走到尽头，古镇城墙伫立市街南端，重修的城门高高矗立，倒是个古样子，有一份雄浑威严和古朴庄厚，可惜城楼上不知为何居然装上了铝合金窗子，很是让人无语，不过也算是秦渡古镇的标志，默默纪念着古镇的沧海桑田，变幻风云。

离开热闹的集镇，走在沣河岸边，河床随处可见淘沙的坑洼凹潭，水不成流，浑黄污浊。冬日苍寒的薄光斜晖，懒散地照在满目疮痍的古河，虽然也是充满宁静和安详，但是萧瑟寂寂，几多怅然。想象中的丰茂盛然的苇子，在四周满是狼藉的田地中，杳无踪影。只是遥望沣河大桥上的汽车东去西往，我忽然明白，无论历史怎么流淌，它终究还是不甘寂寞的。想到此，我心兀地释然，终于可以在这里悄然享受安静呼吸的愉悦，可以静静地感受怀古畅想中心灵舞动的优美。

遥想那时的古渡，岸上，人们期盼，人们守望，为生命更加充实、更加精彩，在这条赖以生计的河流上忙碌打拼，用激情的吆喝燃烧时光，为一家儿女老小收获希望。河里，条条船只来往穿梭，沿着开创出的历史的河流，寻觅生存之道。在一片繁华热闹中，船上的汉子，怀想着在这片蓝天下，在这条永不停息的河流上，曾经拥有的情爱悲欢、酸甜苦辣。千百年来，沣河的水，孕育了秦渡勤劳、善良、朴实的一方儿女，滋养着古镇

那虽已湮没但闪放光芒的历史，思之不禁慨然。

　　离开古镇，和妹夫去了户县县城，看了乡土浓郁、形色缤纷的农民画，瞻仰了钟楼，美美吃了一碗正宗的户县软面，总算是心满意足了。从县城返回，再次途经秦渡，此时的秦渡，已然是一派浪漫气息。暮霭随风缥缈，傍晚夕阳的红晕，浸淫着朦胧的天色，反衬着这个古镇的辉煌。已近年关的忙碌身影，在斜阳的照射下，斑驳陆离，秦渡历史的天空，在我的视线里就愈来愈迷离，愈来愈神秘，逐渐化成那个卖酒的妇人，飘过来了袅袅的身影……

2013 年 2 月 25 日定稿

长安之殇

对于长安这座城，我有着复杂的情感。

每当我想起她，总是有种纠结的情思，一种别样的情结萦绕心间，一种悲伤、一种心痛、一种幽怨难说，五味间杂其中的怅惘。

长安，南屏磅礴秦岭，东倚险峻华山，西临雄奇太白，北靠逶迤北山；左据潼关之要，右扼散关之险，上有崤关之障，下守武关之冲，"高陵平原，据渭踞泾"，坐拥沃壤广野，可得瓜果粮棉，有高山避暑，有风光览胜，"膏腴天府""陆海丰饶"之称，着实不谬！

当年，西伯姬昌率周人自岐下东徙，于沣河西岸新建都城，名之"丰"，此为公元前1059年，这是长安地区第一个国都。而此时，整个世界百分之九十的地区，仍然处于野蛮荒芜尚未开化时期。自周始，其后有秦、汉、隋、唐等六个统一的王朝和七个政权建都于此，前后相继共有一千一百二十五年。一个城市作为国都能延绵千余年，古今中外，唯我长安！

如此说来，刘邦定都关中，立名"长安"，取意"长治久安"，何其英明矣。长安，这座十三朝古都（另有观点是十七朝），历时一千一百余年的京师之地，这座令世人心怀景仰、顶礼膜拜的伟大城市，从此即成为无数风流人物的精神图腾，却也成为无数爱她之人的魂殇。

长安，一个曾经辉煌至极的大都市。在公元前195年到公元25年和公元637年到公元904年的两个时期，她都是世界上最大的城市。"九天阊阖开宫殿，万国衣冠拜冕旒"，在她发展的极盛阶段，人口超过百万，经济繁荣昌盛，文化无与伦比，世界中心的地位无城可及，整个世界的目光被她紧紧吸引，无数人的崇拜和向往，让她成为华夏文明的圣地和探寻梦想的

天堂。"俱怀逸兴壮思飞，欲上青天揽明月"，长安，一座向世界展现了中华文明的博物馆，一个拥有着自信开放、包容并蓄、昂扬向上的民族精神的非凡之城，铸造了华夏儿女永远为之自豪的文化高地。"一座城市的历史就是一个民族的历史"，长安，这座中国历史文化的首善之都，以世代传承的雍容儒雅，博学智慧，大气恢宏，成为中国古代历史的见证和珍藏，中华文化的标签和名片。

然而宋元之后，"长安"丧失首都地位，"长安城"所在地"京兆府"易名"奉元路"。明洪武二年，朱元璋改奉元路为西安府，取义"安定西北"，西安之名由此而来。一字之差的历史，无情的时代洪流，从此逐渐淹没了一个几千年的最为伟大的城市文明，谱写了一段最为悲壮的城市发展史歌。

长安，我为之殇。因为，她现在叫西安。

置身西安，长安，那个让人神往的城市，如今已经成为过往云烟。梦想中的长安，只能在历史中想象和回味，在现实中凭吊和徒自伤感！那个长安，是我心中城市的经典，是我对那个古老神奇的城市最动情的认知。也许一个名字，就是一种情愫，就是一种情怀，就是一种情爱。长安，这个名字，那就是一种风雅、一种气质、一种内涵。长安，那更是一种大气、一种气势、一种无上的魅力、一种历史沉淀后无可比拟的底蕴。

长安，公认的中国历史上建都朝代最多、时间最长、影响力最大的都城。可是，在漫长的岁月里，风云变化，沧海桑田，所谓的金城千里、天府之国，什么长乐未央、闾里九市，巍峨宏伟的大兴城、大明宫，极尽精华的昆明池、芙蓉园，那些曾经在这座城市优游奔走的达官贵人、佛道僧尼、商贾游侠、伶人胡姬、学者遣使们鲜活的面孔，那在经历无数风霜雨雪冲洗、战争烟火蹂躏而留存的大雁塔、兵马俑，只是对长安一些残存的回忆罢了。

站立于长安，脚下黄土掩埋的是昔日的文化遗产，厚厚的城墙，包裹的是几千年文明的光彩。想象那丝绸之路在这里延伸，世界的心脏在这里跳动，古老神奇的东方文化，如同源源不断的血液，就从这里输入天涯海角。在这个城市，秦汉隋唐的天空，铺满绚烂的云彩，诗词歌赋，琴棋书画，曲舞杂艺，汇成了艺术的海洋；青铜石雕，丝绸瓷器，宫殿园林，凝聚了文明的精粹。

站立于长安，铁马铮铮，战旗猎猎，狼烟四起，呐喊嘶鸣。一支军队散了，另一支军队起了；一个大王走了，另一个大王来了；一个宫殿烧了，另一个宫殿立了；一个王朝覆灭了，另一个王朝建立了……古老的城墙，旗帜变换，无数的人物，贩夫走卒，名士英雄，将帅皇帝，都是一幅幅画卷，他们潇洒，他们从容，他们气定神闲，或者雷霆一怒，或者你死我活，都一一在这座城市走过，一一在这座城市留下自己的记忆。这些记忆，最终成为"长安"这条波涛汹涌、波澜壮阔的大江大河，成为文明涅槃的火种，孕育时代生命的摇篮。

站立于长安，秦砖汉瓦，晨钟暮鼓，眼神始终是一种痴痴之情。雁塔眺望，守望着这块古老的土地，守望着这个魂牵梦绕的古城，历史老人让她创造了无数的辉煌，然而最后却不过是大慈恩寺传来的袅袅梵音。我想起了朱元璋，迁都未成儿先死，"兴废有数，只得听天"。长安，更多的是一种无奈，是一种凄凉。我更想起了晋明帝"举目见日，不见长安"，故都难再的痛苦何人诉说……

站立于长安，"五陵年少金市东，银鞍白马度春风"，市坊集里，歌舞升平，太平盛世。李白醉意而行，大喊"人生得意须尽欢，莫使金樽空对月"，转过长乐坊的身影中，"呼儿将出换美酒，与尔同销万古愁"，余音婉转。站在城楼，我看见了霍去病意气风发出长安，金戈铁马，威武浩荡地奔赴狼居胥山。静坐大明宫，眼前杨玉环和安禄山嬉戏金銮，霓裳过后，战火纷纷，长安城中生灵涂炭，血流成河。伫立南门，叶赫那拉氏逃亡的车辇，一张张丧权辱国的条约，在电闪雷鸣的长安天空，漫天飞舞。长安，一城心碎，一城痛苦……

长安，我为之殇。因为我始终爱着那个伟大的城。

诚然，一座城的辉煌不是一个名字可以叫出来的，一座城的历史也不是因为一个名字而改变、而神圣，尽管那个曾经让人心动魂荡的名字是多么熠熠生辉。长安，那是千古辉煌业绩所铸就的，那是历经岁月考验所不倒的，是大中华多少精英前赴后继所开创的，是无数英雄儿女浴火奋战而

争取的，更是天下华夏一家人的智慧所凝结的。长安，她代表了一个时代，标志着一段历史，彰显的是一个文明。她不是浪得虚名，她已经融化成千年传承的血脉，奔流在爱她的人们的精神躯体里，而化为一个永远流传的神话。

站在那些曾经繁华的遗迹上，抬眼长空，那些昔日长安的荣华富贵，已成浮云。那个真正闻名世界的长安，随着时间的流逝，萦绕在心头的，逐渐模糊成为一张衰老的面容，她越来越淡，越来越远，终究在这个世界上，再也不会有那张永远为之心仪的容颜，再也找不到，那个我心向往之"席卷天下，包举宇内，囊括四海，并吞八荒"雄雄霸气的长安了。三千多年长安的富足，千余年的盛世帝都，在奔流不息的历史长河里，终究龙归大海，另一个美丽的长安之梦，只是一个漫长的期待。

然而，长安，终究还是变成了"西安"。

一字之差，那是中心和一隅的差距，从长治久安，到安定西北，远离中枢的落寞和失望。一字之差，那是兴亡更替的阵痛，从睥睨天下放眼四海的至高，到意兴阑珊退出舞台的萧瑟，巨大的落差，每座建筑、每条街道，无不承受寡欢之痛。一字之差，那是政治风云起伏跌宕张力表现的一个旋涡，是文化命脉遭遇如刀世事割断的一滴血液，是经济五彩缤纷的蓝图被风雨浸淫撕裂后剩余的一幅残图，是时代马车前进中撞击侧翻的一地狼藉，是文明背后隐形的杀手无情摧毁的绝望眼神。一字之差，是强弱转化间权力的面具，是盛衰更替中历史的背影。这座城，就是那后宫抛弃的嫔妃，无限幽怨怅惘，无尽悲伤愁哀，看着她如落日黄花，怎不心痛欲裂，怎不心碎欲绝，怎不萧萧孤单恨天意……

长安，岂是一个"西安"可以罢了！

长安已非长安，又怎么能承载起那心中亘古不变的梦想？

"历史的西安……不只属于西部，也属于中国，属于世界。"这个"属于世界"的长安，对那些从这里出生的人，对那些向往她的人，对那些在这里繁衍生息一脉流传的后人，那是一种多么强烈的归属感啊！长安，是一种心灵的寄托，是一个灵魂永久的栖息之地。祖先，前辈，故乡，圣地，无数人追逐梦想的地方，长安，那还只是一个名称吗？那还只是一个"古老"的名字吗？

从"长安"到"西安"，那是政治的残酷，是经济的转移，那是历史的抛弃，是文明的变迁。"多少帝王兴此处，古来天下说长安"，长安，是永远说不完的。

长安已逝，长安依旧。

繁华落尽，锦瑟眼前。

站在长安街头，无尽的汹涌人流将我淹没。面对长安，我是那么迷茫。抬眼望去，钟楼肃立，此时的长安，想想不过一废都而已。而我，也不过"摅怀旧之蓄念，发思古之幽情"罢了……

我为之殇，长安！

2013 年 3 月 13 日定稿

终南山下的一方清静

这是终南山脚下的一个小村庄。

绿树环绕，苍翠遮掩，远离尘嚣。

"知道吗？全世界最大的隐居修行群体，就藏在这片苍山密林和深谷幽峡中。"一位师兄指着南边逶迤绵延的山峦，对我轻声说，"众多的寺观庙院，不计其数的修行悟道者，无不心神向往，唯愿其一生回归天地，返璞归真，通灵自然，化性成道。"我心不禁为之肃然。

我此次学习研修的地方，就在这终南山下小村庄的一个庭院里。以前是个学校，后来迁建他处，就成了一处学道悟道的地方，倒也是个幽静的佳境。

止语，是对我们所有人的基本要求。大家稍远相见，互相颔首致意；相对而遇，也只是弯身行礼，绝无多言。于是偌大的院庭，更显清静而幽秘。老子说："寒胜热，静胜躁，清静为天下正。"置身于此，方知圣言不虚。

中间的大院子，划为几个不同的区域，在精心修饰下，自是别有一番幽美。大门前的假山石，巍然矗立在一堆隆起的小土坡上，周围雪松花树，掩映遮蔽，使一进大门的人，便生了雅致的意境。稍往后，是一块大草坪，周边是挺拔俊秀的银杏树，茂盛的红色李梅，间隔着许许多多的水缸，一汪清水里伸出的是碧绿的荷叶，间或几枝绽开的荷花，颜色清亮，如同少女秀丽的容颜，为这小院缀色不少。在几片区域之间，有一个花廊，边上是已经败叶的葡萄，藤萝爬满廊上的格子，站立其下，联想前面文化思想的传播之处，便显出一些幽邃来了。

南院的小菜园，在一条小路的边上，一溜儿十几口大瓮，靠着围墙摆在地头，满满的十几个小池，就静静地等候着有人动波舀水。有的水面已经布满了小小的、翠绿的浮萍，它们抬头凝视着天空；有的水面蓝天白云倒映其中，仿佛一面穿越时光的古镜，泛着幽蓝的光，悄悄隐藏着那片菜园的秘密和天地间劳作的天机。其实我日日去观赏，之前的神秘已经变为眼前的盎然生机。那是一小片豆角架，虽然深秋，但依然绿蔓翠叶，藤绕成荫，根根翠绿细长的豆角，挂满了每一条绿意馥郁的豆角架，满眼的生动和满心的欣喜，鼻子里也是清新的叶草之香。

我真的喜欢上了这个地方。于此处学习，可以在静美中放松紧张的心弦，让心灵惬意地休憩，真是难得的享受啊！

原以为学习国学，参悟修道，总也是要有琅琅读书之声，总也是要有滔滔辩论之语，总也是要有师者谆谆教诲之音，却不料竟然清静如斯，实是出乎意料。不过随即适应自如，倒也清静无为，专一研习学问，认真地寻觅起圣道之理来了。

静默，素食，叫性，黄庭禅坐，八段锦，诵读感恩词，面壁自省，几天下来，我火性的气息渐渐沉稳下来，烦躁也逐渐消弭，心神气爽充满了轻盈和畅快。面对老师的讲解，我心无旁骛地入心入脑，渐学渐悟。晚上置身于唯有天籁伴心的静谧中，三省凡尘俗事，总也或多或少有些心灵触动和启发，心态也日益见驰，往日的愁苦阴霾，逐渐化为虚无，只有终南山的灵秀之气，充盈心间，天地似乎豁然开朗起来了。

老师让我们在学习间歇中反思曾经的经历，体悟人生。生活的烦乱陈杂，让我的心思一时难以清净，手托着脑袋，漫无目的地窥视其他同学的情态。此时，听着窗外的声音，有鸟的啾啾，有树叶的哗啦，有附近狗的吠叫，偶尔一声小猫的喵喵，飞机飞过天空后回荡着的沉闷的轰鸣，还有外面孩子们的嬉闹声，置身静悄悄的教室，我的心思反而清净起来。金色的阳光，透过玻璃穿进教室，窗外有树的影子，映在粉色的窗帘和磨砂的玻璃上，斑影如画，梦幻灵动。我忍不住伸出了手，比照着那处影像在空中舞动，想象着抚摸那些缥缈而美丽的画面。

楼下有几棵大柳树，枝条随风摆动，摇曳生姿。几只羽毛鲜艳的鸟儿，灵巧地飞舞、跳跃，它们或许是在对歌，在问答，欢快的节奏，洋溢在那

个小小的世界。有几只跳来跳去，跳上跳下，不经意间有一只飞过来，停留在窗棂上。我立即在内心无声地欢呼起来，情人般热烈的眼神凝视着它。它黑亮的小眼睛也定定地盯着我，随即又羞涩地飞走了，只留下我怅然若失地痴想。不过稍远处几棵高大的杨树上，有几只喜鹊在喳喳地叫着，有着一股欢喜的意思，让我的心思也跟着在这清晨的院子里荡漾开来。

到了傍晚，柔和的光线，覆满整个院子，祥和而宁静。南边的终南山，在暮霭中隐若仙山，静谧而神秘。我站在南院的小径上，环顾周边高大的树木和围墙边无声生长的荒草。已临近暮秋，曾经茂盛的景象，逐渐被泛黄发白的衰枯所慢慢掩盖，一阵风吹来，草丛中便传来飒飒的声音，仿佛有女子在低喃耳语。伴衬着穿过树叶的暗红的微光，疏淡而轻快，让人心境不觉得萧瑟，反倒有一种轻松愉快的惬意。

暮色已经昏暗低沉，黑夜的颜色蒙在眼睛的窗口，我此时却心明眼亮，仿佛晨曦洒在心田。一个人静坐在花园的石凳上，一股凉寒顺着身体的脉络，刺激着锈迹斑斑的神经，使我不禁想起了《道德经》里的话，"致虚极，守静笃；万物并作，吾以观复。夫物芸芸，各复归其根。归根曰静，静曰复命。复命曰常，知常曰明。不知常，妄作凶。知常容，容乃公，公乃全，全乃天，天乃道，道乃久，没身不殆"。自己不过尘世微子，大道不敢奢望，然生活之道难道不是触类旁通吗？回想学前的焦虑不安，近期的烦躁忧虑，这几年的苦闷怨怅，幕幕往事浮现眼前，挥之不去的念想，凝聚不散的心结，纠结缠绕的情思，不过是诸多自以为是的执迷不悟。以前总觉得无人懂我，没有灵犀相通的挚友与我心灵交流，心神交往，世间缺少知我心、明我意、了我情、解我性的知己，常常是自怨自艾，怨天尤人，在生活中怨恨恼怒烦，时时缠绕着痛苦的心。当每次虚度光阴后回头痛思，总是太多的"为什么"盘踞心中，阻隔和遮挡了海阔天空，心神总是一片迷惑和混沌。

常常怨恨别人，常常迁怒别人，非要把自己弄得让别人成为你的一种难以解脱的羁绊。自己想开不可以吗？看淡不可以吗？把自己的心门打开不好吗？管他什么愁苦痛恨，全不能在你的心里寄存，还有什么让你不快乐不开心的呢？老师跟我说，"笑着面对，不要怨人"。随心，随性，随缘，让一切悠悠然，顺其然，当你打开智慧之门的那一条缝的时候，你才发现，所有的物质名利不过一粒微尘。"一粒粟中藏世界，半升水里煮山河"，放得下那些虚无的烦恼，把现实寄托于精神层面的升华，只不过一朵花开的时间，就看你是否愿意静静地等待去欣赏那一刻。

老师在课堂上给我们讲，一个人要胸怀坦荡，处世坦然，无论什么时候，都要问心无愧，心安理得，在艰难困苦中，在挫折磨难中，要笑对人间，要存平常心，则天下无事。彼时不以为然，自己在课堂上分享生活经历的时候，自嘲就是一个平凡常人、无知粗人、野夫俗人、性情中人，已为世事牵绊；于蝇营狗苟中艰辛度日，只为"洗心诇悬解，悟道正迷津"而来。现在想来，自己带着内心的欲望而来，带着一颗单纯为解忧而解忧的需要而来，注定是无法悟道得道的。

花园里有蟋蟀的鸣叫，拉回了我的思绪。澄净的天宇，半圆的上弦月，悬在稀疏的淡星之中，静静地与我对望，化开了久郁的心境。

终南山下，这一方清静，有一个红尘中的俗人，沉醉在夜色中了。

2014 年 11 月 8 日定稿

风花雪月的爱恋

　　说起云南，人们印象里有很多值得回味的地方，昆明、丽江、西双版纳等，无不让人心生向往，但是要说起云南最有历史文化气息的地方，非大理莫属。之前我虽然没去过云南，但经常了解一些云南的情况，大理，就是最特别、最神秘、最能让我产生浓厚兴趣的地方，也就是我了解情况最多的云南之地了。我是一个武侠迷，武侠小说可以说是我生活的一部分，那里面对大理的描述，数不胜数，小说里南诏古国、大理国、天龙寺段氏、点苍派、大理无量剑派，那都是武侠世界的神秘所在。

　　常翻《徐霞客游记》，徐大旅行家以为"择乐土以居，作佳山川之游，二者不可兼得，唯大理得而兼之"，溢美之词，绝不吝言。明代有位叫杨升庵的，落魄后行游山水，视野眼界不觉大增，看天下山水，渐觉生厌，不料即入大理，"一望点苍，不觉神爽飞越"，看到的是"山则苍龙叠翠，海则半月拖蓝，城郭莫山海之间，楼阁出烟云之上，香风满道，芳气袭人"。弄得这位老兄，且行且玩，"余时如醉而醒，如梦而觉，如久卧而起作，然后知吾曩者未尝见山水，而见至今始"，最后实在是对大理爱得不得了，竟寓居下来，可见大理之美到了何种地步。

　　大理这个"文献名邦"，和而不同的白族文化，多姿多彩的民族风情，遍布苍洱的名胜古迹，优美秀丽的自然风光，唐代南诏和宋代大理国五百年悠久的历史文化，无不让人心驰神往。古城有一条"洋人街"，小桥流水，垂柳依依，酒吧、茶馆掩映在花红柳绿的古意中，让你的身心沐浴在自由散漫的空气里，别有一番情调。如果你坐在铺着蓝印花布的木桌边，端着咖啡，听着音乐，那种幽静悠闲的时光，让你醉痴如眠。

除了古城，大理境内风景名胜数不胜数，想一一游览，何年何月可止，然惟其"风花雪月"四景，览之而可概全，心之不负也。其实在我的认识中，风花雪月只是年轻男女之间浪漫爱情的写照。无非是些卿卿我我、你依我侬、花前月下、海誓山盟的陈词滥调般的爱情故事，没什么值得特别关注的意义。但是在大理，看到那些白族人家的门楣上、围墙上、影壁上，到处都是风花雪月，便勾起了我的好奇心。原来，所谓"风花雪月"，乃是大理风景名胜的四绝，即下关风、上关花、苍山雪、洱海月是也。

我知道的点苍山，最早是从金庸先生的小说中得知的。某个时期江湖有个流派叫点苍派，在武林中算得上是大门大派，甚是了得。后来知道，原来点苍派就在大理的点苍山。现在很多资料在称谓上是"苍山"，但我还是喜欢"点苍山"这个叫法，山色苍翠，山顶点白，其意昭昭，意境清美。

点苍山处于洱海与漾濞江之间，峰峦起伏，翠屏逶迤，雄峙嵯峨，气势雄伟。山云变幻万千，望夫云和玉带云很是有名。玉带云是为雨后山岚，聚云飘浮，汇集山腰，形似玉带，横亘百里，竟日不散，妩媚动人，乃是丰收之兆。望夫云因为"白狐望夫"的传说怨化而来，形成恶气，伴随狂风暴雨直扑洱海，往往浊浪排空，掀起阵阵惊涛骇浪。不过说起这望夫云，自然就要说到大理四景的下关风了。

查找资料，传说有一道士王宏和白狐仙结为夫妻，嘴里常含狐仙的一颗宝珠，颇有些道法，便想杀掉村里与之有仇的人千、万两姓人家，不料师父错听，便将之打入海底。白狐仙用向观音求救得到的六瓶风，期冀吹干海水救出丈夫，但因为中途发生事故仅剩一瓶风，于是放在苍山顶上直吹洱海。风吹云起，白狐站在云头眺望丈夫，一朵"望夫云"由此而生。

下关位于苍山和哀牢山之间的谷口，特殊的地势形成特殊的风流，连绵百里的苍山挡住了大气环流，印度洋、孟加拉湾的季风在此与平直西风气流交汇，这是苍洱之间主要的风源，终年不歇，强劲凛冽，世所罕见。最为奇特的是，因为两山夹口狭窄，中间曲回槽形，风吹进去起伏跌宕，有时就会形成回旋，行人迎风前行，风掀人帽而帽竟落于人前，千百年来让人惊奇不已，始成一景。不过下关的风，在今天仍然为一大资源，我出上关去往丽江的沿路，连绵起伏的云岭山脉，处处风车林立，点缀在青山

翠色之中，实是一道别样的风景。

居于四景之二的"上关花"，本以为是一种花的名字，一种实实在在的鲜花，后来打听，才知道到现在已经很少有人能够说清楚究竟什么花才是"上关花"了。是段誉说的"十八学士""抓破美人脸"的茶花，还是点苍山上曾经让英国人激动欲狂的映山红？或者是那种有记载的木莲花，还是那离奇传说中的"朝珠花"，抑或它本来就只是一个虚幻的存在？资料上记载，"开时香闻远甚"，赞为"十里香"或"十里香奇树"；也曾因为它的果实乌黑而坚硬，可以用来做朝珠，又被称为"朝珠花"。徐霞客的《滇游日记》说它的花朵在平年有十二瓣，遇到闰年就会开出十三瓣。但我想着也不过只是一种人云亦云的说法，模糊地描述透露出一种朦胧神秘，只是让我感觉，"上关花"也许真的已经成为大理的绝景了。

看着诸多记载，再看看上关花公园里那些艳丽灿然的花，实在不清楚到底哪一种花才叫"上关花"。在我看来，所谓的"上关花"，其实可能只是一种泛称。你可以认为是茶花，也可以认当是木莲，也可以为就是映山红。我就把它当作是上关当地所有那些美丽异常的花的统称，只要在心里，那就是一个代表着花的精灵，花的传说，花的祝愿，花样的年华、花样生活的美丽符号，那就是你心中最美的，永开不败的"上关花"。

当然，经夏不消的苍山雪，是苍山最值得欣赏之景，山顶积雪覆盖，终成冰川遗迹，"风花雪月"四大名景的"雪"，即在此印证。寒冬时节，百里点苍，皑皑白雪，玉龙横卧，白光晶莹；阳春三月，半绿半白的山体堆银垒玉；白色的雪帽突兀在大理坝子，映衬着蓝色天光，折射出一种神秘的意境。尤其是在盛夏时节，最高峰马龙峰的积雪仍是堆积不化，苍翠欲滴的茂密树林和峰顶的紫云载雪，相映生辉，景致奇绝。据古时书籍记载，白族人民在夏天从山顶取下"阴崖古雪"，调上蜜汁黑梅使之成为沁人肺腑的清凉饮料，大受欢迎，倾市难买。杨升庵的《滇南月节》中曾写到大理"五月卖雪"的情景："五月滇南烟景别，清凉国里无烦热。双鹤桥边人卖雪。冰碗啜，调梅点蜜和琼屑。"遥想那时情景，不禁悠然向往。

点苍十九峰，峰峰夹溪流，"苍山十八溪"，东流入洱海，独特多姿。因此苍山之麓，自古即是白族文化的发源兴盛之地。著名的崇圣寺、浮屠塔、无为寺、桃溪中和寺、九龙女池、清碧寺三潭、感通寺等，无不以傍苍山而名闻世人。

苍山多泉，最负盛名的当数蝴蝶泉。小时候看过《五朵金花》的电影，蝴蝶泉便深刻脑海，里面的歌曲《蝴蝶泉边》更是喜爱得不得了，只是当时一直弄不明白，一泓清泉怎么能淹沉活生生的阿鹏哥、金花姐呢？蝴蝶泉在白族人的心中，具有爱情忠贞的象征意义。每年农历四月十五蝴蝶会，白族青年男女集聚泉边，"丢个石头试水深"，在蝶的海洋用歌声找到自己的意中人。泉水周边，风光秀丽，上有泉潭，泉水清澈见底，周围大树茂密，枝叶婆娑，枝丫盘错，树荫遮日，清幽宁静。据说这是一株夜合欢，每年三四月间开花时，白天花开如蝶，夜晚瓣拢吐香，"即发花如蛱蝶，须翅栩然，与生蝶无异"，有诗人赞美蝴蝶是"会飞的花朵"，合欢树的花朵是"静止的蝴蝶"，真是恰如其分。下方三眼泉水，自龙口倾吐，水质清亮，池子里串串银色水泡，自池底徐徐涌出，汩汩而冒，如玉珠银花。如今蝴蝶泉经过开发，已经形成了上中下四个大小不同形态各异的泉潭，处处都有迷人风景。蝴蝶泉之所以有其名，乃是源于一个著名的自然景观，那就是每年蝴蝶交配汇集在一起的"蝴蝶会"。徐霞客在他的游记里曾描述："又有真蝶千万，连须钩足，自树巅倒悬而下，及于泉面，缤纷络绎，五色焕然。"不过天下罕见的"蝴蝶会"，其实不是什么时候都可以看得到的，像我游玩的时节，看见的蝴蝶就只只可数，寥寥无几，那种蝴蝶会上的密匝层叠、纷飞如云，美蝶翩翩飞舞的壮观景象，只能靠查看图片去心中想象了。不过幸好，景区里现有新建的蝴蝶馆，把蝴蝶泉边各种蝴蝶的生态特征集中展示，并融合了蝴蝶文化，让我在体会蝴蝶泉奇观中对这些大自然的生灵惊叹不已。

洱海因为大理古有"榆城"之谓故称"叶榆水"，又因其形如耳朵，始名洱海。洱海风光，多姿多彩，绮丽蔚美。四时变幻，晨昏三景各有秀美，自古即为游览胜地。其中洱海月，最是奇景。说起洱海月，倒是有两个意思。其一是因为从空中往下看，洱海宛如一轮新月，静静地依卧在苍山和大理坝子之间，白族先民称之为"金月亮"，这块月形的无瑕美玉孕育着大理的天地灵气，有着纳福之美。其二是洱海之月色月景，如梦如幻，有飞

升仙境之感。据说每月农历十五的月夜，波光月影，风轻水静，微浪鳞金，细涛层层。水中圆月如空，浮光摇曳，夜空玉镜高悬，幽发清辉，抬眼看去，洱海之月大明圆亮，非他处可比。此时水天辉映，水中天空月色如一，天月坠海还是海月升天实难分辨。这时泛舟洱海，玉轮皎洁，素辉泛影，举杯望月，独立船头，大有乘风归去置身寒宫，携嫦娥共游逍遥仙境的遐思，令人痴醉。我虽未亲身感受洱海夜月的美景，但是也坐上游轮乘风洱海，以及根据有关介绍的内容悠然联想，倒也有感同身受的极美享受。

不知不觉在大理游玩了三日，游心不减，兴致愈盛，真不知归返了。真想像那个杨升庵，干脆留身于此，长居大理。

什么是"流连忘返"？来了大理，你就知道了。真是爱恋那大理的"风花雪月"啊！

2014 年 7 月 14 日定稿

海南的文化记忆

　　海南这个地方，小时候几乎没有什么印象。稍长，从书中知道，那不过一蛮荒之地，孤悬大海，一荒岛耳。再长，古时刑囚流放之所，九死一生的极苦之地。后，琼崖纵队，红色娘子军，五指山，万泉河，海南战役，粗略了解。再后，置特区，活经济，兴旅游，世人蜂拥而至。至于其他文学艺术、文化流派、文明脉络、历史印记，甚为混沌，模糊不清。查之再探，文化之孤岛，荒芜也。

　　其实之前，对于海南的历史文化，也并非一无所知。当然最为熟知的，乃是汉代两位大名鼎鼎的伏波将军，以及后来唐宋的五公谪琼，那可不是一般的有名，自然脑海长记，倒也有了观瞻之期待。忽一日，数朋相邀，突兀而至，闲暇之际环岛而游四日，海南文化风光始得领略，甚为感慨。

　　来海南，五公祠是必去之所，因为这大概是海南历史文化最为深厚的地方。说是"五公"，其实纪念祭奉的人有八位，有唐宋两代被朝廷贬谪来海南的五位历史名臣，即唐朝宰相李德裕，宋朝宰相李纲、赵鼎及宋代大学士李光、胡铨，同时也祭奉着大名鼎鼎的汉代两位伏波将军路博德、马援和大文豪苏东坡。说起来，其中"五公"的精神的确可嘉，他们万里投荒，虽被贬谪，但不颓丧消沉，处蛮荒之苦地却不易其志，教化岛民，启蒙心智，教授文化，发展教育，培育人才，开创文明，为南疆荒岛的发展进步做出了卓越的贡献。现在海南人民建祠祭祀他们，也是他们当初开启文化的延续。

　　海南要说名山，从古至今，论名气之大，推崇者之多，无山可与福山宝地的东山岭相媲美。山上留有晋朝文人骚客的赞颂笔墨，有明代万州牧

曾光祖题写的"海南第一山"几个大字，散布在东山岭的奇石险壁上。东山岭美景雄奇俊致，有八景驰名岛陆。几处奇石遍布，怪石擎天，"飞来石""风动石"等形态特异，引人入胜；几处峰峦屏立，峰回路转，山花烂漫，步移景换，犹如幻境；几处幽洞清泉，老树盘错，清凉无限，让人忘返。山上多古迹庙宇，著名的潮音寺，即为纪念南宋抗金名将李纲而修建，寺内各种禅院佛殿建筑，大多依山就势，布局取巧，错落有致。东山岭还有"三宝"——东山羊、鹧鸪茶、第一泉。羊肉鲜嫩无比，茶是好茶，泉是佳泉，居此山中，悠然惬意。有知客僧在卜卦解惑中，示我此山有"东山再起"之寓意，竟一扫胸中郁积的失意寡欢之情，心头爽然明快起来。

海南另一处颇有文化影响的地方，就是南山寺了。其所在，即是我们口中常说的"寿比南山"之南山。资料所述，乃菩萨长居之"补怛洛迦"，有"大光明山"之称，是中国最南端的山。据佛教经典记载，观音菩萨为救度芸芸众生，发十二大愿，其中第二愿即是"常居南海愿"，这也就是为什么我们常称观音菩萨为"南海观音"的原因。不过南山寺的兴建，却是因为唐代的高僧鉴真和尚。据说鉴真在第五次东渡日本的途中，遭遇风浪而漂流至南山，在此修行近两载，并建造佛寺传法布道，此即南山寺。随后，鉴真第六次东渡日本终获成功。日本第一位遣唐僧空海和尚，据说也是在此登陆中国，驻足传法。不过唐时寺院，经沧海桑田早已无存，后时据《华严经》《崖州志》记载，于90年代在清代香火之处建造，此为今日之南山寺也。

进入景区，游客所到之处，其实大多为后来扩建之新区域，地形开阔，气势宏大，尤其是才进景区就能看到的南海观音大像。原不知其宏大，不过行程半个多小时，尚不能达，已知其所高甚伟。经导游介绍，南山海上观音像高一百零八米，凌波矗立在直径一百二十米的海上金刚洲，脚踏一百零八瓣莲花宝座的圆通宝殿，法体为观音慈面庄洁的一身三相。

其实，真正的南山寺，坐落于观音大像右侧的山上。山高五百余米，形似巨鳌，古称鳌山，传为观音菩萨慈航普度之坐骑。山势面朝南海碧波，或浪潮千叠万重激荡石崖，或水映天色晴光澄净，海天山林浑然一体，于梵音袅袅中，竟透出秀丽景色来。其时海上所生之水汽，山间腾起之雾岚，缥缈于叠翠，缭绕于迤逦，美景似祥云变幻而生万千气象。佛寺居于其上，实有海天佛国之庄严宝相。整个寺院，上下抱山而建，风格若唐，法境空灵，深入其中，也是佛家修行的一处佳境，不失庄严肃穆、清净静幽之意。

南山最为著名的文化影响，其实在于它的福寿文化。山之东麓，有泉水长年流泻，滋养着南山周围的居民。其山、其水、其空气、其气候、其光照、其矿物质，让饮服南山之水的人，俱都长寿福绵。时日所长，口口皆传为吉祥福泽之地，便有"长寿谷"之谓，此为"寿比南山"之渊源由来。

海南，还有一处必不可失的去处，那就是"天涯海角"。进入天涯海角景区，我从入口向南，接近海边有一广场，两侧有威武无比的古代将军雕像，挥刀跨马，横枪腾跃，浩荡的英雄气概激荡行人心头，烈烈杀戮之气跃然逼人而来，一时间仿佛千军万马呼啸而至。起初我并不在意，走在路上猜想，这两个雕像不会平白无故地设在此处，总是有个缘由，绞尽脑汁搜寻相关人物，心底有了答案，但并不敢十分肯定，返回时问导游，正如我所想，两个雕塑，果然是两位伏波将军。我立即有了返回去重新敬仰膜拜的想法，想到两位大将军日夜守卫着祖国海疆大门，历史的豪迈之气顿生。无奈时光匆匆，不得不收回心驰神往的崇拜之情，随着团队依依不舍地离开。

四十余年前，海南作为改革开放的最前沿，经济发展的热闹之所，物质享受和金钱财富的冲击之大，在人们意识形态的认知中，真正的历史文化已经屈居次流。因此，来海南的人们，在游玩一番回到家中，在脑海里仔细思索一番，最后发现，真正的海南文化，留在记忆里的东西，着实没有多少。这不能不说是海南文化的一大悲哀啊！

不过，时至今日，海南旅游业的发展兴盛，倒也让几多所谓的文化杂陈其间，不断创新丰富起来，颇有吸引之力。对于游客来说，不失为释放压力、开心游乐、放松休闲的娱乐之所。但兴致所尽，也就过目即忘，仅此而已。

2014 年 11 月 20 日定稿

雨中登太白山

向往太白山已经很久了。

听朋友说，游览太白，当于盛夏。于是我们选择七月上旬出游。

先一日，因时间仓促，从西安出发至眉县，留宿一晚，第二日清早从眉县出发至景区。不料天气有变，乌云低沉，眼看着雨滴落地，雨幕遮了眼。只好冒雨登山，雨中赏景了。

从景区正门乘车到下板寺，一路顺着河谷盘旋而上，景色殊美。司机身兼导游之职，每至一处景点，停靠数十分钟，给游客介绍观赏。虽雨丝沾衣，但兴致高昂，丝毫不以为意。有黝黑石壁刀削一般垂立千仞，气势恢宏；有"莲花峰"瀑布和诸多飞瀑，白练般从天而降，犹如泼雪千尺，声吼震天，惊心动魄；还有一路伴随着的悬崖栈道，悬空架于陡崖峭壁；更有"世外桃源"的曲径通幽，两处景观相得益彰，于神秘的深山之中，似乎时光隧道探寻未知的世界，更增添了一份神秘魅力。

其中最为有名的当数"泼墨山"。据说此处为李大仙人作诗之处。李白写诗写到激动处，翻倒墨盒，一时墨汁倾洒，石壁黑墨淋漓。因雨水淋洒，观之果真形象生动，其色其景与传说吻合。周边各处石壁，文人骚客岂肯放过，各种诗文遍刻其上，实是一处不可多得的文化景观。站在壁下，听着李白的传说，不禁想起诗仙的《登太白峰》："西上太白峰，夕阳穷登攀。太白与我语，为我开天关。愿乘泠风去，直出浮云间。举手可近月，前行若无山。一别武功去，何时复更还？"如今身临其境，不禁为大师文华神采倾倒。

因夏季多雨，所以河谷里洪流滚滚，浪花飞溅，令人动魄。间或有吊桥悬跨，游人在桥上于摇晃摆动中体验雄山激流，视觉冲击殊为强烈。等抵达山脚下，但见瀑布如银河倾倒，飞雪倾泻，惊天动地中水雾迷蒙，真是蔚为大观。

　　一路就这样边走边看，愈往上，景色奇异之处愈多。视野之中景色变换，尚未到半山，已经大为惊叹。行至天都门，雨势渐大，温度骤降，一行人哆哆嗦嗦，租棉衣，买雨披，进热食，四周转转，活动一番，补充些许热量，然后坐上缆车继续进发。

　　坐在缆车之上，自有一番视野。但见莽林叠翠于苍山奇峰，有清溪碧潭点缀其间，随处散布的古迹遗存，更是增添了文化底蕴的魅力，动静之景皆成画卷。来之前查阅有关太白山的资料，最是欣赏有关诗词赋句。今赏之，实是验证了古人的诗情画意。在缆车上自下而上，太白山的景观随之变化，层次分明，加之天气也变化莫测，想想难怪古人有诗云，"朝辞盛夏酷暑天，夜宿严冬伴雪眠。春花秋叶铺满路，四时原在一瞬间"，更有"山脚盛夏山岭春，山麓艳秋山顶寒。赤橙黄绿青兰紫，春夏秋冬难分辨"的不胜感慨之句。《水经注》称，太白山"冬夏积雪，望之皓然"，时逢阴雨气候，山岚水雾升腾覆掩，太白积雪自是无缘入目，不过浮荡在云山雾海的仙境，却是让我大饱眼福。

　　下了缆车，顺着木板铺就的登山曲径，悠悠然随性而上，雨中登山之乐，浪漫之情，自在逍遥心境之中了。木板台阶大多靠崖临渊，望之心惊。云雾缭绕，飘然若仙。有山风浮吹，云蔚流纱，雾浪起伏，山尖高树，孤兀峥嵘，忽隐忽现，海市蜃楼般似梦似幻。偶尔云开罅隙，有阳光透射，景色为之一变，上有流光溢彩，群山之中云蒸霞蔚，绚丽多彩，令人心旷神怡。

　　顺着木板修建的上山路阶，我们是走走停停，感觉一路到处都是风景。自下而上，目睹树林树种变化，植被花草也是顺着海拔的不断增高而渐变。印象最为深刻的是满山的杜鹃，或一丛丛，或一片片，或如瘦骨嶙峋的老树，或如榕树一样的藤蔓延伸，衍生出一个大家庭，形成一个小树林。只不过此时花期已过，看不到一朵花，寒雨飘洒，倒是让它们在寒风中萧瑟、雨滴下颤抖，让人看着不忍。

其余各种杂树，有几人合抱之粗的古木，也有参天破空的挺拔极高之树，还有奇形怪状的树。景区根据形态，展开想象，为之取名，有"凤凰松""蛇松"等，也有因石命名的，如"龙""哮天犬"等，刻于石上，也增雅趣。间或在树林之中，随意设置观景台，有休息赏景的桌椅板凳，每每使我们流连忘行。最为深刻的是"听涛"，在此观景，耳中声势如涛，屏息凝神，风吹过耳，天人感应，意境、心境、禅境、空灵之境，激荡心胸，感受非同一般。

如此这样，几经停顿休息，终于登上"天圆地方"。此处比太白主峰低一百多米，已是极高之处了。有碑记之形胜，言南北间隔屏障，江河水系两分。在此俯仰，"天如圆盖，举手可攀；大地如盘，纵横万千"。关中青未了，一览众山小，雄雄乎，威威哉，人如山高的心境陡增豪情。不过此处因地势极高，故气候变化无常，风雨雾雪，罔顾春夏秋冬和节令时日，刹那变幻，瞬间即至，常常让游客难以置信，瞠目结舌。我们登上此处时，正欲放目极远，不料突然云遮日光，寒风侵袭，浓浓大雾立时笼罩山头，游人几乎对面难辨形色，只在白茫茫的混沌世界中，听闻话语之声。此时阴冷潮湿，寒气袭人，脚下难识路径，只得小心翼翼摸扶树枝崖石，互相吆喝接应，诺诺轻移。正在心惊胆战之际，忽然又来一阵山风，众人尚未反应，却见云收雾散，阳光普洒，山峰四周瑰丽美景，清晰如画，一览无余。有游人大呼喝彩，凡视线所至，手指之处，无不是难得一见的奇观异景，真是惊喜不断。

此时游人逐渐至此，多不胜数。众人兴奋之情难抑，大多欢呼雀跃。极目四望，放眼八方，整个太白山，时而在云烟缭绕中模糊朦胧，难辨全貌；时而又烟消云散，一览无余。有青年似乎看见了冰川和"太白海"，兴奋地大声呼喊，回音飘荡在山中，如同层层波浪涌向远方。此时，人们也顾不得细雨寒风，顾不得地湿岩滑，纷纷选择各自喜欢的地方，摆出各种姿势，取景入相，真是不亦忙哉，不亦乐乎。也有很多不甘心的游客，在此停留片刻，继续向上攀登，不达顶峰誓不罢休，非要一睹"太白积雪"胜景不可。看着他们顶风冒雨行去，不胜感慨。

下山的时候，我们没有坐缆车，而是选择了步行。因为下雨，步行之人寥寥无几，雨丝细洒，水滴敲叶，偶尔鸟鸣几声，在这片树林子里显得极为空旷寂寥。不过倒也幸运，仿佛这片美景只为我们所造，尽情赏玩。侧耳聆听天籁，四周的恬静瑰丽，让人禁不住神思悠长，浮想联翩。有曲流溪涧晶莹碧透，烟雾浩渺，吐珠溅玉，奇峰怪石，如塑似画。有峡谷壁立，石径萦回，古枫垂荫，沟壑幽深。用心观赏，你会觉得一山一水、一沟一壑、一峰一石都很别致、优美，就连山上的一林一木、一草一花、一树一枝也都那么美妙、神奇。

我们走走停停，尽管雨水已经打湿了我们的衣衫，但是能独自享受这片雨林，实属难得；尽管我们没有登到顶峰，"太白积雪"的美景，以及其他有名的景观也没有欣赏到，但是能在雨中徜徉于太白山宁静深沉和清新湿润的幽深之处，领略到雨中别样的美色，已经知足了。其实，大自然的美景何其多，我们又怎么能全部纳入眼中？人生如白驹过隙，而大自然却在永恒的时空里不断地创造出难以想象的世界，想想我们能在有限的时间里，一睹美景已经是何其大幸啊！静坐于这片幽林，水滴从天外坠落，如同敲击在我们的思想深处。倾听呼啸的山风掠过头顶的树梢，超凡脱俗、思古怀幽的情绪感染着此时的世界。雨丝洒在树冠的声音，雨滴落在树叶和岩石上的声音，鸟儿打战着的啾鸣声，远处忽隐忽现的低语声，让此刻的太白山，大气化境，成为我们这些凡夫俗子的清心静欲之地。

大约一个半小时，我们又返回了缆车站。逡巡片刻，自天都门石阶下行，至租棉衣的电瓶车站，已经下午四时多了。大家在凄风冷雨中顾不上欣赏四周景色，只等电瓶车来，争先恐后地坐进车厢，躲雨避寒。此时，一众喝水进食，大家嘘寒问暖，气氛渐趋热烈，谈兴渐浓。更有兴奋者绘声绘色地描述某处景观，拿出相机与众人分享照片。在众人各种回忆中，不觉行至景区入口。出得服务区，随即转乘返回眉县的公交，至此太白山游览结束。

太白山一游，不虚此行。历久仍印象深刻，记之以作纪念。

2015 年 1 月定稿

心中的那条河

我从小就喜欢玩水。因此，家乡那条沙河，就成了我童年时期一个最重要的记忆之地了。那时候人小眼窄，小小的一条沙河，宽不过数十米，深不过尺余，但在我的眼里，那就是一条大大的河流。少年时，我去了家乡北边的一条河，我们县的县河。它是一条大河的重要支流，看见时，那条河正值夏季汛期，浊浪汹汹，洪流滚滚，我不禁被那激流水势惊呆了，感觉世界上竟然有这么大的河流，真是太壮观了。所以后来我求学看见丹江的时候，视觉感触就不是很深。而其时，在我心里，还有一条更大的河流，让我一直在激动地期待着，去领略它的大河之美。

那条大河，叫黄河。

黄河，因为这条河流，让我在生命的坐标上总是感觉难堪，却又反而变为一种骄傲。我家乡所处的地理位置正是中国南北分界线的秦岭山脉。所以我们这儿被称为陕南，而陕南，那已经是所谓的南方了。但我心里始终认为自己是北方人。别人问我是哪里人，我首先会说是北方人，然后再次强调是黄河流域。而事实也的确如此，在陕南三市几十个县区里，我家乡的县，是唯一的黄河流域县，这也就是我引以为傲的原因了。

最早知道黄河，是在课本里。意识里只知道那是一条"几"字形的曲线，曲曲折折印在"雄鸡"的身上。随着年龄的增长和阅历的丰富，我对黄河的认知逐渐丰满。黄河，"中国川源以百数，莫著于四渎，而河为宗"。百川之首，百河之祖，这是黄河的地位，这也是黄河在我心中神圣的原因。

我们现在看到的黄河，是如此的浑黄污浊，但这远不是它的本来面目。《诗经》里先民在砍伐时吟唱："坎坎伐檀兮，置之河之干兮，河水清且涟漪。"那个时候的黄河，岸边是茂密的森林，树木繁盛，河中之水，是多么清澈碧亮啊！据考证，先秦西汉以前的文献里，是找不到"黄河"这个词的。东汉班固的《汉书》第一次提到黄河，"黄"就是专门用来形容河水的浑浊之色。《尔雅·释水》也记载，"河出昆仑，色白，所渠并千七百一川，色黄"。没想到这一"黄"，竟然一发不可收，及至越往后来，黄河越发之"黄"，乃至有先人感叹"俟河之清，人寿几何"！

第一次领略黄河胜景，是在潼关。我家乡的县与潼关毗邻而居，两个县城路程不足一百公里，翻过秦岭出峪就到了潼关城。古往今来，潼关总是与黄河紧密相连难以分割。自然，也因了我北上出山总是行经潼关，所以在潼关看黄河那就是自然而然的了。也因此，潼关的黄河，在我心里，记忆很是深刻，难以忘怀。

潼关县城位于潼关塬上，并不是人想象的那样濒临黄河，也不是那历史书上记载的"扼陕豫门户"的两山之中。实际上现在的潼关县城，并非过去的潼关城，老潼关东大门残破不堪的遗址，如落幕晚景，不胜凄凉，让人看后唏嘘不已。不过站在潼关塬上，极目远眺，远处黄河天堑，依然隐隐在望，不禁想起元代张养浩的"峰峦如聚，波涛如怒，山河表里潼关路"。从古至今，多少英雄风流人物途经此处，几乎没有不感怀吟叹的，真可谓历史见证的旁观者。自潼关下塬，即可看见一条黄色的带子从北而下，折弯向东，不远处即到一个镇子，这就是大名鼎鼎的风陵渡。至风陵渡，上黄河大桥，真正的黄河第一次就以这样壮观的气势和宏大的气场震撼着我的心灵。对于第一次见到黄河的我，在深深的震惊之中目瞪口呆，一句话也说不出来。其时，但见浩渺的河面，看似沉稳平和，却隐隐潜藏着一种气吞山河的气势，好像蕴蓄着一股巨大的能量，无声地镇压着这万里河山。

这个时候正是汛期，黄河水量充沛，举目望去，一片泽国。天是灰蒙蒙的，河面上也是一片苍茫，视线里的单一色调显得复古陈旧。唯挨近陕西的一边河岸，有芦苇丛生，给这雄浑之气中，增添一份抒情的景致。不过遍目搜寻，毫不见风陵渡口的影子，只有几艘靠岸的机船，好似做着餐饮观光的营生，就不知可否有那古今知名的"黄河鲤鱼"。

第二次看见黄河，是在陕北。我们经山西柳林渡桥，进入陕西。黄土高原的地貌，让我们绕塬盘旋，黄河就以别样的姿态适时出现在视线里。站在吴堡东面的绕山公路上，俯身下望，浑黄的水流奔流湍急。千百年来的汹涌洪流，冲刷出一条刀削斧劈般的通道。两岸石壁峭立，找不到河岸，看不见河滩。涨潮一般的河水，好似被胁迫一般，翻滚着泥沙，好似释放着一股暗藏的怒气，发着低沉的吼声，南下天际，毫无留恋，一如悲情的英雄，永不回头地决然奔向天涯。

当然，最为震撼的当属壶口的黄河。记得较早时期看过一部音乐电视，画面中壶口瀑布配上《黄河大合唱》的震撼旋律，只让我热血沸腾，情绪激昂。那个画面一直深深地印在我的脑海里，所以，壶口观瀑期待已久。当我终于站在了壶口，眼前这"九曲黄河一壶收"的景象，让我视觉神经突然爆裂，觉得这是我这辈子看见的最为壮观的河流，是大自然最为神奇的作品，鬼斧神工的神来之笔。站在壶口瀑布之上，我胸怀激昂，望向那千军万马般的洪流大军，耳边仿佛荡起了《黄河大合唱》那旷世绝响。身边黄河喷涌而下，犹如苍龙翻滚石崖，涌跃深潭，如雷怒吼，浪涛崩溅，烟云激荡，虎啸龙吟中如地动山摇，如同中华儿女在抗击侵略的洪流中那种不畏牺牲、勇往直前、气壮山河的气概。此时此刻，看着它击山撞石，奔腾怒啸，沸浪滔天，不禁让我已经不再年轻的生命，焕发出属于青春的跃跃欲试，仿佛立即就要释放和燃烧，一股前所未有的力量汇集勃发，凌云壮志和万里雄心在胸膛里几欲迸出。一刹那，往日的所有苦闷、烦恼、忧愁、怨怼，都随着那狂傲飞扬的波涛而灰飞烟灭了。

当然也有令我伤怀的黄河。从陕西潼关继续东行进入河南，经过赫赫有名的函谷关，沿黄河向东，至陕县，从历史意义的角度上讲，才算真的出了陕西。我们从三门峡市区经一条乡村小路北行，在一个河岸的村子，终于看到了著名的水利工程，以"人门、鬼门、神门"三门得名的三门峡大坝。大坝倒也雄壮，一股白色水龙从泄洪口喷发而出，怒涛震天，声若惊雷，一时却也聊显气势。其实，面对三门峡，在河南境内是看不到黄河的失望之处。过罢黄河，伫立山西平陆县的高原之上，俯瞰黄河，这时的黄河竟然可悲地成为一个静谧的水洼。遥想当年的河殇，当年的迁徙，以至由此往上并延至渭河等诸干支流，水利生态岌岌可危，天地悠悠，怆然泣下，一时无语凝噎。

黄河呈现世人的形态多样，有一次横渡黄河的经历让我永生难忘。我们在游历了晋南一些地方之后，自黄河北岸芮城的大禹渡口下岸，乘船渡河。尽管我见过多次黄河的形态和气势，但是飘荡于河面，近距离接触黄河之水，还是第一次。而且这次乘船渡河，是名副其实的乘船，而不是类似其他风景区的那种游船游轮。我们所乘之船，是那种目前在黄河之上最具代表性的机轮，宽宽的甲板上尽可能多地停放了轿车、摩托车、三轮车、大卡车以及各色货物，没有遮挡的船舷，只是铁链围起来，甲板距离河面很近，河水时不时拍打船身，浪花喷溅。河水涌来，站在边上的人，一不留意就会湿了腿脚。这时看黄河，身临其境地感受到了，黄河的恣肆汪洋，黄河的雄浑狂虐，浑浊的河水卷携着泥沙翻滚着，搅起的泡沫在漩涡激流中上下飞荡，夹杂着很多枯枝烂叶和一些垃圾废物，都在这沙水相依、水沙相长的洪流里沉沉浮浮，浩然不顾地一路东去。看着一河两岸，北岸高原耸峙，黄土沟壑纵横交错，一派苍然和壮烈；而南岸低平，平滩田地井然，村庄屋舍在树木掩映中，鸡鸣狗吠人呼车声几近可闻。两相差异在这茫茫一河之隔中，恍如虚幻。再次放眼面前大河，不禁想起了刘禹锡的诗，"九曲黄河万里沙，浪淘风簸自天涯。如今直上银河去，同到牵牛织女家"。想想这一河两岸辛勤生活的人们，面对着自天涯而来的"银河"，不禁幻想着美好生活。想来，黄河边的爱情，也许没有那"红粉凋零一场空，何苦为它寄情衷"的幽幽怨怨、凄凄切切，更多也是向往那牛郎织女般的田园生活，真是最接地气的情爱啊！

站在甲板，迎风望去，从古到今的黄河儿女，有多少人曾经漂荡在这风浪泥沙里讨生活、奔前程，他们或许朴素无华，有的只是心底里那对宁静恬淡的田园生活的憧憬，偶尔慨叹几声，发泄胸中那豪迈却又不甘心的心志之气。而现在，面对悠悠黄河水，绵延着千里万里劳苦大众的家国故园情怀，激荡着千家万家儿女或浪漫或平凡的人生理想，抬眼北望高原之上高大洁白的"定河神母"雕像，我仿佛如同那母亲怀抱中的婴儿，瞬间置身黄河之母安详的怀抱，激起的悲怆一下子没有了心头热血，涌起的却

是一股踏实平稳的平和之感。

最近的一次，我外出返回又途经黄河。其时，已经黄昏时分，天色不是很好，落日在淡红色的晚霞中略显苍白。河水恣肆汪洋，千里水面浩浩汤汤，沉沉雾霭弥漫寥廓四野，夕阳之下逝者如斯，人生的风云际会在此突然变成一声嘶吼，让我在风陵渡的大桥上成为一个另类孤单的风景。

"天下黄河九十九道弯。"我想起了歌词里的一句话。看着眼前的黄河，脑海里浮现出一个画面，我化为身披蓑衣的船翁，摇着一叶孤舟，起伏漂荡，在迂回曲折的河道上，一声声黄河船调，尽情流泻在天际，一直奔流，到那无尽的大海……

2015 年 7 月 2 日定稿

散记三则

小庙记

己卯暮春，景明日丽，余结伴下村施政。伴者，淑娥也。淑娥者，吾之同事也。尝微碎细琐之事照顾如姊，余敬爱倍之。本是下乡察情，然为周末，乃公干结完，同行返乡。

小道崎岖羊肠，然随路之溪，清声如乐。时而珠玉落盘，间或琴弦凝塞。又如心畅轻快之韵，伴之两旁青山，微风轻拂，松涛阵阵，牧童纵歌，牛羊互应。间或鸟鸣莺啼，掠鸿影过，所望极眺，蓝绿衬接，而漫坡突兀险峻之处甚多，且迎春黄花点缀其中，确似一幅绝美图画。

漫行漫语，言低笑漾，不觉已止山巅。不意举头，但见一杆，上挂旗幌，书云"有求必应"四字。时风劲吹，呼啦作响。寻立处，乃一小庙也。姊顾余曰："既遇神仙，何不一拜？"余笑而未诺。姊已登堂入庙，且就残香燃之，低语心愿，欲肃揖敬拜。

余视塑像，中为观音菩萨，左乃太白金星，右黑而有角者，龙王也。但见画像粗劣，衣皱紊乱，乃浅艺工匠粗制之作。环视，但见红布满壁，匾牌亦多，皆书灵验赞颂之辞，下缀弟子名某。余不禁哑然。

姊笑问何因，乃曰："盖世人多信神而求之，以为福禄财寿而护佑。然细思之，神为何物？心诚而敬即神。存之何方？无神即无形，天地是所。今此区区土坯丸石，又何足以为神而受万众膜拜乎？其不知拜神即定心，或不及高朋佳友鼓励之词而激之，实不知其效用几倍于此也。"姊应诺，遂不拜，下山而去。

是为记。

野泉记

柏峪寺,不为寺,乃洛州一僻乡也。余曾任其小吏,尝往来于一山道之间。距衙所约十里处,一村名曰杨坪。此地为群山围绕,重峦叠嶂。峰岭之上,林密草盛,花繁禽众。另有溪水淙淙,牛羊悠悠,桥栏横倚斜曲,家舍点散聚乱。放目观赏,意趣盎然,似游心神于天地之间阔朗洒脱,清雅自在,飘然于画图之中如神似仙,几欲忘乎俗尘凡事而不知归返矣。

然此景幽奇,却不比一处而惊之赞之叹之。余谓此乃一野泉也。由村向南,沿溪上溯有半里许,路畔突兀一山崖,花草林木郁郁葱葱,自崖壁却有清泉渗涌而出,其状涓涓绵绵,甘洌白澈。汇流而下,日久而成白凹,似一小井。水落处滴答作响。其时泉有大小多少之变,盖因气候有异之故。

余久观之,有似串珠抛落洋洋洒洒,有似银线扬荡,有似群蛇奔放出洞,有似玉柱突岩倾垂,有似白珠滚盘点点滴滴而落。形态各异,状彩纷呈。立于泉侧,尝思禁不止,掬其畅饮。捧而尝,甜味入脾,凉意及心,犹存淡香于手口,余意绵长而凝思回味不已。过往客旅每及此,驻足歇饮,立拂困顿疲累之苦,滋生静爽惬意之感。且经年长流不息,无论干旱。

自此盛赞之辞不绝于路,然传之于世甚稀,时人知之者亦甚少。幸村人独据为宝,尝以为神赐之水,誉曰"宝泉"也。乃修"泉神庙"于崖顶,意在护佑此泉为民造福。余尝在此停驻歇脚,酣饮解渴,极致雅兴。伫崖顶庙前,四周景色一览无余。视泉水沥沥而去,蜿蜒游驰于山间村落,庄户尽依此而生息。虽无外人道,实为之奇宝矣。

及此,或生感慨。世间美物甚多,或金埋腐土,或珠杂鱼目。又如美人锁闺,英雄无地,不为世人知而寂寂无闻者何其众矣!盖使此泉发自济南,抑或名盖趵突。又假使其出于市城,比之市街商贾之矿泉水纯净水又何如乎?殊不知天下之物,固有生基不同,而使万年史议如天渊,实为大害矣。

噫！以此无灵之物而引诸多烦思杂议，鼓噪之言，自欺而欺人乎？一笑。

时在丁亥五月十七日记之。

夜书记

壬午桂秋下弦三日之夜，余同常氏建立者，会于彼之画室，曰"古风堂"者是也。

适其时，万籁俱寂，静清销魂。偶或清风徐来，杨柳婆娑，微映星光，银辉穿窗而泻，心神俱醉。对坐其室，又有绝色美女艳图为之兴。或含羞带媚，或凝神沉思；或仰视明月，细听神语；或俯观红叶，微叹秋声。皓首低垂恨怨情人不来，玉臂轻挥怪嗔君子休去。虽有忧哀缕缕，却兴怡性之怀；忽见柔情丝丝，顿生荡气之感。流云飞泉，烟雨迷雾，与香气之混染，有慢曲之缭绕，但似朦胧仙境，竟不知何天何地，心驰神往而俱忘谈笑品评矣。

如此静痴久矣，乃猛惊而醒，恍然大悟。乃知境能生情，情可冶性，性至而化气，气发而出神，出神以化境，境而生境矣。余谓之"大气化境"。素尝喜王右军之兰亭快雪，清俊隽雅，行云流水，潇洒飘逸，有仙道之气，谓之神品，品之又品而忘乎所以，与此同理也。

建立睹余有悟而生狂放气者，乃曰："何不一书心胸哉？"遂研墨挥毫，与之疾书。洋洋洒洒，龙飞蛇舞；混混沌沌，笔走云烟；悠悠晃晃，似梦似幻；吟吟哦哦，如痴如醉。无知其文出处，无领其韵参差，无论其形疏密，无管其法浮沉，无会其神聚散，随心所欲，信手而来。将昔日悲绪愁情，轻化南柯一梦于字里行间；把当今郁闷失意，笑为黄鹤杳去在文山诗海；寄明朝壮志凌云，倾作大鹏冲霄于辞章赋句。墨化倾盆雨，笔挂万条虹。喜怒哀乐，恣肆汪洋；精气灵神，任意吐纳；春夏秋冬，轮番更替。直欲于笺面毫端一抒胸中天地，大有快意恩仇、笑傲江湖之气概。间或时有将帅驰骋之威，时有仙道神儒之态，时有侠客豪士

之情。猎猎哉，飘飘然，逍遥矣！

　　书罢，其态甚惊之，以为非常人所能感，俗语所能道也。盖穷极而颠，不以为狂，反以为悟也，此或谓"忘乎所以"者是也。平生有此一遇，岂不得意至极乎？

　　快哉，为记。

　　余，华阳武谷居士是也。

2003 年 9 月定稿

春游"夫妻景"

今年的春天来得挺早，却总是晃晃悠悠，热闹得很是慢慢吞吞。按照往年节令，早已进入暮春，花草树木已是争奇斗艳群芳荟萃了，可眼下草木沉寂，寒气萧瑟，虽寥寥几枝花朵开放，但鲜有同伴争俏斗春，春的气息难觅踪迹。还好，近日天气突然快乐升温，春姑娘不知何时悄然来临，桃红柳绿，莺歌燕舞，大地人间忽然一下子就容光焕发妩媚妖艳了。时值周末，有过去在乡镇工作的朋友邀请我回去看看，脑海里马上就想起那些可餐的秀色，禁不住"美色"的诱惑和对美景的向往，想着孔夫子"莫春者，春服既成，冠者五六人，童子六七人，浴乎沂，风乎舞雩，咏而归"的优哉乐哉，心里立刻就活泛得痒痒，便携伴欣欣然出发了。

此行的目的地是洛州两大名景，一是瓮沟，一是文显山，均位于洛南县城以东五十公里的高耀乡。瓮沟好似深藏闺阁的窈窕处子，文显山如同英姿傲然的俊朗青年，两处合在一起就是典型的"夫妻景"，游人可以一行两玩，一举两得。我们本打算先去领略"文显翠屏"的绝世美景，再去一探"瓮沟仙潭"的神秘幽境，好在那清波碧池中洗去劳顿风尘，没想到大家一来是为了顺路不再折返，二来是早已对那幽谷仙瓮神往难禁，所以便径直奔瓮沟而去。

从乡政府所在的西塬村到沟口尚有三四里地，但大家决定步行而至。一行叽叽喳喳谈笑风生，完全放松在这春的天地，自由舒畅。河岸杨柳依依、绿荫微微，翠柏成行、如塔静立；河水清波粼粼，鸭鹅悠然自乐；各色花树随处可见，好似烟霞雾纱隐约朦胧；附近错落村舍，让金色的阳光洒上了一层神秘的光晕，透出了一种恬淡悠闲的桃源之意。"昔我往矣，杨

柳依依。"景尚未阅,却已俯首即拾田园的惬意和生活的诗情。

溯源而上,不知不觉已入幽境。追究其源,其实这瓮沟河发源于丹凤县庾岭镇,穿山钻岭,七折八回,竟生生于群山中穿蟒岭、劈石峡迭折而至。峡谷曲折迂回,四周山崖突兀险峻,谷壑静幽阴秘,变幻莫测。站在谷中向上仰望,雄山相对夹峙,蓝天白云窥于一线之间;近看激流如瀑如练,水花四溅而空谷回响,更添一份悠远意味。河谷大小石头,光洁白皙如玉,水流过处旋涡迭起,有自然天成之石凹,历经千万年的鬼斧神工,碧水涌泻,形似瓮中喷薄。天光映衬,各个瓮里青绿红黑色彩各异的斑纹勾勒出神奇图形,不禁慨叹自然造化的绝妙,恍然如倒返流年重蹈历史的梦幻一般。河水清澈得超乎想象,水面空明犹如无物直视,水底光景历历在目,清晰可辨。水波衬映周围树木花草,更显水质纯净,立时起了下水洗浴之意,于是乎大家欢呼雀跃,不顾早晨微寒,纷纷跳进河中玩耍嬉戏,一时间欢乐的笑声荡漾在这仙境之中。再看山水景色与周围田园风光浑然天成,心灵立时澄净一空,心境顿澈。

出瓮沟东行十里,就是洛州东部屏障的文显山,自古即有"文显翠屏"之名,为洛南八景之一。静者喜林,林有养性之幽,走在上山的蜿蜒穿林路径上,茂密树林处处都是风景,处处都是大自然最美的礼物。苍林深远空旷,松风阵吟,如涛潮涌,烟岚变化万千,云蒸霞蔚,云环雾绕,缥缈如仙境。偶然一处看却又是群峰俊秀,怪石嶙峋,或者泉声叮咚,鸟鸣啾啾,野花遮眼,自有别样景致。站立山端,漫山遍野都是绿的海,都是绚烂的图画。听朋友介绍,这山上有"三黄":连翘花、迎春花、山茱花,这里一片,那里几树,黄得醒目耀眼,黄得灿烂奔放,黄得生机盎然。朋友还说,其实文显山最有名的花草还数兰草花,花形色异香特,当地独一无二,是兰花中的稀世珍品。铁锁关以东的河南境内即有兰草河、兰草街、兰西、兰东等地域名,即是由此得来。

上得山顶,千峰万壑,尽收眼底。是时正值春末,林木葱郁,一派繁盛之象。山顶有天井,被荒草荆棘所覆盖,然站于穴旁,森森然不可名状的恐惧感袭上心头。传为东海有一小龙,听闻此山有一美丽少女,乃掘此神秘通道直通东海龙宫,为私相幽会之径。东边石径有碑刻数尊,为古人诗词赋咏，字迹秀美，古朴典雅。另有古庙废观数座，细观其建筑风格，实不知其何年何朝何人所建，有此弥久古迹。相传汉时有四皓曾避乱偕隐于此，割茅结庐，韬光养晦，暂遁乡野，一伺入世良机，后果然知有太子相求帮扶，乃移居商山他处，终成就了千古美名。后人虽已无法考证其虚实，然此山浓厚的历史文化底蕴却与此有着极深的渊源。观中有道士二人宿住于山洞之中，条件维艰，不禁感叹其意志坚忍，抱朴守拙，能于喧嚣红尘之中静守心灵的一方净土。山的南边是万丈悬崖，壁立千仞，有悬橡栈道可行。俯瞰脚底，恍在云端，迷幻眩晕，惊心动魄。其时，藤萝千丝万缕，曼妙缠绕，自上而下丛生垂挂，宛若一面巨大的翠绿屏风横隔秦豫。西南不远处有观星台，名为台，实为一巨大独立的石山，山体四面方正如刀削，恰似一天然平台。相传古有星象大师曾在此筑坛拜天，观望星宿以占卜天下风云变幻、世事纷乱及帝王将相命相时运。

　　游玩罢，坐于山上休憩。此时心静若水，无私虔诚。举目四望这无边山水，倾听天籁最美妙抒情的音乐，岁月的歌声在心灵里飘荡，生命的真谛让思想去咀嚼回味，美好的时光，停滞在灵魂最深处。一条沟壑犹如一个人生，一座山石，似乎正在给世人一个思考的哲学命题。放眼连绵起伏的群山，如生命的繁衍永无止境，早已不存在时间的匆匆脚步，仿佛时光就定格在这一棵古树，一根老藤，一块奇石，一个幽洞，一泓清泉，一片苍苔，一株兰草……世界喧嚣，人心浮躁，清净自守者，寥若晨星。然而你在这里，听不到生命跋涉的足音，甚至听不到你的心跳和呼吸，这一片纯净之美让你一瞬间无所适从，被这令人窒息的天韵之美惊慌失措。等你从梦幻般的美景中醒悟过来，一声响彻云霄的呼喊就会喷涌而出。那一刻，起起伏伏千千万万个呼唤就从四面八方的山林中波浪般一个个向你回应，把你包围，仿佛你就站在世界的中央，人生豪迈之情油然而生。

　　人常说景色如画，然而置身文显山，你会不禁慨叹，这里岂是能用图画可以表达出所蕴含的深邃之美的！文显山的美是一种灵性的美，是一个舞动的精灵在演绎着美的神话。它不仅有图画，有音乐，有舞蹈，有建筑，更有历史，有哲学，有人生，有生命最深刻的考量和探索。文显山的美是最原始的、最生态的、最本色的，纯净、朴素、恬淡，却又是那么高山流

水、阳春白雪。你来，风光无限、天人合一，璞然归真、回归自然；你去，心神俱清、脱胎换骨，物我两忘、流连忘返。

走在回程的路上，想起辛弃疾说："我见青山多妩媚，料青山见我应如是。情与貌，略相似。"想着文显山与瓮沟，恍恍然我就是辛弃疾的化身了。

2011 年 4 月 28 日定稿

登鞑子梁记

鞑子梁者，秦地之南，仓颉造字故里之洛州一无名小山耳。有镇名石坡，有村曰金鞍，有谓之禹平河者，蜿蜒而过，其山即横兀于河湾东南。

曰：闻名于世，何哉？盖因山巅遗有诸多旧时石板屋舍，故始风貌依然，古朴之态犹存，遂被今人所喜，彰其名。

究其史，溯于元末明初。时天下大势，战乱纷争，一队鞑靼之蒙古军伍，因与抗元义军激战溃走，散而流窜至洛州北境，遇一处山梁，与故地生活之境相宜，且当地物产丰饶，民风淳朴，生存便利，盘踞此山易守难攻，安有所保，故占山为垣，始有"鞑子梁"之谓也。

鞑子落定，遂以山石地质结构，挖山辟林，凿崖揭石，筑屋建堡，开荒拓田，延续生计。然聚众共生，环境恶劣，难以长持，况无妇女延嗣，故蛮族凶悍之气常发，乃隔三岔五下山劫掠，打家劫舍，夺女抢粮，时为一方祸患。后山下有一财主，其女正值芳华，蛮族首领得知，一日忽至，掠女而去，强为"压寨夫人"也。少时日，首领厚爱宽待，其女感其诚，遂安心度日，母亦思虑忧苦，常上山接济财物用度，上下情有所缓。至时日稍长，母又念其无仆伺候，乃发其家中丫鬟数人，一并送至鞑子寨中。而后，蛮首以荣其族计，乃分丫鬟与各属班首妻之，遂香火日盛，族人延绵，尤以"乔、刘、张、杨"四家最盛，后成四大家院。日久天长，鞑子更与当地习俗民风相融，汉蛮难分。然当地居民知其根本，"鞑子梁"之称谓犹名号至今。

白云苍狗，弹指即过，沧海桑田历经天翻地覆，适逢当今天下大定，繁荣盛世，国富民强，鞑子梁之居民财力日长，遂有民户陆续下山，另择

居所。后更有国之移民搬迁扶贫政策所助，举寨迁移，大势必然，故而人走屋空，徒留近百石屋屹立风雨，山林相伴，供游旅之人凭吊，寄情达意，感怀乡愁。然风水轮转，昔日穷乡僻壤，困苦之村，不意声誉昭然，景名远播，游人竟趋之若鹜，与旧时景象大相径庭，往日安然幽境殆不复存，然繁荣之势不可遏制焉。此非天意乎？

丁酉仲春，有同僚约集俗众，登鞑子梁以踏春，遂响应。至归，下笔成律，以记之。诗曰："荒梁横兀河湾南，战祸遗族藏朴蛮。凿壁揭岩垒坚屋，开山辟业聚生垣。院墙似画色杂明，盖顶如鳞云野闲。静里原乡蕴古风，心安草影意悠然。"

书成，静思。类鞑子梁者，洛州众然矣。盖世间山水者，凡具慧眼灵心，皆可若鞑子梁之美也。是为记。

2018 年 6 月 26 日定稿

宝鸡这个地方

宝鸡是我喜欢的地方。

最早知道宝鸡这个地方，是在我很小的时候，看到父亲他们所抽的"宝成"牌香烟。只记得当时的烟盒上，有一个很美的烟标，上面大概像是一条龙一样的火车，穿过山洞的图画。烟盒下端有一行字：宝鸡卷烟厂出品。这就是我最初接触、认识宝鸡的开始。可惜那个时候，大约也仅仅是知道有一个烟厂叫宝鸡，至于这个"宝鸡"到底是什么样，完全一片混沌。

不过因为这个宝鸡卷烟厂，我在以后的学习生活中就对宝鸡多留了心思。后来终于知道了"宝鸡"是什么，所谓的"宝成"牌香烟的来源是什么。打那儿始，就有这么一个地方，吸引着我。随着年龄的增长，知识日积月累，我对宝鸡有了更多的认识。原来，宝鸡还是一个很不简单的地方。

宝鸡的名称来源颇有一种神秘色彩。从这个"宝"字，即可联想得到。大凡称之为"宝"，必是有其神异之处，珍贵所在。而如果是一只鸡，冠之以"宝"，那必不是平凡之物，必定有一番精彩神奇的来历和富有传奇色彩的故事。而据我所知，"宝鸡"不仅有故事，而且还是两个。

一个甚为远古，乃春秋之世，秦文公十九年（公元前747年），有个陈仓人猎到一只怪兽，准备进献给国君，有两个小孩劝他将其杀死，怪兽称两个孩子为龙凤胎，得男者称霸，得女者称王。陈仓人闻言欲逮两个小孩，不料两个小孩忽然变成两只神鸡，飞入陈仓山顶，化为石鸡，陈仓山从此赖石鸡之福，吉祥盛世。此乃"宝鸡"之源也。一个是说天宝十四载（755年），安禄山起兵反叛，玄宗在诛杀杨国忠、缢死杨贵妃之后，仓皇出逃至

陈仓，慌不择路爬上一座山峦，结果前面悬崖峭壁万丈深渊，无路可行，而身后叛军杀声震天尾追而来，玄宗绝望痛哭之际，忽然飞来两只山鸡，盘旋之后似为引路而飞，于是众人跟其前行，躲入一庙，叛军追到后突降冰雹，雷雨交加，叛军终因天怒溃退而去。众人再寻山鸡，已化为石鸡昂首屹立。临别之时玄宗脱口而出"陈仓，宝地也；山鸟，神鸡也"，"宝地神鸡"由此而来。此后，陈仓更名宝鸡，陈仓山始称鸡峰山。

不过，神话传说毕竟只是传说，名字是什么其实并不重要，重要的是这个地方本身。"宝鸡"的原始形象，我想大概更多的是源于秦岭山上一种珍贵的锦鸡，颜色鲜艳，形态优美，似鸡似凤，古人谓之神鸟。称之"宝鸡"，也是这个地方独特标志的意思吧。

当然，宝鸡也自然有它"宝"之所在。譬如宝鸡的地理位置就甚为紧要。它处于陕、甘、宁、川四省接合部，填补了西安、兰州、银川、成都四个省会城市中间的空白位置，东连咸阳，南接汉中，西北与天水、平凉毗邻，铁路直达宁夏中卫，南屏秦岭，中流渭水，关陇西阻北横，渭北沃野平原。真是极为重要的一个要地、一块宝地。

我们现在常常说"尊奉周礼"，却不想这个"周礼"，其实就是宝鸡的"礼"。因为宝鸡是周王朝的发祥地。公元前 11 世纪，周先祖之一的古公亶父率族人迁徙到岐山下的周原（今宝鸡市岐山县、扶风县），"古公乃贬戎狄之俗而营筑城郭室屋而邑别居之，作五官有司"，建立了周王朝早期的国家组织。而后，完善礼制，建立规法，一套"文明礼仪"和"道德标准"就此形成，绵延后世，成为树标世人的标准。所以宝鸡这个地方，是真正的"礼仪之邦"。

这个可能与宝鸡的地域有关。秦岭群峰与渭河平原互为映衬，孕育滋生了雄浑大气和灵秀雅气。两种气象交汇，宝鸡就兼容并蓄，包罗万象，因此宝鸡的人，视野开阔，胸怀大度，于做人做事、治国治世就有非凡主张和见解，这些超前的思想和智慧凝结而成的文明，最具代表性的就是"礼"。由"礼"而以文化人，宝鸡也就人文荟萃，继而人更杰、地愈灵了。

所以，宝鸡的人文历史自不多说，甚至比那十三朝古都西安都要悠久。

历史更迭，岁月流逝，日月交替，一切沉默的烟云都镌刻在铜鼓帛书里。我去宝鸡次数不多，每次置身于大散关、周公庙、青铜器博物馆、石鼓园、炎帝陵，仿佛手摸着几千年前历史人物的脸庞，一种令人肃然起敬、骄傲震撼的激动，总是让我的内心泛起久久不能平息的波澜。

然而，宝鸡历史的根，在于宝鸡的山。它的山，介乎秦岭那种雄浑险峻，与关中平原浑厚余韵，以及黄土高原南下滑坡的苍黄之间，时不时吹进一股大西北强劲浩荡的烟尘之风，宝鸡，就犹如一个历经战场洗礼，深沉坚毅的汉子，目光深邃而幽远，面庞沧桑而俊朗，文质彬彬又豪爽大气，真是像极了一个儒雅的将军。

宝鸡人文的魂，却是蕴藏在宝鸡的水里。宝鸡的水，既有秦岭的小溪，犹如走出大山灵秀清纯的山妹子；也有高原的小河，就像一个性情洒脱脾气任性的野丫头；还有从那悠远之境流出的山泉，好似初经人事的羞涩少女。她们在宝鸡这个地方汇聚，逐渐长大成熟，最终成为一个风姿绰约的少妇，妖娆多姿，妩媚多情，往往令人睹其容颜、羡其神韵，心神俱醉而忘乎所以，不禁驻足长留，不忍离去。

当然，最重要的是宝鸡的人。无论男女，无以言说的魅力，总是让人倾慕。男的如青铜之鼎，厚重，沉稳，有质感，有光泽，更是在质朴的外表下，深藏着智慧的光芒。女的如琴瑟之弦，纤细，轻盈，泛着诱人的光华，轻轻拨弄，天籁醉人心脾。她又似太白的雪，洁白纯净，晶莹剔透，未染铅华的身姿映衬出一抹明媚。她还像那飞翔的凤，婀娜多姿，心思玲珑，风仪万千，惹人迷恋。宝鸡的男人女子总是多情。只要爱上你，就对你倾尽一腔真情、柔情。我就认识这样一位宝鸡的女子，善良、聪慧，温柔、雅致，总是让我难以忘记。因了她，我更加眷恋向往宝鸡这个地方。

宝鸡还有几种小调俚曲，地域风情特色鲜明，独有韵味。我听过的比如凤县那"郎在高山唱一声""日头出来慢悠悠"等曲调，似乎有那么一点陕北信天游的豪爽气儿，还有着康定情歌和云南山歌的意思，柔和、优美，淡雅之中透着朴素的情意，引人入胜。还有凤翔小曲，那是秦腔的始祖，有着西府曲子的味道和道情的腔调，让人仿佛看到了一个宽厚、平和而又

沧桑的宝鸡人，在向你娓娓诉说古老的故事。

宝鸡还是我们华夏始祖之一炎帝的故乡。有一条河叫清姜河，那可是真正的母亲河。传说炎帝就是母亲在清姜河畔生下来的。我自己是姜氏传人，常常自称炎帝后裔，所以去宝鸡，拜谒炎帝那是必不可少的。总是忘不了宝鸡，很大的缘故，可能就是因为那里，有我的血脉之根吧。

2017 年 11 月 6 日定稿

小城思忆

十八年前，一个少年哭哭啼啼，极不情愿地背着行囊，在大人的引领下，离别了从未离开过的小山村，来到一个陌生而又新鲜的城市。那时，他满眼都是对这个城市的惊讶与赞叹：这个城市真是美啊！也许正因为被这个城市的美吸引，他才心甘情愿地在这里开始了三年的求学历程。

那个少年就是我。十八年前我十五岁，从小就在山村长大的我幸运地中考上榜，山区农家孩子"跳龙门"的命运奇迹般地在我身上发生了。从小就渴望，长大后要走出山村，过上城市的生活。可那时，自己对城市的认识只是一个模糊的概念，无非就是我们小镇狭窄泥泞、衰落破败的街道扩大而已。所以，当我第一次踏上这个城市的街道时，那种前所未有的震惊，让我这个山里孩子十分兴奋。

当年那个小城，与如今相比，也没有这么干净，可在那时，放眼望去，我有的却是一地洁净、大千无尘的感觉。那些素净无华的街道，曾经让我幼稚的心灵笺纸上，变得一片白洁，让灵魂始终避落尘埃。也是小城的街，开启了我生命漂泊跋涉的路程，它像一位老师，引领我不断走向新的街、新的路、新的人生。小城的街道，就是我这个人生旅者的心灵笔记，它记载了我一段难以磨灭的经历，浓缩了一段理想和现实交错纠结的心路，让我在以后的人生道路上，虽领略了更多城市的风光，但时时回忆起珍藏在心中的小城。

你看，小城的某个街道，那是曾经多么熟悉的地方啊！曾经为了给

心仪的女同学买上一条纱巾，在那条街上徘徊了多少次啊！为了制作精美的工艺画而去购置材料，也曾在那条街道上留下来来去去无数的身影，用尚还青涩的语调和商贩讨价还价。更为了每次能享受一下自由惬意的周末，还有很多熟悉的角落，我坐在租书摊前的小马扎上，沉浸在书中刀光剑影的武侠世界，想想自己是一个年轻英俊的侠客笑傲江湖，从而度过浑然忘我的大半天！那个在我临近毕业给我赠送厚厚一大摞书的大哥，至今让我不能相忘。站在那个曾经熟悉的地方，如今物是人非，当年的大哥，你可还好？

美丽的霓虹，闪烁的灯彩，如梦似幻般的景象仿佛天真童年时幻想的海市蜃楼。在街上你可以随心所欲地大笑，因为这个小小的城市与你没有丝毫陌生感，它给了你信心和勇气，给了你无尽的希望和对未来的期待，让你可以无所顾忌地走下去、走出去，可以走出世世代代给你养育之情却给你凄苦的地方，顺着这些亲切朴实的街道，走向你想去的方向，走到你想去的地方。

小城的街，没有西安那些大城市那么宽阔，宽阔得让人产生害怕被汹涌人海淹没的恐慌；也没有那么漫长，漫长得让人没有走下去的勇气和渴望；当然，也没有那种千篇一律的索然无味。这个小城每条街都不是很长，你站在这头，虽然也望不到尽头，可当你视线上抬，远处黛山清晰可见，绿树蓝天映衬在城市的上空，会立刻让你产生无限美好的遐想——街道那边应该也很美吧，也还会有另一番情趣吧！这时你心中会自然而然产生一种走下去的冲动，给你生命无限的希望。

小城的街，是悠闲的街。你看街道上的行人，匆匆忙忙的极少，他们大多迈着轻松自在的步子，在舒缓的人流中如轻快的节奏音符，在这个城市演奏人生最抒情的音乐。他们不会行色匆匆，与你擦肩而过而又迅速融入漫无边际的人海。他们朴素随意，是一种气定神闲、悠然自得，在这个城市任意挥洒自己惬意的心情与自由的心态。

小城的街，处处都蕴藏着山区农家的温情。每个人都好像是你邻家的大哥大嫂，他们面带微笑，表情温和，每个面孔都似曾相识，绝少一种怅惘的陌生感，他们的眼神很少有冷漠和茫然。不论认识与否，你可以随意打声招呼，人间的温暖会让你感觉到，走在街道如同站在自家庭院，心底是一种温馨、温暖和温情，柔柔的幸福从街道浓郁的树荫里倾泻在你的心田。有卖水果的大婶招呼一声："哎，兄弟，尝尝新鲜水果。"循声看去，那朴实的脸上写满了山城人的诚恳和厚道，不由得驻足买上一些品尝。这实在是小城里最不起眼却是最美的景色。

小城的街道，不是我心中理想的避风港，不是我想象的温柔乡，然而这是一个可以让我心灵安静的驿站。街道的一草一木、一花一树，都是具有灵性的最美的风景。站在初秋略显凉意的街道，闭上眼睛，仿佛已经插上了双翼，飞翔在这个小小的山城上空，自由痛快地呼吸腾飞的快感。回想十八年前那个类似的初秋，衣着土气的懵懂少年，站在小城的街道，是多么彷徨与迷茫啊！片片黄叶信然飘落，宛若飞花蝶舞，小城的街道犹如舞动的飞天神女，一种敬畏让他举目怯怯。然而，茫然失措的惊慌，经过三年的漂泊和游走，小城不似故乡胜似故乡的宽厚的怀抱，让他释尽一切初涉尘世的伤楚和悲痛，这该是一种多么巨大的恩赐呀！

这些平凡的街道，这些如水的人潮流动着的街道，正是这个小城的生命。而那些略显破败的老街，却正是这个城市的灵魂。想来，真正让我难以忘怀的，还是小城那些老街背街。走在这些熟悉的老街，犹如回到老家的小镇，亲情自上心头。我知道，它们即将被拆迁，即将消失在人们的视线，即将在涅槃的大火中重新塑造城市的生命。然而，为之失落的黯然之情涌上心头，仿佛告别远去的朋友，一种从此不再相逢的凄然让心弦为之颤抖。

也许再过几年，小城已不再小，彼城已非此城。梦中的小城会与我们越来越远，直至面目全非、一片模糊，甚至消失殆尽。那时，小城，还是我的那个小城吗？

站在秋意飒爽的山巅，俯视这个小城，周边的建设如火如荼，现代化气息扑面而来，前进的脚步肆意开阔难以阻挡，沧海桑田的悲凉，已

然转换成改天换地的气势，正在吞噬着小城古朴苍老的历史。但这个曾让无数英雄豪杰、文人骚客、雅士隐者过而留名的小城，却永远不会在心灵的铭柱上磨灭。

难忘我的小城。

2017 年 2 月 23 日定稿

在许多无眠的暗夜里，我静守着时光的沙漏，俯视在人间奔波的自己。半程山水，半程云烟，沉湎于浮华，跻身于热闹的人群中常感到突然的清静。生命的本质永远像海洋深处一样沉寂，所有的喧闹和聒噪最终都会归于平静和平淡，穿过人生的悲喜，世间的一切都是放得下的美好回忆！

我喜欢审视自己的世界

　　我的办公室，在这座大楼的后檐，南边的太阳从来不会光顾这一小片阴暗。不过想要清静，倒也是有点欣喜。然而窗下就是围墙，围墙之隔，原本就是坡塬，不想沧海桑田，小城慢慢长大，原来看似荒废之处，现如今竟也阔气了起来。一条路挨着围墙东西横贯，群楼鳞次栉比，各色人等倒也每天喧闹着。所以，同一片天地，倒也时常有分享两种境界的窃欢。

　　绝大部分时间，我总是坐在办公室，脑海里旋涡迭起，思绪纷飞，手指飞快地敲击键盘，把不同的物事，用不同的文字排列阵势，同各种思想开战交锋。这种身心疲劳的烦恼，总想让自己天人合一，忘我尘机，把灵魂洗涤一番，透透彻彻地神游太虚，可惜往往总是痴想而已。

　　窗外又传来每天固定的声音，"收长头发，收旧手机……"，想起那个女人，我微笑了。窗外的时光依旧不紧不慢地滑过，城中村的人们依然纷纷扰扰从那条并不宽阔的路流向不同的地方。阳光，或者没有阳光，干净的天，或者阴郁着脸的天，和我相对无言中，就这样在漫无目的的思绪中沉默地来来去去，循环往复。

　　大部分时间，我会兴趣索然，刻意处于一种无所事事、漫无目的的状态。不知道自己想些什么，只是侧头望向窗外。生命依然于无声无息中就这样浪费。有时突然惊醒，又为自己这种奢侈而羞愧不已。敞开心扉，发现居然更多的是颓废。别人的心灵世界，与我相隔千重万重，只是这个外表繁华内里孤寂的生活，让我喜欢偷窥自己的内心，也许，"审视"更为贴切。从审视中，发现自己与这个生活有什么格格不入，与别人有什么与众不同。

那是审视心态，抑或是审视情感，还是审视更多可以"包藏祸心"般的许多秘密所在？欧姬芙曾这样说："我是一个胆小的人，思想也趋于保守，但我从没因为胆小而不去解开我好奇的做我想要做的事。"一个人一生想做的事情太多，产生的想法会更多，做与不做，想与不想，总是让内心的世界纷杂错乱。人生大部分时候，不是静水深流般那样波澜不惊，更多的暗潮汹涌，伴随着我们贪心不足的欲望，让更多的生活变得复杂，对于别人来说，也许你是如此莫测，其实不过是我们的内心在正反两面不停地翻滚、纠缠。审视一下自己自相矛盾的心灵，也许会找到一条豁然开朗的蹊径。

什么时候可以拥有一颗透明的灵魂？怎么才能达到逍遥于太虚一般空灵的心境呢？走在大路上，阳光照耀身心，世界明媚灿烂。徜徉于花海，馨香沁透灵魂，陶醉飘然于世。闭上眼睛，清风拂过发梢，时间抚摸脸颊，内心一片安静。原来，一缕阳光，一片花瓣，就可以看到内心的清凉之境，不过我们大多时候只是忽略而已。

审视自己的世界，往往会自己感动自己。亲情，友情，爱情，如影随形，陪伴我们一生。许多时候我们习以为常，不知不觉中如饮水吃饭一般，平淡无奇，淡然而忘。什么时候回头看看来时的路？什么时候翻过一页复读回味？什么时候又会捡起落叶，重新感受曾经度过的春天？我不善于描绘自己的画像，不大习惯对镜自观，偶尔只是用一种世俗的工具，去看别人的面目，去企图获知别人的思想。然而终于有一天，也许是在你和亲人离别的时候，也许是在你爱情失败的时候，也许是在你友谊受到伤害的时候，忽然之间，你会认真地打量自己，哦，原来我居然是这个模样！那时候的懊悔、感慨，随着一声苦笑，或许两行清泪，全化作了一腔孩童时一般淳朴的思绪。这个时候，你会发现，哦，原来我又回归到了最初的世界。

有一段时间，是我最为苦闷的时期，人生低谷的挫折，一波接着一波，文字不能遣怀，山水难以寄情，旅行也快快难寻心动的风景。城市冷漠的喧闹，让我狼狈逃离难以忍受的薄情现实，失魂落魄地选择回到老家躲避。那段时间，静谧的乡村时光，让我可以从容去回顾往昔，时光的倒影斑斑驳驳，发黄的记忆在老宅荒废的院落，居然让我惊喜地捡拾起很多曾经遗忘的美好片段。我反反复复如同放映电影一般，把我的世界，浏览很多遍，每次都会用不一样的视角眼光，不一样的心态心境，去打量、去审视自己不同时期的内心，脸红的羞愧常常让我迫不及待地纠错改正，怅然若失的遗憾，又会让我赶快弥补生命的缺陷，以及重新找回丢失的纯和真。

　　故乡的土地上，新近打造了一处景区，美其名曰"玫瑰小镇"。我的老家就在边上，可我一直未曾走进欣赏。偶尔远远望去，我只是遗憾，童年的天地，如今沧海桑田，再也难寻曾经充满欢声笑语的遗迹。不知道那些玫瑰，从遥远的他乡，辗转奔波迁徙至此，会是一种什么样的感受？过去的世界和如今的世界，有什么不同？想来花的内心世界，一定是一个与我这样的人有着截然不同的浪漫和深情。我和花终究还是不一样的，花的世界毕竟不属于我的世界。花在盛开，而我未至。未至不过是因为我在思考，怎么合乎生活变幻无常的心意，怎么去给我的内心耕种、除草，以及如何盛开鲜花、收获果实。我已经全然抛却近在咫尺那千朵万朵娇艳馨香的玫瑰，顾影自处，执着地搜寻属于自己的诗和远方。

　　迎着夕阳，我驾车离别故乡的村庄。田野熟悉的景色向后飞驰，一种悲伤瞬间涌上心头。仿佛有一种难以割舍的情怀，即将从我的世界远去，眼泪一下子模糊了我的视线。我停车靠边，趴在方向盘上，泣不成声。身边有车呼啸而过，西天色彩绚烂的晚霞飘浮半空，空旷的大地，没有人会关注一个人的时光静止，一个人的孤单画面。

　　我们总说人情淡薄，生活无情，世界残酷，可是我们不明白这究竟是因为什么。如同我坐在高墙围住、方正严密、死气沉沉的办公室，听到后窗外面的路上传来的"收长头发，收旧手机……"的电子合成音，了解不了那个骑着三轮车游走在大街小巷，日复一日重复千万遍的毫无感情色彩声音的人，不了解她会和什么人打交道，怎么通过小买小卖的生意去幸福快乐地生活，不了解她居然偶尔还会和几个妇女调笑嬉闹，不了解仅仅一墙之隔，每个人的世界居然毫不相同。

　　那么，别人的世界与我何干？外面的世界与我何干？我们自己内心炽热，我们自己的生活有情有义，我们自己的世界春暖花开，我们只需要打扫收拾自己的内心，哪怕坐在阴暗的房间，我们的世界，不就是整个世

界吗？

现在正是初夏，阳光灿烂至极，天空瓦蓝瓦蓝。窗外依然如故，各种声音混在一起，我依然可以会心微笑，想象那个心外的世界。端起朋友送给我的水杯，一股情意透过手心传至心田。杯子里，茶叶慵懒地伸展了腰身，婀娜地漂在澄净的水中，与我不知所以地对视。

后面坡塬又新建一幢房子，另一边新栽了一排枝叶摇曳的树木。我在键盘上敲了几个文字，还是忍不住侧头看了它们几眼。

2016 年 6 月 13 日定稿

闲适的非分之想

近来很懒，无论是生活琐事，还是工作杂务，甚或是其余鸡零狗碎，都是极其怠懒，一副高高挂起的伪超然状态。事实上，夜深人静，极力搜肠刮肚地反思，脑海亦是混沌一片，苍白无物，不知一日下来，究竟是忙是闲，为谁来、为谁去，甚至是生是死，不知所以然，因而不知所为。这也就是为何懒于理事的原因吧。

想起朋友转发给我的一篇文章里说，孔子明白了糊涂，所以中庸；老子懂了糊涂，所以无为；庄子看破了糊涂，所以逍遥；墨子理解了糊涂，所以非攻；释迦牟尼领悟了糊涂，所以忘我。在我看来，一个人懒得到了极致，懒得浑然不知世事，那也是一种极高的糊涂智慧。不过就我而言，懒到现在，糊涂到现在，也没悟出什么智慧。提笔多次，笔下无法成言。几次反复，索性再也不去捉笔了。

年休假过后，冲动，激情，在清清爽爽的清晨，浑然不觉。尽管生活的状态一直在不停地改变，可是内心深处，我仍然想做一个闲适的、怠懒的，生活在温暖得让人懒洋洋的阳光下，静悄悄的一个小人儿。我想用潜意识中自然而然生发出的那种只有我懂的姿态，四肢舒展在蓝天白云之下。

所以，有时候人的感觉特别匪夷所思。比如，明明我已经不再年轻了，分明感觉到这个时代已经不是曾经向往的岁月了，可是，却偏偏想要拥有自己的小天地，自由任性地对未来胡思乱想，尽情释放所有的压力，而不受别人诧异的眼光。我想讲我的故事给别人听，可是别人都很忙。有偶尔愿意听的，他们带有怜悯的目光又是我所不能接受的。也有心血来潮者停下脚步听我几句的，可是他们听不懂。所以，最后人生世态逼着我自话自

说，独自坚守一个人平淡的孤独。

梁实秋说："绚烂至极归于平淡，但是那平不是平庸的平，那淡不是淡而无味的淡，那平淡乃是不露斧凿之痕的一种艺术韵味。"也许我想要的生活，就是这样的生活。可惜闲适下来我喜欢的纵情山水，其实不过是一种无奈。平淡生活能带来安宁，能让生活产生满足，然而没有一丝一毫的抱怨，反而只是一种平庸和淡而无味。

努力去做一个享受平淡的惬意之人吧。驾一叶小舟，从流漂荡、任意东西。谈笑沧海间，放弃经纶事务，江风吹过，我自潇洒；山水之间，快乐和喜悦自在心田。"无丝竹之乱耳，无案牍之劳形"，抛开繁杂琐事，躲一方清静世界，静谧的时光，犹如小雨，细雨无声却润泽我内心万物一样的凡尘俗世。"闲看庭前花开花落，漫随天外云卷云舒。"让心走出藩篱，"采菊东篱下，悠然见南山"。可惜复杂的生活，真的难以做到如此的"梁实秋"。

那何不独辟蹊径呢？或山之头，或水之湄，或林之亭，独享天籁，品一杯香茗，翻几页书，抚几弦琴，每有会意，欣欣然忘乎所以，这个时候，哪里有什么浮名和羁绊？把酒黄昏，茅屋一睡，天长日短。然而，也还不过是一个痴想罢了。

时间最是匆匆。秋分过后，夜长梦多了。不过寒夜生凉，偶尔起夜，身披衣衫，看向窗外秋夜，总是怅然若失。想想时下已是遍野秋色，树叶开始凋落，人生一世，树木一秋，一年光景短暂飞逝。闲适下来，现实的时光固然悠然无虑，可是心头不免索然。忽然就想，何不趁着天朗气清，去做些更有意义的事情呢？怠懒非长计，生活总是要有一点期盼，否则，那就是堕落。所以，闲适之后，生几分非分之想也就算了，明天该做的事，还是继续去做吧。

2016 年 9 月 26 日定稿

活着的姿态

西边的云霞，映衬在高楼大厦的身后，虽然是一种苍暮的景象，却让我心里生出欣喜。因为这预示着明天将是一个晴朗的天。只要天不下雨，哪怕烈日灼炙，身后的建设工地也能不分昼夜加快施工进度。这对我来说，就是一种安慰。

想着明天又是一个忙碌的日子，母亲还在西安的医院遭受化疗的折磨，我的心里一阵绞痛。肠胃最近非常不好，多年的结肠炎愈加严重，偶尔还会出现便血的症状，心里很是后怕，却又只能由之任之。每天都在工地，每天都辗转于下面各个受灾的学校，每天都是清早出门半夜回家，累到坐着都能睡着，哪有时间去看病啊！

妻子要上班，大儿子要补课，两岁多的小儿子靠岳父照料，父亲往来奔波于老家、县城和西安的医院，同时还连带着让两个妹妹跟着操心。生活就是如此的忙和累、痛及苦、悲与伤、烦躁中无奈、焦灼的神经引发麻木的绝望。这大概就是我这个中年人此时活着的姿态吧。

这是一种前所未有的状态。在之前，我从师范毕业走进社会、走上工作岗位，再到浑噩着结婚成家，一直都不知道自己将来会是什么样。别人结婚了，别人挣大钱了，别人职务提拔了，别人风风光光了，别人庆祝胜利了，我就悄悄躲在一边看着不属于自己的景象。那时，我觉得自己可能一辈子只能做个吃瓜群众了，连一个跑龙套的配角都不是。那时的我，脸上的表情，往往是一种迷茫的苍白。

有一年因为发展家庭经济，我做出了自己人生第一次具有里程碑意义的决策，无奈受到家庭的否定，所以愤而出走。每天晚上我坐在卧铺班车

上，躺在狭窄的空间辗转反侧难以入眠，看着夜色在窗外向后飞逝，有一刻我忽然好像知道自己应该要干什么了。所以我在天寒地冻的腊月，不停地找工作，搬家公司、花圈店、房地产公司、各种饭店酒店，我觍着脸皮，说着乞求的话语，遭受一次又一次拒绝，一次又一次孤独无助地流浪在城市的街头，晚上靠在城墙根儿对着繁华的世界默默地流着眼泪。那时的我，是那么的挫败，然而却保持着一种坚定的倔强。

后来我还是回到了固有的圈子，但我逐渐变得积极，心态豁达开朗，工作认真负责，不怕吃苦受累。那时的我，就像一头刚刚扎了橛子的牛犊子，有着使不完的劲儿，一心一意扑下身子埋头苦干。我顾不上欣赏路途两边的风景，顾不上抬头看看前方的天空，顾不上治疗日益积攒的伤病。我用一腔理想的热火，燃烧我青春的生命，想象着有一天完成自己所有的心愿。那时的我，总是一种奔跑着迎接战斗的姿态，斗志昂扬，无所顾忌。

然后，就这样一直坚持着，自己鼓励着自己，自己安慰着自己，自己惯着自己精气神的任性，最后有一天终究还是不行的。时间就像不断提速的火车，我跟在后面即使再怎么用力奔跑，坐在火车上的人终究还是跑远了。而我，跑着跑着就老大不小了。有人开始叫"老姜"了，我一时间还有些蒙圈。我开始假装放松，假装无所谓吧，想象自己人生这场戏拍得还不错，舞台效果也挺好，可凝神望去，真正的观众可能仅有父母妻儿如此寥寥的几个人。这一刻，恍然明白，自己的戏，演绎的是如此虚假。我想告诉别人，其实我已经很尽力了，我感觉内容很精彩的。可有的人说："好什么啊！自己给自己演有什么好？好的戏都是别人演给你看，你自己的戏有人看吗？有人给你鼓掌喝彩给你打赏吗？"那一刻，我涨红了脸，我被逼承认了自己就是一个装大尾巴狼的土狗。其时，我的姿态，惨不忍睹。

我从小在一个没落的封建家庭长大，从小看过太多的人间心酸、世态炎凉。小时候经常坐在土门楼的门槛上，看天看星星，看春夏秋冬，看人进人出，看家族的聚散离合、跌宕起伏，甚至族内的内讧争斗、分崩离析。有时我看着他们的脸，看着他们在各色人等面前的表演，我总是心存疑惑，为什么每个人活着的姿态千样百态、变化万端？那时候我虽然不懂大人们的世界是如何翻江倒海，但是我知道，我总是和父母因为成分受到别人的白眼和欺凌。总是因为一点点小小的梦想，哭着鼻子在昏暗的煤油灯下发奋读书学习。那时的我，压根儿就没有什么活着的姿态！

如果时光倒流，我还是愿意回到懵懂无知的那个阶段。我自己把自己写的文章编成一个小册子，题目定为《理想的世界》。这是因为我知道现在，我的一切都在围着这个目标而在努力地活着。我很喜欢这个词组，因为我觉得人生用这五个字就可以穷尽了。小时候一切都是未知，你不知道自己会到什么地方，能到什么地方，你一直在不停地走啊走，可是什么时候是个头儿，什么时候是最好的结局，根本就没有一个明确的概念。而到了不惑之龄，"四十往后，天高地厚"，反而觉得人只要活着，就已经很不错了。人最美好的就是追求的过程。理想的世界？那只有到达死亡的门前，才会出现那种幻想中的美好世界。所以，我在喝点酒之后，看着孩子的撒娇发脾气，看着妻子操心受累，看着红颜知己的坎坷凄惨，我想，也许等再老一些，可能才会达到我希望活着的姿态。但是现在，我觉得没有达到理想的世界，一直在活着的路上，也许是最好的姿态。

我有一个学长，毕业参加工作伊始，就顺风顺水，春风得意。可是他不知道珍惜，用现在的视角看，他没有看透活明白，所以他放纵了自己。我给过他很多善意的提醒，可他迷失在当时的自我感觉良好中，对所有的建议无动于衷。有一天突然遭遇了人生的黑暗，巅峰不再，消沉颓废一度成为他活着的固定姿态。等到有一天我们酒后促膝相谈的时候，我在他喋喋不休的感慨中，看到他眼中的泪光。这一刻，我也明白了，人的一生总有很多的偶然，很多的不确定。假如当初我们摆正姿态，假如我们有什么就把握什么，也许以后的活着，就会有不一样的精彩。可是，人生又有几个假如呢？

是啊，我们都是活生生的人，都要生活下去的，都会有一个活着的姿态。可是我们千万不要总想着现在的姿态是最好的，千万不要想着以后的姿态会更好。我们需要关注的是，当下活着的姿态到底是什么样子。我是一个有平民色彩的人，比较放松，比较乐观，不虚伪。我希望在成长的过程中不是被动地在课堂、在教室、在书本、在影院中改造思想。谁也不要用你的价值观企图教育我，大家都是平等的，人人都会从小人物成为大人

物，人人都会通过适合自己活着的姿态取得成功。我希望有一天有人指着我说："你看看，连那个小瘪三都人模狗样了，你还有什么不可能呢?"

所以，只要自己觉得挺好的，我就觉得很坦然。我不怕年华老去，不用担心万一有一天……假如我们每天都在反复思考着，这个活着的姿态好看不好看，那活着，该有多累啊!

活着是为了自己舒适，是为了你的亲人幸福，是为了你在乎的人快乐。不要勉强，哪怕"动作优美、姿势难看"，那又有什么大不了的? 没有俗务烦扰的时候，我最想做的事情就是一个人悄悄地、静静地待着。我想看书就看书，我想听音乐就听音乐，哪怕我赤身裸体地泼墨挥毫，可是那就是我活着的姿态，那就是我活着的美好。

写到这里，我已经不由自主地笑了起来。然而，这不就是我最真实活着的姿态吗?

2021 年 9 月 11 日定稿

站在除夕的时间里

　　总以为时间很多，可是一眨眼，很多时间就不见了。

　　光阴似箭，它脱弦的一瞬，已经注定这个时空里，某些捕捉不到的东西必将有去无回。时间不是离家远去的游子，有些还可以回来，有些还可以看到背影，有些至少还可以得到返程的消息，可时间走了就再没有回头。你驻足凝思，自己的梦想和希望还有多少可以实现的时间呢？当你在凝思的时候，其实你自己的时间也正在越来越少，甚至明天就可能戛然而止。

　　除夕的夜晚，艰难地入睡，艰难地做梦。还是和往常的梦一样，在梦里总还是童年的孩子那样，玩着永远"长不大"的游戏。一睁眼，儿时遥远的记忆已经支离破碎了，空荡荡的房间找不到一点无邪的欢乐，有的只是时间慢慢蚕食生命的声音，那种毛骨悚然的恐惧，仿佛把自己瞬间推向了死亡的悬崖，身前身后的名利荣辱全然不顾，赤裸的身躯如同才从母体分离，恍然间轻如蝉翼飞上云端，一切变得空白，世界哪里还有熙熙攘攘、来来往往？就在那一刹那的恍然，你已经将时间和生命、命运、生活、价值紧密联系在一起。这不是你自觉的思维行为，也不是你无意之中灵感一闪的结果，那其实是时间突然出手，紧扼你生命的咽喉时，从你脑海里逼迫出来的念头。

　　想想在过去的时间里，你为了琐碎的事务，被人骂，骂别人，恨别人，被人恨，和许多形形色色的人斗，与束缚你的无形的桎梏斗，也许你狼狈不堪，也许你头破血流，也许你香消玉殒，可是你留给别人的，不过是茶余饭后装饰时间、打扮时间的下脚料。你，对于时间，犹如风对天空一样，有即有，无即无，就像天使面对世界的丑恶，微微发出的一声叹息，嘴唇

闭合的那一刻，已经化为虚无。

站在岁首年末的落寞里，我不是自怨自艾自己的渺小，我也不是妄自菲薄自己的失败。我回过头，又一个三百六十五天已经与我渐行渐远；我抬眼望，一个新的春夏秋冬在向我招手致意。我一个脚步，时间的两端就将跨河而分，身后的那些分分秒秒将慢慢消失在记忆深处，逐渐模糊，慢慢什么也没有了。这是一种多么巨大的悲凉啊！不是明明还打算再去捡拾我荒废的青春吗？为什么却有一把锋利的剑，生生将它从我生命中割去？失去亲人，你痛彻心扉；失去名利，你悲伤痛苦；失去情爱，你痛楚难过；失去机遇，你后悔不迭，因为这些都是在失去你最珍贵的青春，可谁会想到这更是在失去你最为宝贵的时间？

时间是我们生命最大的资源，它和你是形影不离的最忠诚的伙伴，无论你富贵、贫贱，无论你丑恶、美丽，无论你残缺、完整，从你诞生的那一刻起，时间从未离你而去。在面对失败，面对碌碌无为之后的所谓一无所有，想着我们至少还拥有时间，那又是多么幸福的事啊！

然而在时间里，我们其实不过是一个个欲望的孤儿。它为你缔造生命，又让你无所依存，独自弃你于自生自灭的命运荒野。你孑然前行，双脚所到之处，不过是时间冷漠的残迹。在这个无穷无尽的跋涉中，你有了自己的思想和意识，为了和时间抗争，你有了各种各样包括求生的永不满足的欲望。为了满足欲望，你和时间撕破脸皮，挥手相向，兵戎相见，一场永无止境的战争，就在没有硝烟却又不断接近死亡的杀戮中，愈演愈烈，愈斗愈酷，逐渐愈战愈微。等到你最后被时间致命一击的时候，你才醒悟，原来，这是一场没有悬念的搏斗，从一开始你就注定是一个失败者。那些莫须有的欲望，让你为之耗尽生命，一切努力，不过是为了空虚的心灵，为了遮掩你迷茫的眼光。在你倒下的那一刻，你从原始的生命状态又回归原始，你从那个不甘孤独的孤儿，又变成了真正的孤儿，消失在你曾经无限留恋的时空，最终化为尘埃。

站在除夕这个一年最后的驿站，心灵却难以休憩，万般愁绪千般滋味，如潮涌上心头。面对着万家灯火，聆听着爆竹声声，咀嚼着身后的幕幕往事，不禁浮想联翩。在即将走向新的一个时间区域时，多想在自己心灵种上一颗全新的种子，让它开出爱的花，结出爱的果。用一种朴素、沉静、平和的心境，开辟出一个清新的田园，我只是随意和时间相处，我自荒芜，我自耕耘，我自和时间融为一体，化为清风。

诚然，这样只是一种愿望，只是一种意识，因为在物理学的维度里，它只是一个永远难以描述的概念，一个永远难以破解的谜题。我们看不见时间，摸不着时间，也听不见时间，我们更掌握不了时间，同样掌握不了未来时间中的未来。我们虽然拥有时间，却被时间所拥有——你本身就是时间的一部分，时时都被时间所束缚。它只是以它自己读懂的方式，自我自顾地向前流逝，与我们这些世俗的躯壳，全然没有一丁点关系。

尽管如此，在面对光阴流逝，我们仍对时间心生期冀，因为这是我们在现实的时间层面赖以维持生命的最后一根稻草。所以，在时间里面谈论时间的是是非非，想想不免可笑。一时的感慨，就当作对自己一段时期以来思想垃圾的清理。一转身，我们还要继续和时间并肩而行，用争取来尽量多的时间，给我们有限的生命去增值，虽然我们还只是时间中微渺的一个点。

爱因斯坦说，时间和空间是人们认知的一种错觉。那就将错就错吧！因为我们没有科学家那种把真理一探究竟的决心，我们只是时间长河里依靠时间茫然生存的个体，走完一个时间段，就得继续想着下一个时间段，如何会走得更好，更平稳，更快乐，更实在。这就是我在除夕的夜晚，这个新年和旧岁的时间交汇点，展开我发散式思维，思考时间，思考时间于我的意义的一个小小的目的。

2012 年 2 月 10 日定稿

生活没有初恋的感觉

慢慢地顺着因为施工而建的临时道路，一高一低地爬上了坡顶。天空很高，却没有秋天雨后的那种深蓝。云也是疏淡的白，不是浓密的平铺，也不是朗朗的几团如棉花的样子，总之就像一张平平无奇的脸，均匀地布满不深不浅的皱纹。

望眼四周，有高楼林立，也有群山峦伏，还有庄稼树林交错，近处依然是塔吊高耸，各种施工的声音轰鸣嘈杂。这种景象甚是错乱，犹如一个人穿衣的混搭风格，说不出的恍惚迷离。

时下已是深冬，大雪也已下过两场。可惜两场我都错过了欣赏的最佳时机。好几年前，因为雪，认识了一个人，聊发了几次少年狂，把一腔的情思尽情宣泄在雪景里。那种画面从此就时时浮起在心湖，尤其是下雪的时候。可惜现在已经丝毫没有赏雪的念头。心态苍老也罢，"当时已惘然"也罢，还是眼下的工作逼迫也罢，都已失却了那种轻狂的意气。

其实失却轻狂的意气，绝不仅仅是年龄表面上体现的成熟，也绝不仅仅是心态心境的暮气沉稳。而这一切都归功于生活。生活绝不是光鲜的皮囊，绝不是我孩提时无忧无虑、蹦蹦跳跳走在回家路上的画面，或者言情小说最后皆大欢喜的模样。

生活，大多数是虐待孩子的泼妇后妈。这是我看着远处大声呵斥工人的包工头突然想到的。

当然，这个包工头我认识，其实还是一个挺不错的年轻人。自从在这片蛮荒之地修建学校，我就和他打上了交道。在他身上，我看到了生活，当然还有人性折射出来的喜怒哀乐、悲欢离合。他心情不好的时候，沉默地抽着烟卷，偶尔给我说几句他小时候的情况，以及后来初中辍学后打工流浪的遭遇。其实和我有很多相似之处，都是看了烟花之后心情跌落的过客。

这会儿阳光正好。虽然冷气袭人，但坡塬的冬景倒也有点元代山水的意思。想到这里，我就想再继续朝上走，站在最顶端，视线更为辽远，也算舒畅一下"荡胸生层云"的闷气。

西边的小区高楼如笋，下面叶上挂雪的树木，映衬着逐渐变蓝的天，沐浴在冬日暖阳中，感觉空气似乎也清新起来了。闭上眼睛静默做深呼吸，回想昨天因为工作的事情，我表现出了很久以前的桀骜不驯、咄咄逼人的气势，几近失态的盛气而为，让我暗自惭悔。

其实一个人的性情是很难改变的。少年时的恃才傲物、桀骜不驯，其实还依然潜藏在我的骨子里。所以运气总在关键时候，可能就被潜藏的这种隐患给祸害掉了。不过也罢，悲欣交集实属平常。闲暇时刻，张牙舞爪泼几笔墨，吼几腔陈词滥调，装模作样地品几口茶，回翻几页过往的记事，就对时间多了几分明白。有时你很高兴，但是偏偏不想表达出来，这是所谓的偷喜。有时你是那么的悲伤，可是痛到深处却无泪可流、无声可哭。一个人有故事和没故事，其实就像晚上的月光，天亮了，什么样的月色，终究会成为"大白于天下"的平常景象。

前些天我想冬泳，可是母亲罕见地严厉训斥了我，坚决不许我"耍二杆"。妻子也喋喋不休地劝导我赶紧丢掉这种荒唐的想法。没办法，我想自作多情地对我的生命多一些解释，可是我终究不是李太白和苏东坡。多次望着绿道那清澈见底的一池碧水，却只能徘徊在杨柳岸，叹晓风残冬。

其实过后我认真反思，这些年都是书把我宠坏了，总有些奇奇怪怪的思想，让我看见花儿就想唱歌，遇到下雨就想写诗，走在人群的滚滚洪流中，常会感到莫名的孤独。不明白年龄增大，居然会让脑子里的东西嚣张了起来，不仅不会唯命是从，反而有时胆敢挑战我心中做出的判断和决策。往往这个时候，就是我深感颓败沮丧的夜晚时分。可是星星总会调皮地朝我眨着眼睛，千方百计试图激怒我这头受伤的狮子。"老子

是不会上当的!"我终归骄傲地宣示一下我小小的得意,然后微笑着躺在被窝做梦去了。

由此可见,生活中有着太多的不确定和身不由己。比如天气,比如冬天的干燥峻冷或者雨雪阴寒。可是天气丝毫不会顾及有没有人受得了它,丝毫不会在乎有人喜欢雪有人喜欢晴,更丝毫不会在意花鸟虫树对它的诅咒和怨恨。

前年我曾经在一个偏远的地方做临时工作,热浪侵袭让我犹如斗室困兽,心情烦躁可想而知。突有一天一个朋友不顾酷暑前来看望,心情瞬间又似吃了冰爽的西瓜,凉润清甜,惬意无限。一起信马由缰地走进谷壑幽涧,光着脚丫在曲水流觞里嬉戏,做着狂放的样子,欢笑声回荡在山间,何其畅快。那时候,又有什么人世间的愁苦哀怨,羁绊着纵情山水的心呢?

才参加工作的时候,我为了学习古典文学,为了学写小说,狠狠敲诈了自己的工资卡,买回来一本精装《聊斋志异》。白天被初入社会的牵绊熏染,无暇成为那些总有好运气的书生,所以总是晚上游荡在鬼神的世界。好的是,那些怪力乱神,总是透着大智慧,惊得我半夜赤身裸体在那个偏远的乡政府院子演绎着神经病的角色。

小时候总羡慕那些穿着长衫的先生,手握一卷纸书,面对众生侃侃而谈,一身的潇洒儒雅气质中,流露出匡济天下豪情逸致的神志。可是后来看到李大钊烈士的演讲,生命的鲜血染红了我短浅的视线;朱自清先生生生饿死的情境,刺激着我一触即毁的幼稚。当有一天我站在了农村小学的讲台,我接触的是低矮的土房,几块耕作不易的田地和那些面黄肌瘦、蓬头垢面的幼童,尽管也有鸟语花香,红绿粉黛,可千百万人的命运是那么容易改变的吗?我个人的人生是那么容易燃起希望的燎原之火吗?

前两天刚参加了一次文学创作培训活动,有老师引用近来荧屏热播剧的歌词,"生活虐我千百遍,我待生活如初恋"。老师讲得很美,让我对当前狼狈的境遇忽然就产生了美好的憧憬。可我从寒风中的工地返回家里,看着视我为天的年迈父母和鸿蒙初学的孩子,还有那憔悴操劳的妻子，人生况味早已把陶渊明的放达，腌制成一瓮酸菜和两碟咸菜了。

初恋真的很美好。可我在这个寒冷的冬季，早已看透了初恋之后凄惨的人生，还有狼狈不堪的挣扎。

"老姜，吃饭了，赶紧回!"有工地附近的乡亲认得我，站在对面坡塬的菜地，大声喊叫我。"就回。"我拧了一把鼻涕，略显轻松地朝下走。心里想着，再不快点，师傅做的模糊面就没了。

2020 年 12 月 14 日定稿

一个人的夜里自言自语

今天又是一个极其炎热的天气。我精疲力竭地从球场回来，钻进卫生间，用一盆一盆的凉水从头浇下，心中憋了很久的一口气，终于有点释放的意思。

楼道很安静。对面的山，有点黝黑。山头露出一缕稍带光边的云团，遮住了刚才尚还羞怯的上弦月。傻傻地趴在阳台的隔墙上，看着远处隐约的灯火，想象着另一个世界的快乐，却与自己完全无关。有一道闪电划过，几秒钟后传来低沉的雷声，带来了清凉的希望。

电脑里传来一首歌，是经常听的《一个人习惯一个人》。歌词虽然不是那般贴切自己的内心，但是那种略带忧郁的曲调，仿佛终于有了一个知心的朋友，说出了自己的心声。闭上眼睛，我不知道此时此刻是不是伤感，也许是自己苍老的心无所适从了，找不到熟悉的风景，看不到熟悉的人，是迷茫、彷徨，还是自己给自己找一个聊以寄托思绪的借口。

在这个地方居处一个多月，从当初的烦躁，到犹如遁世后的怯怕，然后逐渐冷却躁动不安的心，已经随遇而安而心生一丝静谧了。把自己置身于红尘之外高人的意念之中，仿佛隐居在终南山的深林幽涧，倒也心生喜欢，安之若素了。

后窗传来河水奔流的声音，伴随我的呼吸，悄悄流逝着这个世界上无数的生命。自己当然也不例外。以前总是非常害怕这种带走生命的时光，脑海里常常浮现出一具鲜活的躯体，被魔性的风拂过，生命即化为云烟，最终眼睁睁地看着前一刻还充满着思想的肉体，一点一点消失殆尽。站在窗前，我想象自己就是那具躯壳，灵魂被当下这寂清的夜色一点点带走，而不知飘向何方。在这一刻，一种深深的无力感，突然充斥自己的内心，压迫着自己，逼着自己向命运低头，向这个残酷的世界卑躬屈膝，向看不到希望的未来屈服认输。一股心酸瞬间涌上心头，竟有些无语凝噎了。

从小我总怀疑自己比别的孩子笨，后来不断长大，证明了自己的确不是很聪明。然而我还是总是一味地相信，上天会公平地对待每个人，即使是傻人也终究会受到老天眷顾。可是在我苦苦等待那些惊喜的时候，到头来才发现，受委屈的总是自己。看着别人的幸运，看着别人的成功，心头的那缕怀疑，最终不得不变成深深的叹息。

从来不喜欢什么"人生如梦"。自从懂事以来，我总是拼尽全力，让自己的人生，让爱我的家人的命运，让我所爱的人的生命，更加富有质感，更加绚烂多彩。我相信这一切不是梦幻，还有那么多的愿望没有实现，我又怎能"酣眠一场"，做那些黄粱美梦？在这条坎坷的路上，无论有人相伴或者踽踽独行，无论是给别人留下一个背影，还是擦掉别人看不见的眼泪，自己所经历的一切，所感受到的一切，都是真实的。天空哪怕没有一丝痕迹，而我，知道自己已经飞过。

燥热依然充斥房间。我脱掉最后一件遮羞的衣物，坐在电脑前继续敲打我的文字。胸中好似藏着一头凶恶的野兽，喘息着欲冲而出，利爪撕裂着我无名的痛苦和孤独。面对苍白的屏幕，我前所未有地陷于迷茫和深思、执着和动摇的纠结之中。想想真是不可思议，在这个小镇的夏天，我没有因为烦琐劳命的工作而愤怒，却居然在不停地叩问这个寂寞之夜的灵魂，企图混着炽热的暑气，把自己付之一炬。

是的，燃烧自己的思想，自己的精神世界。是想"凤凰涅槃"吗？我不得而知。

躺在床上，不想入梦居然也是一件难事。脑海里还是有很多人和事。旁边的风扇使尽全力，企图用微凉的风驱散那些杂乱的影像。可惜它不知道，这个世界，最难冲散的就是人的意念。当然，我不会因此而走火入魔，但我会化为一种信念，哪怕就在当下，我的灵魂碎片铺满这间狭小的荒芜房间。

可又怎么熬过这无声黑夜呢？生命的眼睛，一直在睁着令人恐怖的眼

瞳,冷冷地注视着我,有时甚至听到它在对我冷笑,仿佛耻笑我的碌碌无为,而它却用掌握着的秒表,毫不怜惜地计算着倒计时。

我想给那个一直想着的人发个信息,请教面临的难题,可是搜索了很多词汇,却始终无法凝聚起准确表达的意思。看到一句话,"寂寞和孤独的区别就是,前者需要人陪,而后者需要人懂"。而我,一直以来在期盼着那个懂我的人作陪,然而对方又何尝不是呢?我岂又能自私地一厢情愿地去打扰别人美好的夜晚?所以,在心里愤愤不平地"哼"了一声,最终还是丧气地放弃了。

当然,对于无能为力的事情,最好还是顺其自然。或许,灵魂转个弯,又会和自己握手言和。我不怕承认自己很脆弱,很孤独,很无助,有时甚至很绝望。然而,这一切绝对不会妨碍我一如既往地热爱生活。所以我始终心存侥幸,一种通过自己不停地努力,期冀争取到哪怕一丝光明的侥幸。突然想起前几天夜里写的放翁的诗句,"素衣莫起风尘叹,犹及清明可到家"。尽管依然"世味年来薄似纱",可我依然会自娱自乐地"矮纸斜行闲作草,晴窗细乳戏分茶"。如此压抑的气氛,突兀地用陆放翁的几句诗冲散一下沉闷空气,也算是用混搭的风格,嬉笑怒骂一回吧。

电脑里切换的歌曲名叫《平凡之路》。也是啊,回头想想,自己虽然一介凡夫俗子,走着平凡之路,可是也曾像歌词里唱的那样,"曾经跨过山和大海,也穿过人山人海",那又何必轻易失去对未知前路的期许呢?

我的故事"你真的在听吗"?想象着某个人在倾听我的心,眼含着怜惜的柔情,轻轻抚摸我内心最柔软的地方。美好的画面让我哂然一笑。关掉电脑,那些唱给这个世界上各种各样的人的歌,终于归于无声。使劲抹去那缕依然不肯离开的声音,给自己舔着不流血的伤口,转过身面壁,让自己做入睡状……

外面依然有雷声在不甘地炸响。也许,明天会是一个清新的世界,谁又知道呢?

2018 年 7 月 25 日定稿

客厅的落叶

我喜欢树叶，喜欢那些绿色的，能带给人希望的树叶。当然，还喜欢那悠然的、轻盈的、略带清寒的、凋落的树叶。

我家的阳台和客厅摆放着好几盆木本的绿叶花木，有的花朵繁茂，有的无花可开，不为别的，只为那一丛树叶的绿意。

不过我们这里地处北方，秦岭山区的气候四季分明，寒暑更迭，生灭衰荣总是避免不了的。所以每每隔上几天，地上总会有几片泛黄发干的落叶。而我，其实也有专为欣赏落叶的意思，因为落叶总给人带来不一样的情怀。

小时候，听从自然课老师的话，我慢慢养成收集树叶的习惯，曾经各种各样的树叶一度夹满厚厚的好几本书。曾经我也听从母亲的话，每到秋天，总是用椿树落叶的叶杆，穿起那厚厚落满一地的金黄色的桑树叶，因为那些桑树的落叶，来年夏天可以泼茶饮用，生凉去火。曾经也在读过"聊题一片叶，寄与有情人"的红叶题诗的典故后，痴迷于落叶写诗的诗情，那些写满稚嫩诗句的落叶，成为我青葱羞涩的少年记忆，仍时常梦萦在心。落叶，伴随着春夏秋冬的时光而附加了我懵懂的情感，那是我成长中对生命的一种不自觉的珍惜和爱恋，让我滋养了悲天悯人的人文情怀。

之所以有喜爱落叶这样的心思，是因为在我心里，那片片凋落的树叶，在我一缕怀旧的情愫里，一直总是有着那种别样的美，哪怕是带了些许惆怅和伤怀。

现在，不大的客厅有了树，有了树叶，也就有了我寄情的落叶了。

有几盆苗木，是要换叶的。秋冬交替，原本绿意盎然的叶子，逐渐转

黄，偶尔几片黄里泛红，时日到了，一片一片悄无声息地掉落，花盆里最后就会成为一个瘦削的骨架。我每每看着落叶铺地，总是不忍，虽知无可阻挡，但总是叶落而叹，也总是隐隐担心，唯恐其再也不生新芽，不长新叶。于是，在落叶的焦虑中，杞人忧天的思绪，却也总是满心期待地希冀，甚至是焦急地渴盼。落叶，让我平添一缕闲愁。

有好几日我出门去，回来进得门来，第一眼就去看我的苗木，不想盆下竟然落叶堆积，心境陡然萧瑟。前几日不是还挂在枝头盛开最后的绿色吗？怎么几日不见竟寂寥败落如斯？难道生命竟然如此脆弱？时光竟然如此残忍？还有它们啊，那些我爱之惜之的叶子，竟是何其负我，怎么不等我最后一眼柔情的慰藉！我蹲下身子，抓起那干枯了的树叶，"咔嚓嚓"的声音从指缝流出，我好像听到一把心碎的声音。

有时，正坐在沙发上休息，忽然有一片树叶悠悠然在我眼前飘下。我静默无语，落叶亦静默无语。洁白的地面，突兀地出现一片干枯的树叶，让我没有感觉到刺眼的不适，反而让我内心有了一种生命天地轮回的真实感，一种更加真实的生命体验。叶落于地，一个生命回归原始，哪怕仅仅是一片落叶，却赋予了我这个小小的客厅一点点天地灵气的意境。

还有时，我会任落叶铺陈，不去打扫，不去触碰，任由它们杂乱地保持最初落下的样子，用自己的那份臆想的境界，给它们一个回归森林、终于自然的满足。我每天会用心观察着它们时积日累的形态变化，兴致盎然地静静欣赏那一种叶落朽败的冷瑟，带给我这苍白的客厅一点点生命曾经展现的痕迹，营造起一个更加接近原生态的氛围。那个时候，仿佛我的这个封闭的客厅，与外面的天地连通在一起，心灵的围城是豁然开朗的，富有生机的。哪怕这一份生机即将消失。

茶余饭后，我总是习惯性地站立在那些小树前，满心喜悦地欣赏那带给我生活希望的片片精灵。它们或丰满，或柔嫩，或心形，或掌状，或碧绿，或青翠，那张张铅华尽洗的素颜，清新中的一丝清凉，舒服地滋润着心田，让我一时素心若叶，仿佛化身于柔柔枝头那小小的一片叶子。

我摩挲着那光滑凉润的树叶，仿佛已与树叶心脉相通。我的血液好似已经通过指尖，缓缓流注进那叶脉之中，流注进那细细的树干之中，成为另一种生命的形态。我不禁莞尔，一片小小的树叶，竟能让人动情啊！松开手，那摇曳的树叶，仿佛正在妩媚地朝我浅笑。

然而，看着那些惹人心醉的叶子，我的心思却牵引到了那时日过后的枯落。我总在想，即将掉落的将是哪一片树叶呢？是以一种什么样的姿态悄然飘落呢？它会悲伤吗？会害怕吗？会伤心绝望吗？当从枝头传来那微不可察的一声"咔"，是否会让那颤抖的叶柄牵动树叶纤弱的脉络呢？当那无可阻挡的地心引力，让那薄薄的躯体坠落的时候，它是否仍然会留恋地回眸凝视那最后的一眼呢？

在枝头摇曳的时候，谁会想到有一天它们将要去何方？在我家里，它们没有厚实土壤的大地可以投奔，融泥化土的夙愿已经被我生生毁灭了。低头俯视，只有冰冷的地板，对于一片树叶，那将是怎样的一个归宿呢？

想想那曾经在大自然里自由呼吸的时光，树叶们带着一腔向往和美好梦想仰慕着天空，幸福地呼吸着纯净的空气，享受着灿烂阳光照射的惬意。现在，哪怕是最靠近外面天空的树叶，也只能在阴冷的客厅伤感地回忆了。曾经羡慕地望着那些高大的树木，快乐的树叶在微风的吹拂中，轻快地唱歌，喜悦地欢呼，伴随着树枝在风中摆动优美的身段，它们也在优雅地舞蹈，那是一种多么美好的生活啊！它们距离天空是那么近，朵朵白云总是从它们身边轻柔地掠过，就像亲密的爱人和它们拥抱和亲吻。它们和那些调皮的星星也是很亲近啊，星光朗朗的夜空，幽蓝的天幕上，每一片树叶都好像在静静地和它们私语呢喃，闪闪的钻石一般的光，映射在它们身上，那是何其的美丽啊！

当有一天它们即将落幕的时候，也是那么的从容，那悠悠飞舞的身姿，如同天使的翅膀一样，在飞往生命的另一片天空，犹自让天空在无尽的念想中，展现一片树叶最后最美的记忆。

那真是最幸福、最美丽、最快乐的落叶啊！

可是现在，一个小小的客厅，雪白冷漠的墙壁，光滑冰冷的地板，直径十几厘米的圆花盆，看不见那迎风哗啦啦欢快招展的树叶，有的只是片片毫无生气的静冷之物。

这真是树叶的悲哀啊！我内心一阵酸楚。

　　我一片一片地捡起那黄色的、泛红色的落叶，小心翼翼地捏着叶柄，轻轻转动，闻一闻那尚带清香的气息，情不自禁地闭上眼睛，回味那手中一个即将逝去的生命的过程。

　　我扬起那落叶，对着阳光，光线透过叶身，在一片金黄色中，映衬出清晰的脉络，如同蝉翼一样在轻轻地颤动。那一刻，我仿佛感觉这一片落叶，仍然充盈着精灵般的生命，仿佛一颗透亮的灵魂，正在注视着外面自由的天空。我不禁迷痴了起来。

　　然而，我的落叶，虽然很美，但仍然是缺了很多美的落叶。它有过鸟儿在它身边歌唱的经历吗？有过雨洒雪落的经历吗？有过在飘落的过程中，风吹过后漫天飞舞纷纷如蝶的经历吗？哪怕落地之后，有过那被燃烧起熊熊火焰如凰涅槃的经历吗？

　　凝视着捧在手心的落叶，我默默无语。面对这一片凄美的落叶，只能把它永久珍藏在一颗悲凉的心里。

　　回过头，客厅的花盆下，一片落叶正静静地躺在那里……

2015 年 4 月 27 日定稿

甘于受累的幸福

　　临近年根，城里乡村，集镇街巷，人流陡然增大，热闹喜庆的年味儿逐渐浓郁，吵闹的吆喝，拥挤的摊点，匆忙的脚步，手提肩扛的身影，无不彰显着老百姓对中华民族最隆重节日的民风情感所产生的催化效应。

　　虽然春节假期推迟至除夕，但是说实在话，单位的同事大多已无心工作，不是着急着家里盼年的事宜，就是焦虑着很多年末收尾的事情。下班铃声响起，个个如同扑出笼子的鸟儿，匆匆融入熙熙攘攘的街市。忙里偷闲聊起天来，也是喊苦喊累，叫苦连天，还有委屈恼恨的。或者忙着置办什么年货，或者忙着催账要钱，要么就是在关于过年那些鸡毛蒜皮的事情上，和家里人意见不一而起了争执纠纷。不约而同，都在为了过年那几天的快乐，提前预支着身累心累的不快乐。

　　朋友在商南问我，年盼的怎么样了？年货置办的怎么样了？我是一问三不知。因为家里父母总是顶在前面，事事过问，所以我不需要操心，也不关心年怎么过，总之除夕回家，一切都是样样到位，只需享受现成，开开心心迎接新的一年。朋友对此很不认同我的做法，一是不解，一是埋怨。不解的是年轻人和老一辈父母在思想观念上差异太大，尤其是在置办年货上的想法大相径庭，传统古老的过年习俗导致在购买年货时往往发生矛盾，难道我就能赞同父母买来一大堆我不喜欢的东西？埋怨是因为我竟然甩手不干，袖手旁观，任凭年老体衰的父母辛苦操劳，东奔西走，徒增他们无谓的艰辛，作为人子，于心何忍，情何以堪？朋友的质问让我一时语塞，不知作何回答。

　　事实上，不是我不知仁孝地袖手旁观，不愿意一力承担家庭事务，

只是父母不愿意。他们乐意享受这种甘于受累的幸福。

父母历来就是要强的人，他们觉得我只是他们的孩子，所以生活由他们做主，有责他们担，有苦他们扛，有事他们做。在他们心里，孩子就是孩子，哪怕年龄再大，父母在，那就永远都是孩子，永远都要听父母的话。他们不需要别人怜悯，他们不想让别人说他们老了，没用了，成废物了。他们强烈的责任心，让他们永远自尊，容不得别人轻看，哪怕是自己的儿子。

传统的家庭观念，让他们总是自觉地以身作则，以行模范。我的家庭不是客家人，但是"天地君亲师"仍然代代相传，长辈至亲，要给下一辈做出表率，躬身力行，创家立业。在他们看来，这是自然而然的事情，任何一个家庭的"江山"，都应该由父母打拼，不论吃苦受罪，他们总是顶风冒雨，以身做翼，遮护雏儿。尽管当今社会发展日新月异，思想观念早已天翻地覆，但是这种甘于吃苦、争于受累的想法依然根深蒂固。我曾经用孝亲文化"主位更替"的观点与父亲交谈，无非恳请他静享晚年生活，但是在他看来，"孝心可嘉，此不可行"。他仍然用"你不懂"的语气拒绝我的"主位更替"理论，一如既往事事亲为。

我的父母都是老实巴交的农民，性情淳朴，他们和许许多多勤劳善良的父母亲一样，总是尽最大可能地多为孩子的幸福创造条件。他们不知道这种行为是什么"创造人生价值"，只知道他们做那些辛苦的事情，心里是愿意的，心情是高兴的，感觉是幸福的，看到孩子们轻松欢快地享受他们的劳动成果，他们是惬意的、满足的。以前我看不到他们的辛苦，对于他们的苦累视若无睹，认为理所当然，所以无动于衷；后来我看不懂他们的劳作，自以为是地拒绝阻挡他们"不负责任"的"害人害己"的"故意"表现，一度心生怨愤；再后来我看懂了他们甘愿为了儿女默默无私奉献的心，心生愧疚，主动承担，却遭拒绝，苦笑无奈；现在，我终于懂了他们关于幸福的感受，为了儿女，哪怕是受累，也是发自内心的幸福。

年味越来越浓了。父亲忙着打扫屋里屋外的卫生，脸上洋溢着笑容，神情认真。母亲大包大揽厨房一应事务，偶尔疲惫地捶打舒展一下腿腰，依然是乐呵呵地继续操作。他们虽然甘于受累，可为人子，虽然明白了他们的那份情意，又岂能真的四体不勤，坐享其成？于是，我和妻子、孩子齐上手，我们也要用苦和累，去分享父母的那种幸福，尽管依然不时听到他们"你干不了，让我来"的喋喋唠叨。

2016 年 8 月 10 日定稿

跋山涉水也是一种快乐

有一段时期，生活的激情有些消退，生命花园的鲜花有些褪色，无奈的空虚让我游手好闲地漫行于苍白的日子，整个人犹如陷入一片废墟中的杂草，似乎全部世界，已被历史的天空遗忘。

百无聊赖之中，似乎只能坐在电脑前，与虚拟的空间对接，才能暂时缓解我难言的压抑。那一天，我用倾盆而泼的发泄方式，向朋友诉说着自己无尽的烦恼，向她谈起我工作中的艰辛。

我对朋友说："我已被生活、家庭、社会、工作压得喘息不过来，精神上背负着太多太重的负担。虽然表面看来，我给人一种健康轻松、乐观豁达、朝气蓬勃而又不乏幽默感的生气，可谁又会知道我心中的坎坷沧桑？谁会知道，每当在夜深人静时，心灵深处升起的那种巨大的落寞孤独和伤心绝望？谁又会知道，在笑容背后我的潸然泪下？面对种种压力，我常常徘徊在黑夜的街头。我感到迷茫，不知该何去何从，什么地方才是我的目的地？理想，追求，都失去了目标和方向……"

朋友听了我的诉说，在短暂的沉默后对我说："暂时的失败和低落让你眼前总是笼罩着一重重雾霭，所以即使你拥有一双明亮的眼睛，你又何尝能看见生命中的鲜花？有那么多的美丽风景，可是你却把自己关在心灵黑暗的房子之中，怎能看得见光明和希望？你已经把通向你精神家园的门关闭了，不能及时给你输送丰富的营养，你又怎能闻到春天的芬芳和山山水水清新的气息？又怎么能不萎靡不振呢？

"也许跋山涉水对你来说，确实是一种苦，一种累，可它不也给了你一身健康的体魄吗？你为什么不想想，你又会给多少人带来幸福和快乐？

跋山涉水对于登山运动员来说，那是一份事业。对于旅游者来说，那是一种对大自然的享受。对于地质科学家来说，那是一项工作。对于重病在床的患者来说，那就是能重新燃起生命之火的希望。对于身陷囹圄的囚徒来说，那是一种生命的自由。对于流浪者来说，那是一种精神释放。当然，对于农民来说，那是一种生活的艰辛，可在艰辛之后，他们得到的却是收获的喜悦和欣慰。在人生不同的角度去体验心灵不同的感受，每个人都在实现着自己的人生价值，而又何苦整天让忧愁郁闷给自己当向导呢？既然你可以做出潇洒开朗的样子，又有什么理由让你不能坚持到底？"

听了她的话，我一时语塞，却有一种醍醐灌顶恍然大悟的感觉。我开始有些激动地向她说起学生时代的趣事，工作中遇到的奇闻怪象，又分享了自己兴趣爱好中种种不为人知的快乐，书法、文学、摄影、集邮、打球、看书、听音乐，每一种爱好都曾经让我感受到难以言尽的欢愉。

朋友说："是啊，这不挺好吗？你原来是一个多么充实的人啊！是多么积极向上啊！"

"可这一切都被现在的境况改变了！"我低沉地说。

"是吗？可我不觉得。"她又娓娓轻语，"你知道你以前为什么会感到那么快乐和幸福吗？因为你总是不断变换着自己不同的人生位置。你看到的世界是那么大，又那么绚烂多彩，如歌的岁月处处洋溢着温馨的笑容。你浑身充满了春天的气息，使你有了勇气、信心、决心和毅力，让你在种种艰难困苦面前仍然谈笑风生、挥洒自如，那是一种让人多么羡慕的英雄气概啊！你有时是旅游者，有时是登山运动员，有时是农民，而有时又是患者、囚徒、科学家、流浪者。你每处一种境况，总能用另一种积极的人生态度，去不断安慰自己、鼓励自己、解脱自己，从而让你的热情之火熊熊燃烧，温暖自己也照亮别人！

"生活中跋山涉水总是避免不了的。问题是你用哪一种眼光，去审视眼前的山和水。也许经过这一段荆棘坎坷的迷惑之后，你会发现，哦，原来跋山涉水也是一种快乐！"

朋友的话让我彻底从浑噩的梦中醒过来，世界仿佛一下子变大变阔

了。原来生活是那么富有激情！

　　新的希望从我心中又重新孕育出来，让我更加努力，更加坚强。我也终于明白，跋山涉水其实也是一种快乐。因为快乐，所以我更愿意去跋山涉水！

2010 年 12 月 16 日定稿

吃面的美

中华文明起源于北方的黄河流域，因了先人的聪明智慧，他们在很早时期就把原本生长在荒野上的花花草草培育成可以果腹充饥的庄稼，比如小麦。那些看似平淡无奇的草叶，似有似无的花儿，很不起眼的果实，经过粗浅的加工，就可以成为白花花的粉面面，成为足以维持生命的源泉。正是因为有了这些粉面面，先民才生生不息繁衍至今。

从古到今，人们在面食上大做文章，花样百出，各式各样的面食层出不穷，不断扩大面食这一饮食文化的外延，不断加深面食文化的内涵，不断发扬面食文化的精神。到今天，小麦这种禾本科植物的颖果可制作面包、馒头、饼干、蛋糕、面条、油条、油饼、火烧、烧饼、煎饼、水饺、煎饺、包子、馄饨、方便面、年糕。但就北方而言，仅就一种面条，它五花八门的种类就足以让人们吃得五迷三道，迷恋了几千年。

易中天先生说，吃是中国人一生的主线。我是一个典型的北方人，吃面也就成了我一生的主线。我们这里的族群，大约是在明末从山西逃荒过来的，老一辈总说"我们老家洪洞县，大槐树下埋先人"，可怜遭了年馑，没饭吃，更不用说吃面了，所以也就拖儿带女，哪里能种麦、能吃到白面就朝哪里走。所以，我吃面的天性，骨子里也许还是先人冥冥的念想在里面吧！

北方人把面食做到了极致。在我们这里，仅仅是面条就有几十种：臊子面、浆水面、杂酱面、油泼面、模糊面、混汤面、蒸面、炒面、拉面、扯面、挂面、刀削面、手擀面、菠菜面、空心面，等等。对我来说，只要是面，没有不喜欢吃的。只要嘴里吃着面，那就吃的是一口的心满意足。

一碗面条，那吃的是山沟野洼的亲，吃的是父母姐妹的爱，吃的是浓浓淳朴的情，吃的是这片黄土地上祖祖辈辈千年的血脉、万年的气息。俗话说"吃老本"，依我看，吃面就是典型的"吃老本"，吃出了黄土地的原汁原味，吃出了我生命的本色，吃出了我魂魄的本来面目！

小时候，看着富人家端着大老碗，长长的白面条挑得老高老高，满嘴都在流涎水，恨不得扑上去夺了他的碗来一顿狼吞虎咽。所以从那时我就有了一个梦想：长大了要天天吃面条，吃白白的面条，吃长长的白面条，还得是油泼的！自然也就暗暗下着决心，努力努力再努力，一定要吃着油泼的长面条。这也几乎成了我的心结，弄得我几十年满脑子都是围着这一碗面转，假如一天不吃面，那晚上睡觉都不踏实！记得小时候每逢大考的时候，母亲就给我做一碗油泼面，算是我的"壮行面"。那时候的面不全是白面，里面掺杂着小豆面，就是所谓的"杂面"，可就是那样，我也是吃得狼吞虎咽，一副饿死鬼托生的样子。

不过，要说吃面，我还是喜欢吃扯面，吃油泼扯面。但是吃扯面就得有吃扯面的讲究。那样斯斯文文、细嚼慢咽地吃，是我所不喜的。吃扯面吃不出精气神，吃得再多顶大就是个"肚儿圆"，没什么意思。所以吃油泼扯面那就得看你的经验了。首先面要白、要宽、要长、要劲道，最好像裤带一样，吃在嘴里还豁着两边的嘴角。其次是油要重，辣子要旺，葱花要稠，香菜鲜嫩，让人看上一眼就垂涎欲滴。再次是得要有面汤，面汤得供足才能出锅，款款亮亮的，还得有蒜，要蒜瓣，吃一口面咬一口蒜瓣的那种。最后那就更讲究了，吃扯面得要有吃扯面的气氛和吃相。最好在不起眼的小店，就是那种好像是做了几百年却老做不大的传统小饭馆，进去了要大声喊："伙计！来一大碗油泼扯面！"然后伙计一溜风跑过来点头哈腰的："得嘞，客官。"然后再朝后厨大声一喊："油泼扯面，一大碗！"那个音调高高的、长长的、悠悠的，光听着那享受的气氛就出来了。这个时候，你就大咧咧地坐在木桌木凳上，最好光着膀子，穿着大裤衩，穿着破了的布鞋或者光着脚丫子，一只脚踏在凳子上，一条腿大叉开，一副我就是大爷我怕谁的模样。等到吃的时候，一定要大牙大口、虎虎生风地吃（一般用土话叫"咥"dié），要吃得嘴巴喷喷作响，吃得油光满面，吃得大汗淋漓！一定要吃出那种就你最幸福、最满足、最得意的场面。这样吃扯面，光是看着就是一个字：爽！（土话叫"啳"chàn）当然，这都是我想象中的画面，因为我老想着吃扯面就应该是这个样子，这样才显得爷儿们，才显得咱土老汉有能耐！

当然，要说吃得美，那还得数母亲做的模糊面、混汤面。说起模糊面、混汤面，那就是家底饭、根本饭，吃这个面谁都少不了、缺不了。这个习俗甚至也影响到丧葬之事。在我们老家，有人去世了，下葬前的那几天，那是必须要吃模糊面、混汤面的，因为不论生前是穷是富，到那边过日子前先要吃好这边的一顿饱饭。啥饭？那就是家底饭、根本饭——模糊面、混汤面！所以在我们那里开玩笑戏谑某某某要死了，就说快要吃你的模糊面了。其实说到底，模糊面、混汤面不过是早些年景农村人穷苦，粮不够吃，一种将就、凑合的吃法。一大碗干干的长面吃起来是很美，可家里的粮仓能让你那样放开胆子吃？所以只好锅里下点面，然后用玉米面搅和些，把锅烧够火候，白是白、黄是黄，看着非常清，吃起来黏黏的、香香的，吃得有滋有味。有经验的妇人，做模糊面的时候，放一点碱面，那闻起来就更香了。当然还有给里面放点土豆块、豆角、黄豆什么的，那也是别有风味。至于混汤面那就是比较奢侈的了，因为首先得要有油，得有青菜什么的，先炒菜，等调料完全入伏（渗透的意思）到菜里面，再添水烧开，下面条，再大火烧，等面条浮上来，再慢火煮，煮得满锅飘香，但这时候还不要急着开锅盛饭，得要再等上一会儿，要把锅捂一捂，等锅里面的汤和面充分融合在一起，这样吃起来才有味道、有立身（质感的意思）。当然，吃这两种面最重要的就是得有酸菜！要用"疙瘩白"（学名甘蓝）的叶子腌得半新不陈的那种酸菜，酸得恰到好处，有嚼头，然后拌点调料热油一浇，就着模糊面、混汤面吃起来，那叫一个"撩咋咧"（好的意思）。

小时候去姥姥家，村口有一棵几百年的大核桃树，树下有个大碾盘子，每每总能看到有三五个人在那里闲聊，当然记忆最深刻的还是他们端着碗吃面的情景。但我这时候却不稀罕了，因为二舅妈就是个做面的好手。她虽是个刀子嘴豆腐心的人，不过待人实诚，只要来了客，不管家里有没有，想尽办法都要让你吃上一碗捞面，何况对我那是没得说，一碗捞面那是肯

定能吃得上的。可惜二舅妈去世得早，吃她的面就成了我常常想起她的由头。吃面的记忆也不仅止于此，早年在一个叫柏峪寺的乡镇工作，所包抓的一个村，村委会主任的媳妇也做得一手的好面，至今也忘记不了。也不知道她用什么法子，做出来的面，和机器压出来差不多，但完全又是手擀面的味道，鸡蛋豆腐西红柿臊子浇上去，一拌一挑，酸菜一上，不想吃也由不得你。后来我还专门看着她做，也没觉得有什么不同的特点，可吃起来就是不一样。为此她那两个漂亮的女儿还笑话了我好久。想想，那真是人美，面吃得更美！

　　想着吃面的美，追根溯源，还就得想起那些小麦。根据史料，中国最早发现小麦遗址是在新疆孔雀河流域的小河墓地，也就是我们常说的楼兰，在那里出土了四千年前的炭化小麦。在我的脑海里，四千年前的塔里木河和孔雀河，绿洲葱郁，游荡的鱼儿，飞奔的动物，翠绿的草地，当然还有那大片适于耕种的土地。楼兰人每天吃着各种各样的面食，悠然自得地过着充满异域风情的小日子。然而大自然无情的狂风一扫而过，现在就只有一望无际的茫茫沙漠。罗布泊四十多年前就已干涸，只有残破的古塔和千年不倒的胡杨在斜阳的余晖下默默倾诉着辉煌的岁月。那些面食文化终究是消散在大漠的风沙中了。

　　唉，我的长面啊！多想生活在四千年前的楼兰啊！那样我就可以每天吃着长面，然后骑着骏马充当一回白马王子，和心爱的姑娘并辔而行，看远山翠黛，看高天流云，看溪水花开。现在我吃着长长的白面条，心里却想着楼兰的姑娘，那种惬意的场景让我恨不得马上穿越一回。想着：她们吃的是什么样的面条呢？那面条是什么样的滋味啊？有酸菜吗？端起碗，我吃面的神色就凝重了很多又舒展了很多。

2011 年 11 月 21 日定稿

吃饭的味道

我这人很能吃，用现在的话来说，就是个吃货。说白了，就是农村人对你翻白眼的"饭桶"。

当然，这是有原因的。小时候家里太穷，那时候总是吃不饱肚子，所以只要眼里看见某种东西，感觉可以充饥，马上胃酸就可以涌到喉管，对食物的欲望就变得非常强烈。以至于长大，那种食不果腹的危机感，常常刺激着我有食便吃，牙口好、胃口好、不挑食，没有什么视觉感官上的障碍，只要是吃饭，从来都是大快朵颐，吃嘛嘛香。

过去在乡镇，像这样在吃的上面圐圙的人，最是容易被群众接受，不论走到哪个村子，总是容易和群众打成一片，睡农家炕、吃农家饭，群众对你没有偏见，在心理上自觉不自觉把你当成了自家人。所以，农村工作更使我向那些老同志学习，长此以往，在吃饭的习惯上就积习难改了。

在我的吃饭感受中，我以为吃饭，那就是正正经经地用大碗盛一碗饭，就一点小菜，舒舒服服吃进肚子，滋滋润润地喝口汤，心满意足地打个饱嗝儿，那就是神仙般的小日子了。那个饭，可以是玉米糁子熬的粥，可以是模糊面，可以是混麻食，可以是酸菜拌汤，也可以是一碗油泼面，那个饭，才是真正的吃饭，才有吃饭的味道。因为在我看来，吃这种饭，那才真正是一种惬意的生活享受，因为吃顿饭，而让你吃出了生活的味道，吃出了人生的味道，吃出了烟火的味道，吃出了地气的味道，吃出了父母亲温暖亲情的味道。这种味道，回味无穷，历久弥香。

后来工作环境改变了，所在的地方，大小也算个城，可吃饭的味道就截然不同了。过去的那种小资情调，如今早已成为时尚和普遍的行为方式，

人们吃饭讲究的是卫生安全，讲究的是质量档次，讲究的是气氛情调，讲究的是品位享受，进去的地方是楼堂馆所，是豪华包间，是 VIP 包厢，贵族般的待遇和皇族顶级奢华的享受，在花天酒地和灯红酒绿中，演绎不同的吃饭传奇。而我，虽也因为工作，上过一些所谓的台面，吃过几次所谓的大餐，可是于我，却是在心理的极度不自在和别扭难受中，如同牛吃牡丹一样，浑浑噩噩而不知其味，甚至不能填饱肠胃，想来也真是大煞风景了，更没有吃出饭的味道来。

因为每次在参加过那些客套拘谨的饭局后，不是酒喝得二马连干，犯迷糊、耍二杆，肠胃里翻江倒海，就是没吃好、没吃饱，偷偷摸摸地去路边店、大排档，再去吃一次，哪怕喝碗稀饭，或者吃碗面，但总归是吃饭吃出"泼烦"来。所以后来遇到这种吃饭的情况，我就是能推即推、能躲就躲了。回到家里，自己亲手操作，择择拣拣，切切剁剁，馒头稀饭、米饭面条，片刻即成；油烟一冒，刺里呼啦，炒锅里扒拉几下一盘菜就能吃饭了。一家人说说笑笑，吃得热热闹闹。民以食为天，可不就是为了这一会儿吃饭的乐子吗？

由于工作需要经常是独居，所以吃饭就比较自由，自己做饭和街道吃顿现成的，就算是咱这小人物的生活调剂了。有一个小吃城，是我经常去的，那里靠近这个城市最好的中学，每天走进校园的学生，都是我们当地的天之骄子，未来的栋梁，他们也养活着小吃城里烟熏火燎的人们。时间久了，就慢慢和有些师傅熟悉了。有一对四十岁左右的夫妇，专门卖凉皮和稀饭，他们有一个女儿，戴副眼镜，文静秀气。我每次吃饭几乎都能遇到她，她总是边吃饭边看书，而她的母亲也总是带着爱恋的呵斥："死女子，吃饭的时候看啥书哩，眼睛都看瞎了。"反倒是她那有点粗犷的父亲，则用一种柔声细语的腔调："好娃哩，赶紧吃了快去睡觉，一天书念得，把我娃脑子念成闷砖头了。"我每次看着总是笑笑，心里也跟着流淌着一种温暖和一种被饭香陶醉的浓浓的亲情，不由得想起小时候读书时父母对我的疼爱，那真是永生难忘的啊！

那些师傅，在辛苦劳作的间隙，互相在一起讨论孩子的学习，好像就是他们最好的娱乐节目，个个脸上看到的都是一种期盼。那时候，他们做出来的每一碗饭，无不浸透着馥郁的亲子馨香，那每一份饭菜，都是对生活的希望和孩子成长的期待，我吃之有味，食之有道。每每在吃饭的时候，我总是会听到他们个个嗔斥着自家孩子学习不怎么好、不怎么努力的喋喋碎语，但个个脸上都流露出自豪和骄傲。他们把自己做的饭菜让给彼此的孩子吃，一脸关切地问着："好吃不？好吃我娃就多吃些，吃得饱饱的好好念书。"原来这里的人，之所以靠着卖饭卖菜讨生活，大多都是因为自己的孩子在这所学校读书。舐犊之情，在吃饭的情绪中溢于言表。我问一个大嫂："为什么咱们这里的饭菜都要比其他地方的便宜五毛到一块钱呢？"她说："世上的钱，哪能挣完？做买卖也有一定的下数啊！再说了，来这里吃饭的都是些学生娃娃，哪家的娃上学是容易的？便宜点也算是图个心安。咱自己也有娃，家家都有娃，就当是给自己娃做饭哩。"

大嫂的话，让我在平平凡凡的吃饭中，有了一种全新的人生感悟！这是什么味道？这是我吃饭吃出来最好最美的味道！

我吃饭的地方，总是学生和农民工居多，那里有最真实的笑声，有最温情的一面，有最底层的酸甜苦辣，有最朴素的喜怒哀乐。他们在吃饭的时候，讨论的是那道题怎么怎么做，谁的成绩这次上去了，抑或今天做工中发生的什么趣事，在价钱问题上怎么不愉快，谁家里发生什么事了，谁家的孩子读大学要生活费了，谁家的孩子快要娶媳妇了，等等。他们的吃相不是那种细嚼慢咽，不是那种温文尔雅，不是那种风轻云淡的闲适。什么样的吃相，其实他们一点也不关心，他们关心的是这顿饭分量足不足，价钱是不是便宜一点，至于饭菜是否合乎口味，味道怎么样，香不香，在他们看来，好像也无关紧要，吃饱肚子是他们吃饭的唯一目的。他们吃饭的时候，有的衣服很脏，鞋子很脏，头发也很脏，甚至手也没有洗净，但这丝毫不影响他们的食欲。因为他们做工做累了，肚子饿了，现在要解决的最大问题就是来吃饭，用最便宜的价钱吃上分量最大的饭菜，风卷残云，迅速填饱空空的肠胃。在我看来，他们不论吃什么，那种味道，都是无与伦比的香美可口。看着他们吃饭，我就会食欲大增，让我真真切切体会到吃饭味道的痛快淋漓！

想想，这里真是我与现实生活最亲密接触的地方啊！虽然很热，空气

很闷，但这里有熟悉的吆喝声，有人间最美的笑脸，有最真实的生活画面。在这里我虽然吃饭大汗淋漓，但我感觉心里很清凉；虽然有时很冷，但我能感受到真挚情意的温暖。那种吃饭的味道，是我心底最为深刻记忆的气息。

因为生存，我们不得不生活在一些固定的圈子，被某种格式化的程序锁定，我们的生活早已失去原来的色彩，每个人在自觉不自觉中戴上一层面具之后，谁也无法分辨出各自的本来面目，固有的温情，在冷漠的空气之间荡然无存。就是那原本简单至极的吃饭，也因为别有他意的附加因素，而逐渐失去了吃饭的味道。想想也真是无奈而悲叹啊！

但也因为吃饭，我在这个嘈杂混乱的城市，吃出了一个可以打动心灵柔情的地方。透过人声鼎沸，我看到了什么是真实的生活，闻到了阵阵饭菜烟火熏人的气味，那种熟悉的味道，直沁心肺和麻木的灵魂，让我仿佛置身于一种回归自然大彻大悟的本真之境，让我在这茫然的闹市，找回了自己，找回了原本属于自己的味道。

什么是吃饭的味道？原来就是生活的原汁原味啊！

2014 年 1 月 15 日定稿

捋槐花

　　人间最美四月天，四月天是温暖，是明媚，是爽润，是清香。祥和的云，柔情的风，恬静柔美地陪伴着春和景明中的物态，生机盎然，朝气蓬勃。四月也是万紫千红的。百花齐放的色彩斑斓，渲染出春天最绚烂的气势。这其中有一种花，虽然看着不怎么起眼儿，平淡无奇，但是这个春天最为香甜、最受欢迎的，那就是洋槐花。

　　盛开着洋槐花的树是槐树，它是一种不受人们喜爱的树种，因它浑身有刺，半乔半灌，是树却难以用材，是灌木却用柴不便，开花而无果，落籽即能生，漫地滋长而无甚大用，所以农人们对其比较鄙弃。可是独独一样，却让人总是念念不忘，就是那好吃的洋槐花。

　　槐花的花色淡洁纯净，透过阳光看去，晶莹剔透，像一串玉珠一样。新时代人们也赋予了槐花新的寓意，它的花语就是美丽晶莹、脱尘出俗、春之爱意。因此槐花饱含着人们对纯洁美丽的向往，对美好爱情的向往。当然对于我这已经年过不惑的人来说，这些无关紧要，我上心的是它的食用。在我们当地，槐花可以做麦饭、包饺子、烙煎饼、腌酸菜、配炒鸡蛋等，味美甜香，食之如饴。所以每年四月的时候，捋槐花就成了我的一件大事，一件心心念的必不可少的事。

　　母亲说捋槐花要捋大清早带露水的花。因为经过一夜吸附了天地灵气的槐花，花穗饱满鲜嫩，花蕊里蕴藏充足的清新香气，吃了会明心清神。要是过了晌午，太阳一晒，香气就散了，花瓣也蔫了，做出来的饭呀菜呀，就少了槐花的味道。母亲还说过，吃槐花还是要半开的时候最好。没有拆苞的槐花我们叫"槐米儿"，尽管香气充盈，新鲜有余，但是因为有一股草

青气，所以多了一点涩味。而槐花完全开放后，要么香气散了，要么蜜蜂采过少了养分和甘甜，或者空气中的灰尘污浊了花蕊花瓣，那么做出来的饭菜，必然是口感不佳。以我好多年捋槐花的经历，证明母亲的说法的确是极对的。

老家的后坡，埝边、路边槐树很多。小时候吃食匮乏，每到四月天，大人们就带着孩子抓紧时机去捋槐花蒸来吃。由于槐树长刺，所以捋槐花一般不会爬树，都是大人带个长杆，前面绑着一把镰刀，直接对着开花的树枝，钩住往下削。等槐树枝掉落下来，孩子们就一哄而上，猛捋那诱人的渴望已久的槐花。有的孩子实在忍不住口馋，先摘两串最鲜嫩的塞进嘴里，开心地嚼了起来。那种甜香的味道，真是一种幸福的享受，在我的味蕾里储存至今，怀念不已。

母亲是做饭的一把好手，用槐花做些饭菜，自然不在话下。一般情况下，先把槐花淘洗干净，再切一点土豆丝，揉碎一些花椒叶，与白面用融化的猪油拌在一起，放在锅上蒸。蒸的空隙调些葱油蒜汁，放点芫荽，淋些香油白醋，等槐花麦饭出锅盛上一碗浇上去，坐在院子树下的木凳上，春天的气息衬托的那种味道，香郁浓厚，让人吃不够，终生难忘。

当然用槐花做的饭菜远不止这些。母亲用槐花腌制的酸菜，酸中透香，柔嫩爽滑，油泼辣子调好，就着金黄的搅团，吃起来那真是别样的风味。还有槐花灰灰菜饺子、槐花鸡蛋饼，等等，无一不是我成长过程中记忆尤深的美食。

后来出来工作，捋槐花的机会越来越少了，吃槐花的想法也是越来越难以实现。往往是槐花盛开的时候，我忙着各种琐事，而当我从槐树的地方经过时，槐花已经凋谢无踪了。

去年槐花微放的时候，因事从外地返回，刚好经过一个长满槐树的山岭。我和几个朋友赶忙停车钻林，一番兴致勃勃地采摘。第二天的早餐，就是母亲做的槐花麦饭。我吃得津津有味，足足吃了一大盘，总算了结了这些年思念槐花的心病。

今年的四月，母亲去世已经近百天了。她的坟后土坡上，有很多低矮的槐树，槐花如雪，清香如故，可是我却无心采摘。

现在母亲不在了，看着满树的槐花，我只是望花兴叹，唏嘘不已。即使我勉强将一些槐花回来，让妻子做出来，却再也吃不出母亲做的那个味道了。

生命中总有一些挽留不住的光阴，比如这四月天里，母亲曾经带着我，欢乐地捋着洋槐花……

2023 年 4 月 29 日定稿

这个夏天的我

这个夏天炎热、干燥，却又自觉地隔几日下场大雨，所以依然是我想象中的样子，就像以前我认识的一个女子，干净且儒雅，清爽而精炼，敦厚又真实。

可是现实中的真与实，总是来了去、去了来。比如夏天偶尔的清凉，比如夏天的暴风雨，以及发生在夏天的很多事。

人间的离别，我见过的太多太多，已经再无悲喜。我以为我每天只要安心做我喜欢做的事，能畅畅快快地吃上一碗面食，就可以活得满足而无畏。其实我肤浅了。

逐渐年老的我，所处的环境一变再变，我的心态也是不断调整。也许是情商太低，有时反而觉得"躲进小楼成一统"更适合我的心境，在岁月的外围，安静享受一个人的孤独，真的挺好。休假了想睡觉，我就赤身裸体尽管呈现"大"字酣眠。我也可以在家里任意游走而不怕有人打扰。我可以自由发挥我不甚高明的厨艺，不管做成什么饭菜我都可以大快朵颐。我画画写字听音乐，发着神经吼吼叫叫扭扭跳跳，自己想象出一个故事，然后把自己感动得泪水长流。半夜中惊醒，抓起枕边的笔，记下几行歪歪扭扭的文字。对着门外的行人，掰着指头计算着日子，脑子里的想法越来越简单、越来越少，最后模糊朦胧，不知不觉就做起了春秋大梦。

我想没事了就回老家，看看院里的花花草草，到左邻右舍串串，去周边的田地阡陌转转，还可以骑着父亲的电三轮，吹着口哨去逛镇上的集市，坐在街边的小摊上想吃什么就吃什么。我还想闲了写写文字，心烦了就独自一人去穷游。不打扰别人，也不想别人打扰我。

可是这个夏天我感觉自己有点不一样了。我心里有很多惦念的人，我的脑子里有很多画面，我原本想做很多以前难以企及的事情。可是这个夏天好像与往年的夏天也不一样了。曾经许诺给家人的东西，还没有实现。知了到现在还没有鸣叫，萤火虫也没有飞过我家门前迸发出火光，我想写的那封信现在还没有动笔，那个远在南方的人还没有发来消息，该发生的故事到现在一个也没有发生。

有一年夏天我很喜欢一个人，可是她不喜欢感情俗套的流程，她也不怎么热爱生活，不喜欢风花雪月、花前月下，她只对冷清的路途和孤独的旅程感兴趣，时长时短的头发中藏着倔强。她曾经对我说："你不会成为一只羊，也不会成为一条狗，但是你也成不了一只狼。你是一匹烈马，你不会心甘情愿让我骑着驰骋，也不会甘于驯化成为驮载的苦力。所以你我只能各奔东西。"那时我送她到去往西藏的车站，人潮汹涌中顾不上难过，有飞鸟的屎落在我的鼻梁上，我就像一个演戏的丑角，站在偌大的广场，望着西边乌云压顶，暴雨来临之前的风，抽打着我即刻禅定的心，一动不动。

这个夏天我喜欢拍落日、拍晚霞，就像大地在天际线以上的天幕上用颜色泼出的画。

有人就发现了我这个秘密。她像精灵一样看透了我的灵魂。"你是一个理想主义者、自由主义者，却把自己束缚在一个屋子里面。你年纪也不算大，世事如棋，未来的事变幻不定，你就一定能预测准确吗？年轻美好的时候贫困束缚住了你，不能尽情地放飞自己，可是等你真的老了，你还会有做回自己的渴望吗？你很有个性，也很独特，你和别人不一样。你的脸上有沧桑，你的眼中有故事，你的身上有坚强，你看似普通的气质其实与众不同，你愿意把你曾经的想法，随着岁月流逝而飘荡在老年的回忆里吗？"

她说的让我感动不已。感动于芸芸大众中居然会有这么一个能看清我内心的人。可是又让我泪流满面，因为她的话语刺激了我敏感的神经而凄然自哀。

然而我也是一个俗人啊！我有宽容和大度，也偶有与众不同的悟性和睿智，也不缺乏理解人性的善良，但我也有固执和偏激，也有时而的狭隘

心理，更会有钻进死胡同的笨拙和愚昧。

看到一个文案上说："我想开个小店，卖时光，当下的光。"

我也想试试，用贩卖时光的钱，去购买未来的画卷。可是这个夏天，这个话题还暂时未能列入我的议事日程。

斑驳的墙皮，夏天的骤雨把墙角杂乱丛生的花木打湿得狼狈猥琐，太阳的余晖映照出瑟瑟的影子，略带沧桑又让人心生怀旧。我坐在老家村子巷口潮湿的石头上，看着远处雨水依然没有洗去的一抹青黛和苍黄，一只很是丑陋邋遢的小黑狗从我面前走过。它瞥了我一眼，感觉不认识我就走远了。我哂然而笑。

其实那条小黑狗不认识我是自然的，因为我也不认识自己。这个夏天我到底是什么样子的呢？我反问自己，答案却是，我有时都不是我了。

在很多个夏天，我曾经想拥有很多梦想，可是这个夏天我终究是难以掩饰失意的感觉。我多想回到那个敞穿着衬衣骑着自行车像风一样的少年的夏天。

夜色慢慢弥漫开了。空气中充盈着夏天的味道，星空就像某人的微笑，久违的月色别来无恙。我侧脸想倾听星空心语，清风却在我的身边凌乱地坠落。

忽然，我想起了母亲。回到客厅，看着桌上母亲的相片，她笑着不说话。

我想，有母亲的孩子真是幸福啊！可是，今年春节的气息还未消退，母亲却在我的怀里一点一点离我而去。这个夏天，我没有母亲了。

母亲，我看会书就去睡了，我不给你说晚安了。因为我知道，你正在忙着赶往我梦中的路上……

2023 年 7 月 18 日定稿

第五辑　理想·情爱

　　在年轻的时光里，激情澎湃的爱喷薄而出，无处不在，每一座山，每一条河，每一段历程，甚至辽阔的远方、陌生的人们、世间的万事万物，都值得倾心去爱。年轻时的爱，那般海阔天空，等到青春散场，爱便转入狭窄的一隅，转向眼前的平俗琐事，却依然可以爱得痴迷，爱得诗意芬芳。

春天的那些事情

　　眨眼间，4月的热闹已经到了极致，十里桃花落尘入泥，花香飘散已醉了清风，逐渐变化成躁人的热气。村庄里一树树的翠绿，慢慢成了碧绿，如同少女初婚成了少妇，早前的清纯温柔逐渐褪去，一姿一态充满了热烈的、渴望的气息，荡人心魄。

　　都说最美人间四月天，如果你在青凹村走走转转，你会真切地感受到这句话的含义。秀云此刻正走在这一片青山绿水之间，风轻云淡，处处花香鸟语，每一帧颜色，每一声鸣叫，都把安静的时光渲染得美妙绝伦。

　　她姣好的面容，柔顺的长发，秀颀的身材，丝毫看不出她四十七八的真实年龄。阿勇曾调侃过她，青凹村的时光不老，就是因为有秀云这个女子。就是因为秀云拥有一颗真挚的草木之心，而这些长在秀云心里的花草，都是最治愈人心的良方。徜徉在这个小山村，静观花落，淡看云起，花开是诗，叶落成词，相伴春风夏雨，随着秋韵冬趣，秀云常常用笔写出世间最真实的情感。

　　今天天朗气清，上午的阳光不热不燥，空气新鲜清爽，偌大的村委会院子空荡荡的甚是清静。阿勇无所事事地坐在椅子上，手上有一页没一页地翻着书本，不知道该干些什么。往日各种事务缠身，经常是连轴转，没黑没白的，时间长了神经衰弱，睡眠更加不好，以前那种不知疲倦的状态一去不复返了。

　　"真是年龄不饶人啊！"阿勇不由得感叹了一声。怎么突然间就老了呢？说好的青春永驻呢？退一步说的聊发少年狂呢？阿勇自嘲地笑笑，忽然就

想到了秀云。前几天一个偶然的机会，他们还合唱了一首《一世情缘》，平常大咧咧的人，居然因为紧张嘴里哼哼唧唧，不知所云。就这样还能一生一世吗？情在哪里呢？缘又在哪里呢？回想起往日的种种情景，阿勇不由自主地从手机里调出《一世情缘》，伴随着童安格那忧郁中带着沧桑的音调，闭着眼睛哼了起来。

"嗨！"一个熟悉的声音猛然间从阿勇的耳朵传击到心房，犹如春花乍放的惊喜，立即就像圈圈涟漪，荡漾在刚刚颇不平静的思念之湖。

秀云是这个村小学的副校长，她的娘家就在这个村里。年轻的时候，她绝对比这方圆百里大山上最美的花还要漂亮艳丽，可惜阴差阳错，嫁给了一个从上面下来开展社教运动的干部。

学校后面靠近洛河的一面，隆起了一座小山包，山上都是青松翠柏。青松翠柏之间有弯弯曲曲的石头小路，延至山顶，路边长满了各色的小野花，星星点点的，煞是好看。

阿勇和秀云在山下面转了一圈，上了山顶，顶上能够眺望很远。他们东看西看，河面上飞来几只大鸟，应该是灰鹤之类的水禽，时而掠着河面低飞，时而翱翔在山与天空之间，点点英姿，给这个山村增添了一道风景。

"阳春美景真是好呀。"秀云静静地看着他，忽然心里酸了起来，眼泪扑簌簌落了下来，一把抱住了阿勇，"什么时候可以再见呢？"

阿勇也用力地抱着她。生活总有一些事情让你郁闷伤怀，让你深感命运的无常、自我的渺小无力。但是，我们却总会给自己找一个理由，或是那微乎其微的成功，或是那难以拥有却飞蛾扑火般的爱情，或是那已经近乎压垮你柔弱身躯的责任，或是那永远也不可能实现的理想抱负，让你忽然之间，却又无比坚毅地，默默扛起人生中的所有苦难，勇敢面对生活中的风霜雪雨。

珍惜缘分，珍惜当下，珍惜可以在一起的每分每秒。那些书里面的、影视剧里面的，所谓地久天长、海枯石烂的话，听一听，给干旱的心田洒上一壶水，可以聊作滋润，但真要认真起来去实现，未必那么容易。

生活中其实每个人都是孤独的。大家在不同的道路上孤身奔走着，相遇了，这是缘分。倾心了，那是感情。等有一个落下了，那一个还会在原地等吗？有一个跑快了，那一个还能赶上吗？阿勇伤感地自我提问。

阿勇平常在工作之余，喜欢游山玩水，让心情染香，让思绪染上童话般的温柔。然后在轻浅的时光里，在行囊里的素笺上，写下关于人生的最美诗行。没想到在这个小山村，居然就遇到了和他有一样心思的秀云。可是情深不喜、情重难行啊！一旦身负情担，想身轻体快地大步向前，实属不易。阿勇记得彩玲当时说过，"我们，若是懂得卸下身上和心理上的负担，就像一朵花、一棵草的样子活着，或者像树一样倔强顽强地站在风雨中，再不济哪怕就像大河里的水流浪花随波漂去，那也是一种淡然豁达的人生"。阿勇那时候听到彩玲说出这样的话，惊讶得张大了嘴巴。他觉得这个女人平常沉默寡言，不显山不露水，在村文书的岗位上默默无闻地忙碌，文化水平也不是很高，几乎是一个被忽视的人，竟有这么一番高深的人生哲学。

"你要好好努力啊！"阿勇给自己一些鼓励，否则也对不起这痴情痴心的女人呀。年轻时什么苦都吃过了，什么打击都承受过了，到现在还不一样坚强地活得好好的。他要好好干出一番事业，真正为这个小山村做些事情，让这些淳朴的父老乡亲，过上好日子。

许多不必要的烦恼就放弃吧！不合时宜的事物，让光阴去遗弃吧。如同在这个村上的帮扶工作，从过去的脱贫攻坚，到现在的乡村振兴，一茬工作来，一部分人富得快，一部分人富得慢，时世变幻，人事更迭，人不能总是停留在一个岁月的截断面。做人处世也一样，就像村上的百姓，人一上百，形形色色。农村人再怎么朴实，也有心性不好的人。学会包容，看淡得失，眼中的风景，就不会黯然失色。

所以阿勇常常自嘲地想，自己以前到底是唐璜呢，还是阿Q？或者一直是那个孔乙己吧。

为什么不能在最好的时光遇到最好的你？为什么不能在遇到最好的你的时候是最好的我？

阿勇将秀云喝剩下的半杯水一饮而尽，解了解喉咙里的干涩。

走在回村委会的路上，迎面遇到的群众，都会热情地给他打招呼。阿勇到这个村上，已经是第四个春天了。春天的工作总是很多，很繁忙。春天的青凹村，恩怨情仇的故事也总在不断上演，有啼笑皆非的，有不可思议的，各种人间戏剧幕幕精彩。阿勇这个时候就像勤劳的蜜蜂，各家各户地奔走。时间长了，村子两千二百多人，除了常年在外打工的，基本没有不认识的。

秀云就要调走进城了。阿勇心里很烦躁。傍晚在缠绵不舍中送走了她，宿舍里压根儿就待不住，村委会的办公室更是看什么厌什么，只得在村委会的院子中走了几个来回。外面公路上和院子中的路灯很是明亮，月色今晚也是出奇的皎洁，照得他心里，就像洛河里的石头一样又硬又凉。

阿勇坐在花坛边，一股清香入鼻沁心。蛐蛐唧唧唧地鸣叫，伴着周边的天籁和高高低低的人言人语，让这个山村的幽静一下子显现了出来。阿勇的浮躁也渐渐得以平息。秀云走了，可是他的生命中永远会有一段值得回味的时光。某年某月某日当我们沉浸在自己故事里的时候，当我们老去的时候，至少还能有一点安慰，在云淡风轻处想起曾经有那么一个人，有那么一段情，就如同此时此刻聆听花开。最美的声音，就是沉迷在回忆里的时候，想起曾经为她刻意制造出各种浪漫意境时，不好意思地翘起嘴角的那一刻，如同花开的声音，无声胜有声。这是一种多么曼妙的心境啊！而当我们从记忆里走出来，看着眼前的风景，你又在想："是不是此刻更值得我们珍惜呢？"

人生悲欢离合，何苦一定要去寻找答案呢？人生不短也不长，何不就以花草的名义，淡淡生长，淡淡开花，淡淡凋谢。明年的春天，不是还有"春风吹又生"吗？

阿勇舒了口气，抬头对着星空眨了眨眼，坚忍执着的眼神又在月光的照射下熠熠生辉。回到办公室，房间有点热，阿勇索性脱了上衣光着膀子，赤脚蹲在椅子上，摸了根烟燃着，闭着眼睛吐了一口烟雾，心里琢磨着明天的工作。场院俊锋发展大棚香菇的事情，后沟组组长棒柱和下洼菊娥勾勾搭搭引起两家矛盾的事情，沿河组宝军家的阿黄咬伤镇上帮扶干部的事情，塬上几家脱贫户养牛弄得整个组环境卫生脏乱差的事情，还有最重要的，就是去年洪灾过后水毁农田修复的事情，到现在土源还没有着落。

阿勇想得头大如斗，情不自禁地叫了一声"秀云"。半天没有回应。阿勇醒悟了过来，睁开眼睛看了看空寂的房间，眼泪不由自主地流了下来。

2022 年 6 月 15 日定稿

我是一缕千年的风

我是一缕风，是一缕千年前的风。

千年前，就在那个春意撩人的午后，天地间就孕生了我。而我，第一眼，就看见了你。于是，我就是千年挥散不去的风；而你，也就成了我那个千年不忘的你。我拂过你光洁的额头，隐藏在你落寞的心灵，等待落英缤纷过后，悄无声息地绽放我的相思。

是啊，我就是专为你而来。穿过千年的时空，相思未谢，一如那时映你明媚容颜的妖娆的桃花。我的花香里，抒情着烟云流年安静的心，温柔着坚守了千年春色的孤独的梦。

你闻香而至，凝花而止。潮湿的脚步声，飘散在我的灵魂深处。而我，仍然是千年前拂过你额头的那缕风……

桃花，依旧笑着春风。那缕风，就躲藏在桃花的心间。

看到那朵寒怯的花蕾了吗？你的视线里，纯净得一如千年前，那能看透日月星辰的天空，只是没有风，划过枝头的痕迹。你也许早已忘记了，那曾经拂过你额头，带着梦的轻柔，又像梦一样划过的，那缕清风了。

想起一千年前，你聆听过我，我的呼吸，我的心跳，我的欢呼……我带着羞涩的甜蜜，悄悄抚摸你的脸庞，你在安静的阳光里，眼眸里泛着清亮的光。是我，不动声色地触动你的眼睑，只留寂寞的清香。

是呀，我寂寞了一千年。你，也凄美了一千年吗？

有细雨悱恻的时候，我就在你打开的窗外；有桃花落红的时候，我就在无数的花瓣之上；有朦胧月夜碧光倾洒的时候，我就在你身后柔柔淡淡的影子里；有烛光摇曳迷离眼神的时候，我就在梅花诗笺的长词短句中；

有纱幔轻飘的时候，我就在你幻化记忆，不知为谁悲、为谁喜的梦乡里……

我是风，千年的风啊，不曾远离，一直在守候着……

我喜欢有雨的时候。那时你会感受到我就在你单薄的裙衫里，虽然你只会轻吐如兰气息，可你黛眉儿轻轻一颦，我就会在你心头不留一丝踪影儿。

也喜欢你帘前的铃铛，因为那是我的信使啊！每当它清越的声音，让你眼睛明亮着跳跃，知道吗？那是我让你的心，泛起了层层涟漪。这个时候，我的思念就会颤抖，因为，你的视线，用那一缕难以察觉的喜欢，覆盖了我荒芜的灵魂。

有你的地方就有我，我于你，一刻也不曾姗姗来迟。

我阅尽沧桑，浸透烟尘，千年的执着，可不就是为了守候你的那一刻吗？

一千年前，桃花春色，依稀梦中的三月，悄然流逝的往事中，仍然是那一袭身影——也只是那一袭身影啊！而我，只是瞬间。是的，只是一瞬间。也许不经意罢，我拂过一个光洁的额头，那份孤独，便成了千年不散的心情。

一千年之后，我还是一缕风，藏在某个角落，用时光的寒冷，温暖着千年的幽情。几经轮回，变幻重叠的身影，一如既往地延伸着美丽的梦。

我是一缕风，一缕千年前拂过你光洁额头的风。有千年的怅惘，有千年的相思。在风中，醉了一千年一树树的桃花缤纷……

2013 年 4 月 21 日定稿

这个春天，我情不知所起

时光温良，岁月萦香，春天如约而至。

其实我早已在梦中，与那一抹充盈着芬芳的时光相遇，也早就在我的诗歌里和墨香中，倾注了刻骨相思般的深情。

曼妙的杨柳岸，晓风残月，我会和佳人在温柔如水的夜色中轻轻吟唱。也许会红袖添香，共临窗前，用一支笔，抒写如花般的篇章。

我期待着这一段美丽的际会。因为会有很多浪漫的故事，给我欢畅；会有百花的霓裳，让我所爱的人临风起舞，纵情徜徉在温暖的阳光；会有葳蕤草木凝脂的芬芳，让我为青春的你，写下无数动情的诗行。

然而，光阴有时却也是如此薄凉，岁月会在辞旧迎新的希望中迷茫。

此时风吹心动。在起伏远去的风声里，静静凝望远方。看着染香流年逝去的方向，那里有如烟的过往，有旧时光的印记，有光阴深处的往事，还有一袭风烟里乍隐乍现的纤柔身影。一瞬间，我竟然寂寞不知所起，在不经意间拈花微笑着沉默。

我真想张开双臂，敞开胸怀，拥抱一路花开；真想用我缠绵的情诗，抒写温润年华；真想坐在明媚的春光中，畅享心香幽远；真想在浪漫的春风里，不期而遇一场旖旎乍喜的邂逅；真想……

然而此刻，我情不知所起。

原本我会把自己想象成风流倜傥的书生，于那春意浓处，煮一壶春光，慰一把与心相违的风尘岁月。我一手指天，一手扪心，且将诗酒猖狂。或者我会操一首高山流水，唱一曲归去来兮，将满眼春色拢在袖中，付与那我幸我狂的人海茫茫。岂不快哉？

我还想心念撩动，轻吻这春天的浮光，想象那是一个人温润的唇……

可是这个春天啊，让我的生命中，竟然徒添了一段幽暗的时光。我的情，仓皇间，竟不知所起。想象中既定的约会，挥一挥衣袖竟然任性而去。梦想在料峭春寒中遍体鳞伤，远行的脚步未能如愿以偿。那辽阔的远方，已经幻化成凄迷的忧伤。

我的视线里，没有柳色晕染，没有桃之夭夭，没有梨花胜雪，没有红杏妖娆，也没有草木勃发的灼灼其华，更没有那个痴念的最深情的人。

这个春天，我的眼眸穿过韶华深处，却没有看见花的微笑暖过原野。那份浮动着暗香的情愫，并没有在心上嫣然绽放。

光阴的陌上，有人身披薄雾轻烟，有人沐浴残光暮寒，有人颤抖着手，叩响岁月的柴扉。还有像我这样的人，沿着花开的方向，一路捡拾诗意的情怀。天边的云朵牵扯着久远的痴念，就在萧瑟的天光云影中，遇风化尘，随水而逝。

现在，我每天折返在这个春天的路上。路上遇见很多以前的风景，却没想到流年暗换，都成了记忆里的锦瑟。这个春天所有的遗憾，让我提前做好惊喜的铺垫，都变成了没有开场白的倾城缱绻，在黯淡的情思里风消云散。

也许是我已经老了，江湖相忘，如歌岁月早已如烟过往，记忆中那最美的模样，早已随风飘荡。

也许是此时的光阴也随我一同老去，苦笑声里隽秀的容颜浮现了皱纹，悄悄遮掩住脆弱的生命。残光暮色如这个春天，让我如此惊慌匆忙，让我的不敢所起的情，草草收场。

光阴本善啊，如今却只能携带着婆娑清愁，独步在这孤寂的旅程。

放眼而望，面对这一片生命的留白，我竟然怅惘无措，不知去向谁表白那早已深藏心底的情愫。

现在静坐斗室，书架上那盆虎皮海棠，羞涩地绽放着胭脂红的花瓣。人间沧桑，终究阻挡不了岁月的春暖花开。

"等一切都好起来了，我和你一起去看最美的花。"我在信笺上写下最后一句话。

我想，如若相见，我一定用满袖花香，把这个春天所有丢失的美好，全都送给你……

2020 年 3 月 6 日定稿

爱

这是一个平淡的故事，却让人不能轻易忘记。因为这是真真切切的，很容易拨动你的心弦的事情。这之中，男子和女子，都是真真切切的，相爱了的。

那时男子只是个底层职员，家庭也是乡土人家，女子却是个世家小姐，可是两人就那样真真切切地相爱了。

那一年秋天，西风乍起，黄叶轻舞，男子轻轻地对女子说："你跟着我，就注定要受苦了。"女子害羞了，低低地说："不怕。"男子激动了，说："风来了，我给你挡；雨来了，我就给你撑把伞吧。"女子也就羞赧地红了脸，依在男子的胸上。过了好一会儿，才幽幽地叹道："唉，要是没有了你，那又有什么意思呢？"

可惜，这句话似乎也就预示着结局。后来，后来……后来终究是由于种种原因，女子别嫁他夫，男子另觅妻室。

故事其实也就结束了。

许多年过去了，每当秋意微兴，女子和男子难免是要哀叹的。女子总会记着"跟我要受苦"的话，男子也会记着"不怕"的话。

可不是吗？你于芸芸众生中，就独独看上了他（她），就独独与他（她）真真切切地相爱了。两人互致情愫，互订盟誓，互托终身，却终是互成记忆了。

那一年西风起了，黄叶落了。女子独倚窗前，总还是会记起挡风撑伞的话。男子站在拐角的路口，耳畔也还总是会响起："唉，要是没有了你，那又有什么意思呢？"

2020 年 12 月 16 日定稿

少女情怀总是诗

这是一段难以忘怀的青春记忆，更是对自己曾经无情扼杀一个少女初恋的祭奠。这是我的一个心结，只能用苍白无力的文字，聊以表达我迟到多年的歉意。谨以此文，怀念那个美丽的少女。

——题记

那是 20 世纪 90 年代的一个年份，我参加工作的第二年。

十九岁的我，自负书生的狷狂之气，文学"象牙塔"的遗风遗韵，仍然附着在我理想主义的头脑中，让一个偏远乡镇的团委书记，意气风发地准备大干一番。那时的青春，因为革命斗志，对于情爱的浪漫主义浑浑噩噩，常常在不知所谓的情感生活中，做出惭愧和悔恨的事情来。比如，无知地对待一个如诗般怀春的少女。

其实，说是团委书记，不过就是一个"光杆司令"。选举产生的五个团委委员，四个都不在机关院子，不是某村的年轻干部，就是所属单位的大龄单身汉，再就是中小学团委和少先队的负责老师。全乡的团委工作，就是我一个人在组织开展。

那个时候，我是一个刚刚走出学校圣洁殿堂的青年，初出茅庐，始闯社会，理想主义的激情熊熊燃烧，在面对人生刚刚搭建的舞台，想象着自己唱好每一场大戏，做一个"高大全"的男主角。所以我发誓要用很多轰轰烈烈的实践，来积极追求我的梦想，在工作中渴望独当一面，做出成绩，急切地想得到别人的肯定和赞赏。因此那时候我总是自告奋勇地要任务、争工作、挑重担，那份执着和坚强，就是现在，回想起来都不敢相信，那个时候的我，和现在的我，会是一个人吗？可当时那个无知无畏的团委书记，就是那么自信，硬是在压抑郁闷的暮气沉沉中，用自己的青春热血，沸腾起那些中老年乡镇干部沉寂的心，在一潭死水的工作中，荡起涟漪、搅起波澜，倒也让自己一时成为那个偏僻小乡的"知名"人物。

所以那时，因为一颗年轻的心，我组织了很多活动，尽力把全乡的年轻人都调动起来，让他们在丰富多彩的文化和体育活动中，感受青春澎湃，感受欢乐荡漾，以此激发他们对生活的热情和工作的积极性，激发年轻人积极进取的动力，增强他们拼搏人生的决心和信心。我先后组织举办了几次庆祝活动的文艺演出，以及全乡运动会，不定期举办篮球赛、乒乓球赛、象棋赛，积极与学校协作组织诗歌朗诵、歌咏比赛、征文活动，为那些怀揣文学梦、艺术梦的有志青年铺路编衣，让他们有机会展示自己的才艺，展现他们不好意思表现而掩藏的才情。我还经常组织舞会，用他们略显滞涩的舞姿，传达青年男女的情意……

因为活动多了，我这个热衷于搭建平台的组织者，自然就认识了很多朋友，于是就有很多模糊不清的情愫，忽隐忽现，忽有忽无，如同夜空的星辰。也许某时，我朦朦胧胧地喜欢过某一个女子，也许某个场合，我隐隐约约感受到某一个女子暗暗地喜欢我，但那时都不敢有太过大胆的举动，也就仅仅是一场场虚幻的清梦，一个个撩拨心弦的插曲。

有段时间，我在街上总是能与两三个小女生不期而遇，然后在我看着她们的时候，她们就会咯咯笑闹，羞涩惶恐地跑开去。但我并未在意，只是感受到她们对我的偷偷窥瞄，还有偶尔的指指点点和小声议论。那时我对这些已经习以为常，因为知道有很多青春期的女孩子，对我心生暗恋，所以我骄傲得不以为然。

直到有一天，我一个人在办公室，忽然进来了一个女孩子。她轻喘着气，急急忙忙、慌里慌张地疾步走到我面前，低着头，涨红着苹果一样的脸，紧张而急切地低声说了一句："哥哥，给你的。"然后迅速跑走了。

这一闪即过的画面，让我茫然无措，神经短路得甚至还没来得及做出

一个动作，一幕话剧已经结束了演出。等我回过神来，看着桌子上的那封信时，才有所意识。不可置信的念头，让我在惊愕中瞠目结舌，只是盯着那封信，久久没有移开视线。

拆开信，滑落了一张相片，是那种小小的一寸免冠照片。圆圆的脸蛋，大而明亮的眼睛，乌黑的长发斜斜搭在一边肩膀，又带着一丝淡淡的调皮的微笑，微露出一线洁白的牙齿，嘴角不显痕迹的弧线，更是透露着少女的娇羞。美，真的很美，那种农家朴素的女儿美，不施粉黛的自然美，充满灵动和率真的野性美，在一张小小的照片上，一个总是有意无意偶遇我的女生容颜，一个生动的少女形象，呼之欲出，扑面而来。

信很短，只用了一张纸。看得出来，是一张我上学时也曾经用过的那种作业本上的纸，撕扯的毛边齿痕，依稀尚存。文字工整娟秀，全文一段，好似一气写就。内容表达倒也清晰，大致是先自我介绍，然后描述见到我几个场合的情形。再就是对我的倾慕与思念，这一部分是最多的文字，既是自己内心情绪的描述，也是对我爱恋的表达。最后是她预知自己上不了高中，即将离开学校，以后难再相见，希望与我见面话别，时间是明天晚上七点半，在街道北边河边的杨树林。

不到五分钟，我已经读完了信的内容。说实在的，我之前已经收到过好多封这样的情书，倒也感觉平常。但是收到一封还在中学读书的女生的情书，让我多少还是有些激动。看得出来，女孩子的这封信写得极其认真，信纸上明显拓印着好几层上一张纸书写的压痕，显示出多次的修改誊写。信纸也已经有些皱巴，折痕深刻，明显是已经写了好多天。果不其然，看到结尾日期，已经过去了半个多月。

对于这样一封在那个少女心中可能重于千斤的爱情宣言，我不禁扬扬得意了起来，轻飘飘地拿起，又蔑视地轻飘飘丢下。那个对我来说很是可笑的约会，自然无从谈起。那封信后来被几个同事看见，有女孩子约我见面的事情，就成了大家谈笑的话题，故事的女主角，也成了大家嘲笑和戏弄的对象。而对当时的我来说，那不过是岁月中可以忽略不计的一片浮云，最多偶尔想起，也是一笑而过。

随着日子的延伸，一个倩影逐渐淡化模糊，最终消失在我的脑海。当然，如果不是因为之后的一件事，那个少女，也许真的就像一片落叶，在我的记忆里腐化为泥，春梦无痕了。

一次，我随着一个欠款征收工作组下乡。那是一个初秋的正午，太阳依然毒辣，聒噪的知了，声嘶力竭地呐喊，仿佛用鸣叫发泄对酷暑滔天的怨恨。顺着村上干部的指引，我们又到了一户群众家里。三间低矮的土坯房，两间破烂的牛圈，院子里堆着几垛柴草，有鸡随处走动，更显得这户人家的杂乱和穷困。听到有人来访，从屋里出来了一个中年妇女，惶然的神色遮掩不住她年轻时候的美丽，尽管衣服有些破旧。知道我们的来意后，女人只是凄婉地诉苦和哀求，不时擦着眼泪。

这时突然传来女孩子的声音："妈，别哭啊！"那清脆的声音里透着哭腔，哀婉的音调一下子打动了我的心弦。走出门，只见一个个子高挑的女孩子正在向几个同事苦苦哀求："叔叔，家里实在没钱啊，就先暂缓我们几天吧，我大（父亲）过段时间就回来了。"

看着她，我觉得眼熟。走到跟前，女孩子也抬起头，四目相对。"啊！"她轻声惊呼，"是你啊，哥哥！"羞涩、惊喜、紧张、幽怨、绝望等复杂的表情在她白里透红的脸上转换。她深深地看我一眼，泪花盈眶，终于捂住脸，无力地蹲在她刚刚背回来的一捆青草边。

那一刻，我内心也是一惊。既是吃惊于居然会再次见到这个女孩子，更吃惊于会是在这种情况下见到她，为了面子，我只是很冷漠地"哦、哦"几声，然后出于应付，询问她现在在干什么、为什么不上学等一些无关紧要的废话。在听到她母亲"娃考上高中了，没钱上"的话后，我感到很羞愧，随即萌生了离开的念头。

"哥哥，就在我家吃饭吧！"我已经扭过头打算走了，那个女孩子忽又扬起了头对我说，"我给哥做饭吃吧！"我愕然地看着她，眼前的这个女孩子，与我脑海里依稀残存的那个女孩子，已经是如此不同！她已经不再害羞，不再胆怯，眼神不再慌乱，黑亮的大眼睛闪烁着坚韧的光彩。

我落荒而逃。心虚的恐慌让我一路小跑，却感觉到一双美丽的眼睛，

依然紧盯着我，让我如芒在背。

以后的很多日子，总有一双眼睛，一个诗一般的女孩子，时不时地浮现在我的眼前。那个美丽的影子，让我回想起很多美好的时光，逐渐懂得了一个情怀是诗的少女，懂得了她诗一般的初恋和情爱。

回想那时，我也是读着歌德《少年维特之烦恼》长大的迷茫青年。刚刚经过那种对爱情无限激情冲动的时日，不，也许还正处在对爱情自以为醒悟的成长期，只是让自以为是的矜持和骄傲，遮掩了我发现那份又纯又美恋情的眼睛，让那个怀春的少女，因为大胆热烈的表白，受到了无情的伤害。

女人如花，少女更是一朵最娇嫩鲜艳的花，绚丽夺目，清香幽雅。无论她走到哪里，总能让人赏心悦目，心旷神怡。用花写就的诗，柔情似水，温文尔雅。那个少女，就是一朵最美的花。其时，她还没有丰富的人生经验和复杂的社会阅历，心灵正处于一个女孩最纯真的花蕾期，在突然之中，偶遇到一个喜欢欣赏的男子时，就急于全身心地吮吸雨露、沐浴阳光，盛开自己爱情的梦想。她的一言一行，总是对着喜欢的男子，寄托自己的未来，怀抱着一种天真烂漫的期待和向往，用一种最美的柔情，抒写诗歌一样的美丽。那种情怀，是人世间充满了浪漫主义色彩的情和爱啊！

我在想，那时候我们尽管有差异，但其实还只是两个懵懂的少男少女。也许我在无意识的工作过程中，表现出的一种形象，让她一时痴迷，令她激动，诗般的幻想，诗样的情怀，如同手握阳光一样，把握得住，又把握不住的感情，那是一种朦胧诗般唯美、细腻的情感表达，每句诗行，都散发着醇酒的芳香。

对不起，我的女孩，那个曾经爱过我的少女！你的情怀如诗，那就让我一生写诗，为你曾经美好的恋情，寄托我对你无限的悔恨和愧疚。望着窗外的天空，想想过往，真的如同做过的美梦。只有你，亲爱的女孩，你的诗，缠绵而温暖，忧伤而清醒，醉人而感动，让逐渐成熟、逐渐懂爱的我，有了情的温馨，爱的幸福。

现在，想象着某一天，我如那时，你也如那时，我们在街上偶遇。我看着你，轻盈欢快，如同一朵洁白的云，轻盈地在曼舞飞扬。我静静地欣赏你，充满灵性的大眼睛，折射着一颗没有瑕疵的玲珑玉心，天真幼稚，没有烦恼，不以物喜，不以己悲，用自己少女独有的飘逸身姿，感动着每一个眼光掠过的人，也感动着一个无情空泛的世界。

尽如你意吧，亲爱的少女！在你的恋爱里，眼中所看的，都是诗，一缕阳光、一棵小草、一朵小花，也能成为羞涩初恋幸福的诗行……

2017 年 10 月 16 日定稿

安静地享受丽江麦浪里的爱情

　　在某一天的某个让我独自伤感的夜晚，突然有一首歌轻缓地流淌在我耳边。歌声里，有一片充满浪漫爱情的麦田，高原的风吹过，麦浪让爱情变得忧郁。那轻柔却又感染着回忆的怅惘的声音，缓缓地触动着我柔软的心弦，让一颗疲惫受伤的心，飘扬在那片神往的麦浪中。

　　那首歌让我很安静，很惆怅。让我静静回忆那曾经追求爱情的时光，在暗夜里独自咀嚼往昔浪漫梦想的味道。那首歌叫《风吹麦浪》。

　　那时候我不知道唱这首歌的是谁，我只知道，我喜欢这个唱歌的女子，喜欢她干净的歌声，迷恋上了歌声中引我共鸣的情思，还有那片风吹着的，让我无限向往的麦浪。我憧憬着，有一天，我一定要去看那片麦浪，要用手抚摸那被风吹动的麦浪，亲自去感受生命中可以在麦浪中演绎的爱情。那相逢恨晚的麦浪，于是就成了我心灵深处的一个梦，寄托着我长久以来压在心底的爱和情。

　　于是，没人知道，我为什么一定要去丽江，去等待一个魂牵梦萦的画面。——那片麦浪，是我无人知晓的秘密，蕴藏着我多愁善感的心情，以及那难以磨灭的青春记忆。

　　"金花姐，能给我停一下车吗？"我紧张地对我们这个团的白族导游请求道。我的声音因为兴奋而颤抖着，然而那眼神却是那么坚定，在执着和炽热中透着激动欲狂的火焰。

　　"为什么呀，阿鹏哥？"金花姐睁大美丽的眼睛惊讶地看着我。大巴上的所有人也都奇怪地看着我。我知道一个团队一般不可能为了我一个普通的旅人而随意改变行程，但是我在恳求中隐隐透着难以克制的期待。

"你看，"我手指着窗外，"那，那是我的，我的梦。"我几乎激动得语无伦次了。"金花姐，那是我向往的地方！那里有传说，有，美丽的爱情！"窗外是一片金黄色的麦田，可以看到金色的波浪随风起伏，我的心也在难以遏制的狂热中剧烈地起伏不定。

"好吧。师傅，给阿鹏哥停一下车。"金花姐对我抿嘴一笑，"阿鹏哥也是个多情的人哦，也是为了找那爱情和梦想来了，像我们白族的痴情郎。"

我在羞赧中惊慌失措，匆忙跑下了车。

啊！我的风，我的麦浪，我来了！

那是怎样的一片麦田啊！那洒满金色光芒的波浪一片片，一层层，一圈圈，那是一片麦香浓郁的大海，仿佛要融化了远方的山，近处的村寨，我浑然忘记了自己站在哪里，似乎已经被淹没在这海洋里，忘了永恒和瞬间。

那麦浪啊，是这片原野中生命的起伏，是天地张扬开的广阔。这让你无法抗拒的麦田，是一片心灵的净土，想将你的心永远交付于这里。

看着看着，我为之窒息，我想扑进那浪潮里，但是我又不敢靠近。远处蔚蓝天空下有着遥远的呼唤，诱惑着我，要把这渗透进血液里的美，捧在手心。

"啊……"我大声呼喊着，从公路边跳了下去，真正让自己的身躯融进了这个梦中的大海里。我俯身贴耳在那波涛上，倾听那心灵的歌声，倾听那发自遥远地方的爱情。我用手指掠过那层层浪尖，用我温暖的手，去感触那神秘的力量，那让爱情奋不顾身的力量啊！

那是一片喧嚣和欢呼，可又是如此平静和安逸。面对麦浪，我想大声呼唤，可远方的天际线，湛蓝的天空飘荡的洁白的云朵，又让我心灵归于安静。我明白了这片麦浪，懂得了这片麦浪里的爱情，然而，我今生再也不会拥有了，哪怕是凄美的爱情。风吹动着麦浪，只是我眼中的一段风景。

"远处蔚蓝天空下涌动着金色的麦浪，就在那里曾是你和我爱过的地方。当微风带着收获的味道吹向我脸庞，想起你轻柔的话语曾打湿我眼眶。"我想拥抱她，可又是那么恍惚而得不到她。因为这里已经是伤心的地方，是一个痴情女子流过眼泪的地方，我不忍触碰那为爱歌唱的灵魂。

歌声飘在心里，那是一种留恋，一种缱绻。悠长的思绪里，有那淡淡的思念，有那绵绵的爱意，更有幽怨的无奈和不尽的回忆。

站在麦田的身边，望眼麦浪，远处传来悠悠的歌调。我的心情，宁静而快乐，此时的阳光，倾泻在我孤单的身躯，流淌在我干涸的心田，竟是那么舒适而温暖。

因为一首歌，我去了丽江；因为那歌声里的爱情，我一个人去看丽江的麦田麦浪；更为了那爱情里的缠绵悱恻和悲伤的浪漫，我亲手触摸了那梦中的麦浪，呼吸了那吹动麦浪的丽江高原的风。这一切，只为我的心，只为那歌声触动我心弦的那一刻的感动，只为我永远追求纯粹爱情的悸动的灵魂。

我在用这样的方式，去救赎我年轻时破碎的爱情梦，给自己从今以后寻找爱的归宿一个交代。

"我们曾在田野里歌唱，在冬季盼望，却没能等到阳光下，这秋天的景象。就让曾经的誓言飞舞吧，随西风飘荡，就像你柔软的长发，曾芬芳我梦乡。"

那唱歌的女子，爱情的浪漫、甜蜜和幸福，让她爱上了丽江，留在了丽江；爱情又像玉龙雪山的雪消融的时候，所有爱情只能是美好的记忆，如同丽江古城小桥流水，徒留黯然神伤。美丽的女子，可也曾站在这片麦浪里，用晶莹的手指划过的芳香，独自温暖自己冷冷的爱情？我只知道，我流浪在丽江的脚步，不会等到那一份美丽的邂逅，转过身去，背影刻在心灵的画板上，只能悄然为自己勾勒出梦想中只为一个人而绚烂的爱情。

这一天，我站在爱情的麦浪里，那逝去的浪漫和幸福，悄无声息地候在身边。见到了丽江的麦浪，我闭上眼，张开双臂，恣肆地呼吸那掠过麦浪的风，享受天地间最为纯净的气息，那一刻仿佛就是我一生永恒的经典画面，我脑海里想起了，曾经对某个人信誓旦旦的话语——请你铭记，这一生我对你说过：我爱你，我们将不离不弃……

　　那一晚，《风吹麦浪》陪伴着我守望到丽江的黎明。风吹着的麦浪，湿润了我的心。

　　　　　　　　　　　2014 年 4 月 23 日晚于昆明稿，5 月 3 日定稿

两难境地——都是爱情惹的祸

年轻时遇上了爱情，往往就盲目地认为，这就是自己至死不渝能今生今世的结果。所以，为了向所爱的人表达自己的爱意，就连绵不绝地用写情书、送玫瑰、过生日、叠纸鹤，述情达意；共爬山、同淋雨、赏湖嬉雪，享受浪漫；点送情歌、邀请舞会，筑建恩爱；甚至因难得的一次电话，误以为对方生病，心急火燎，不顾风吹雨打冬寒暑酷，风尘仆仆拿着药来看望她！这一切，都是想用年幼的心、用青春的激情，以直观的形式把爱情记录在案，永远保留。

然而，开始的美好往往都意味着结局的失望，爱情总在难以捉摸的某个时刻戛然而止。所以每当夜深人静时，回想自己为了爱情而倾情上演的坚贞与忠诚，就会有一种被情所骗上当蒙羞的感觉，让你痛苦得夜不能寐，失魂落魄，神销形瘦。往日爱情的种种甜蜜和幸福，在无情的分手面前不堪一击，烟消云散，一去不复返了。

这实在是一场游戏少年的青春闹剧。理智如我，也难逃此劫。现在回忆，当初不知有多少次因深陷其中而左右为难——为了表达对爱情的忠贞不贰，继续坚持旧爱，那么又如何做到终身不娶？如若重新选择真爱，岂不是自毁誓言？岂不是颠覆了自己口口声声承诺的爱情不灭的神话？

所以，当我在经历了这些爱情魔咒之后，也就明白了那句"不成爱人就成仇人"的悲剧爱情经典对白。因为，在经过了一场青春飞扬却又懵懂无知的爱恋之后，都会有因爱而伤、而哭、而痛、而苦、而悲、而惧、而悔、而恨的一方，这是一种伤及骨髓、痛及灵魂的伤害。那么，又怎么会有什么友情可言朋友可做呢？当然，也有那种潇洒一笑，不在乎的"挥一挥衣袖，不带走一片云彩"，殊不知，那里面不知隐藏着多少做作和虚假。谁会知道在一转身的刹那，懊恼和烦躁早已暴露无遗。在双方已显尴尬的笑容里，分明潜伏着那包含着无限假情假意刻骨铭心的恨啊！

因爱生恨，这也只不过是生活中最普通的一个矛盾，最平凡的一个哲学话题而已。何必因爱而久久放不下，扰乱了一生的幸福？

可是，假如每一个人当初都明白这个道理，那么爱情的浪漫美丽、魅力诱惑又怎会让这个世界衍生出诸多风花雪月的传奇？

这又是个爱情的两难呀！

2009 年 4 月 22 日定稿

爱，可以想象的虚构

十五年前，我已经非常在意非常喜欢她了。

那时，她就坐在我的身后，白而丰润的脸，大而灵秀的眼睛，黝黑光亮的头发，说起话来柔和绵软，看似漫不经心懒洋洋的样子，却是一出声又让人禁不住立即注意起她来。因为她，我上课总是走神，总是情不自禁地向后偷偷看一眼。

可惜她一点也不知道。那时我总是把她写在我的诗里，储藏在梦里，刻在懵懂的爱情记忆里。青春飞扬的日子，就在傻傻幻想她有一天会明白我对她的爱然后对我微微一笑的等待中过去。

因为她，我的生活改变了许多。"别巷寂寥人散后，望残烟草低迷。"自那以后我做了许多不可思议的事情，生活的轨迹歪歪扭扭，情感的路坎坎坷坷，心情在压抑伤感中起起落落，独自多愁善感，暗里唏嘘流泪，激情燃烧又归于沉寂，时光就在一个想象的模糊影像的注视下，一去不复返了。

五年前的时候，她来了。惶惑的心在麻木中惊喜，生命的曙光好似一夜之间降临，那个永远难忘的夜，在短短的相见中，凝滞了一生的思念。然而总归是过客一般，倏忽一闪而过。那时我的心情狂风巨浪一般，生活的艰辛，情感的困惑，事业的压力，无奈的抉择，迷茫的追问，内心无声的呐喊，已经让我心灵疲惫饱经沧桑，虽然对她的到来是那么狂喜，可是又不敢流露半丝半毫。顾虑和胆怯，终于使我失去了一次又一次机会。

这是一条情爱的不归路。可是，我却放任十五年前的心继续执着地走下去。

假如，没有别人给我的鼓励和帮助，没有经过这么多的挫折煎熬，没有"一夜思量悔白发"的决心和信心，岁月就这样在我的生命里慢慢湮没沉寂，一生也许再没有了灿烂和璀璨。然而希望总是在罅隙中不经意地艰难生出，"春风放胆来梳柳，夜雨瞒人去润花"，怯怯的心触碰了某一根心弦，就产生了莫名的激动，一瞬间激情如同火山爆发，情感就像决堤洪水，恣肆纵横，最炽烈火热的语言，最大胆无忌的词汇，最能一泻心头快感的话，浪潮一般涌向了她。那一刻，我明白了激情释放的酣畅淋漓，明白了去掉压抑的万般轻松，明白了爱情表白的胜利的喜悦和兴奋。世界在飞扬，"青山绿水浩然归"，生活原来如此美丽！

然而，我的娓娓道来，我的情思绵绵，其实她一无所知。当初为了爱悄悄躲开，原来躲开的是身影，躲不开的仍是那份默默的情怀，只不过对她而言同样只是"默默情怀"。想象爱情刚刚上演了一场完美的悲剧，苦与泪在枯萎的草丛中孕育出一个希望的花蕾，可不曾料想历经轮回，依然只是想象的绽放……

爱情就是一条河，此岸是无法忘却的回忆，彼岸是现实无法愈合的伤痛，中间无声无息又无情流淌的，是永远伤感难以释怀的青春年华。人世间有许多美好的东西，但真正属于自己的却并不多。"宠辱不惊，看庭前花开花落；去留无意，望天上云卷云舒"，多少人又能做到呢？人生最遗憾的，莫过于轻易地放弃了不该放弃的。在这个纷扰的世俗世界里，能够坚守一份永不放手的情和爱，何尝不是一种大彻大悟的境界呢？

"语已多，情未了。回首犹重道：记得绿罗裙，处处怜芳草。"远方的你，可否为一个孤独思念的人"处处怜芳草"？

就当是一个传奇一部小说吧。我自己是个虚构的人，她就是个杜撰的角色……

2010 年 6 月 10 日定稿

你在哪里呢？

当天边的浮云，流淌在心底的时候，你在哪里呢？

那一只久违的鸟儿，对着空旷的庭院鸣叫，她会是在哪里默默注视着呢？

黑暗掠过我的眼帘，熟悉的声音渐传渐远，我不知道自己在哪里。

有时候，我就这样独自坐在无人知道的地方，看着春夏秋冬悄然流转，看着花开花落，只是想知道，我究竟是在什么地方。而你，可否知道我想你的心，在永远跳动呢？

我轻声地呼唤，唤你回头微笑着看我一眼；我怯怯地想，想你是否正在抬眼看蓝蓝的天；我默默念着那个熟悉的名字，想着你就在廊檐的拐角，嗔怪地对我一声"哎"……

无数的白天黑夜，我站在大街的人海中，仔细搜寻一张又一张脸，那张相识的面庞总是消失在喧嚣和落寞中，那一个又一个落满尘埃的故事，就在孤寂的天空消散了。

我总是小心翼翼，仿佛一转身，就能碰着某一处刻骨的疼痛。檐下的燕子飞走了，鲜红的美人蕉凋谢了，秋千被风儿轻轻地晃悠了一下，捡起那张被雨飘湿的梅花笺，潮湿的心里写尽了凄冷和萧瑟。

望着那些匆匆而过的身影，寂寞在手指间流过；看着流光溢彩的繁华，孤独在头发中滋长；面对绚烂霓虹的妖娆，伤感滑过冰冷的唇角；仰望那一如过去眨眼的星星，一声叹息，伴随流星从耳边幽幽飞逝。我手执一束当初为你种植的玫瑰，任它的清香飘向远方……

这里有我。亲爱的，你在哪里呢？

2012 年 3 月 9 日定稿

回忆幸福

"是你葬送了我的幸福。"

她说这句话的时候，看不出有什么愤恨。眼神是淡淡的，就连那一缕掠过的忧伤，也很薄很薄，就像一袭雾纱一样，让他看得那么模糊不清。可是……

他现在不愿再往深处去想了。然而——"幸福？"他只记得他当时好像只能这样含混不清地喃喃而语。

可他又能说什么呢？惊讶？疑惑？恐慌？还是自问？他不知道。他感觉到他的心一阵抽搐和紧缩，是一种被刺狠狠刺了一下的感觉。然而他却不觉得非常痛。也许是早已痛得麻木了吧，也许是让幸福冲抵了痛吧。谁知道呢？

可那时他们幸福吗？他也时常这样想。

那时在她们宿舍，他从"小男生"变成"小男人"，而且都是"她的"。是什么时候改变称呼的呢？又是怎样改变的呢？他早已记不起来了。只记得他总是往她们宿舍跑。既是老乡，又是从小到大的同学，何况她还要比他大一岁呢！姐姐吗？不知他想没想过这个称呼。然而他们在同学中，却是公认的。那次她病了，他刚走进宿舍，就听见"你的小男人来了"，他吓了一跳。"男人？""小男人？""你的？"然而她仅仅只是脸颊微红，好像很自然，就是那么顺理成章，好像小溪水，流呀流，就流成了河，好像小孩子慢慢成长就成了大人，于是"小男生"就自然而然地成了"小男人"。叫就叫吧，有什么呢？他也就微笑了。那或许就是幸福吧！可是他懂吗？

然而他真的不懂吗？洗衣服、买衣服、织毛衣、织围巾，几乎全部生

活起居，四年时间中是谁对他体贴入微、百般呵护呢？他记得有次同学留影，他对她说"合影吧"，她是那么惊讶："咱们也要合影？"她的眼睛，他的眼睛，同学们的眼睛，全都是那么的惊惑。然而还是太明显了，他想。她之所以没带那个"需"字，也许除了羞涩，恐怕更多的是暗示的表白吧。可那时他是怎么了呢？现在翻看那张合影，画面微笑的幸福瞬间，让他想笑却总笑不出来。有一种痛，一种哀，一种怨，像一层胶，凝固了面容，眼泪却从缝隙中挤渗了出来。她一脸妩媚，他一脸灿烂——那是一种多么美的和谐呀！这不是幸福吗？

他当时说了什么，已记不清了。他想起那次对她的责问："为什么要剪短头发，还戴一副耳坠子？俗！"他扬长而去，他不愿意看见她那凄迷哀婉的婆娑泪眼。可他是谁啊？为什么要责问呢？凭什么呢？是他在无形中把自己和她联系起来了，抑或是不想见她而找的借口？破碎的梦，即使补上，又有什么意义？而做梦的人，或许正在做另一个梦吧！

他谎称记错了结婚日子。他想她会哭，她怨恨的目光中会充满自嘲。"她固执地剪掉长发，谁也挡不住。"朋友回来给他说。"留长发有什么用？能带来幸福吗？"朋友说她说的时候很开心。那天他一人在家从早晨睡到深夜。他觉得幸福的滋味，其实就是在你感觉到苦时而想起的那种甜，就是在难言的落寞中的那份思念，却又让人心欲碎不能，并不断碰撞在心魂僵死后的一丝宁静。那天是他的生日。

"是你葬送了我的幸福。"他不断地想。就为这句淡淡的话吗？

烟雾呛得他直想咳嗽，然而看了看身边的女人，他忍住了。他透过有微光的黑暗，打量着卧室中的一切，既而想到他现在的一切，应有尽有，有名有位，他什么也不缺，可是他真的什么也不缺吗？

……

人生什么都缺，唯独不缺痛苦；人生什么都不缺，却总是缺少幸福。

只是葬送了她的幸福吗？站在黑暗的窗前，望着幽黑的夜空，他剧烈跳动的心，让他在回忆中瑟瑟发抖。

2016 年 9 月 12 日定稿

爱情永不褪色

那一天深夜，我突然接到一个电话，原来是曾经与我有过感情交往的一位女子。如果不是她自己说出名字，我一时还真是惶恐。只是我记得她早已远嫁异省，却不料她仍然对旧事念念不忘。

听着她的声音，让我就有了一种久违的激动和温情。那一夜，我们聊了很久很久，从静籁子夜一直到天露微熹，聊了许多往事，聊了我们曾经在一起亲密的欢快，相爱的缠绵，分离的伤心，遥寄思念的痛苦，聊我们各自的生活。就这样，我们仿佛又回到了当年，青春年华滋润了我们的心灵，变得鲜活起来。时而激情难抑，时而又唏嘘感叹。特别是她，一会儿像是当年的小丫头，欢快地叽叽喳喳，一会儿又像是曾经沧海深沉静稳的妇人，郁郁寡欢，沉默不语。我在这头，随着她情绪的波动，也陷入了错杂迷乱的思绪，听着她娓娓而诉，我不知该对她说些什么。

直到最后，她突然问我："那一年我们没有结果，是不是因为她？"我说："是。"显然，她没有料到我会如此直接地给出了答案，她停顿了一会儿，又问："那你还爱她吗？"我说："爱！过去爱她，现在仍爱她，将来也还爱她，永远都爱她！爱情是永不褪色的。"

在那一刻，她终于无所顾忌地失声痛哭。她哭得是那么撕心裂肺，伤心欲绝。我放下电话，找出一根香烟，点燃之后，就静静地听她哭。

我知道，她已经很久很久没有哭过了。我听得出，那是一种绝望的哭，是一种把怨恨尽情倾泻的释放。我只能无言地聆听她最哀婉的心声

——可是，我又能说些什么呢？我又能用什么语言来表达我的心情呢？是的，她尚且可以向我倾诉，而我，又给谁去一泄汹涌心潮呢？

我已经失去了给她承诺的资格。我想，我的无言以对，也许是对她最好的安慰。既然明知美丽的谎言只不过是虚以应付，又何必让虚无的东西充满幻想。有时狠心斩断情丝，对一个人的真心，才是最负责的态度，也才是最正确的选择。

是呀，爱情往往就是那种"落花，流水，看景人"的关系，彼此曾经纷纷扰扰，到头来各是各的风景。不管是伤心的景色，还是幸福的景色，都是在演绎一部心灵的传奇。正如我和她，到最后，只是回忆的故事罢了。

其实她说的那个"她"，就是说过"不怕受苦"之类话语的那位女子。那时我们真真切切地相爱着，虽说不上轰轰烈烈，却也缠绵悱恻，海誓山盟，我们彼此以为对方就是自己今生今世的依靠，恨不得把对方永远珍藏在自己的心房，从此生不离死不弃，好像这个世界就是我们的。然而这个世界是那么大，竟然容不下爱情一毫一丝的误会，竟然让世界最炽烈的感情，顷刻间灰飞烟灭，情消爱散！也许越完美的东西，越经不起磕碰，甚至轻轻一触，也会破碎无法挽救。那时我不知道究竟伤她有多深，也不知道她究竟恨我有多深，亦不知道痛苦究竟有多深。我每天在悔恨中度日如年，痛不欲生，终是不堪忍受，卷囊而去。站在冬雪皑皑的大草原，我让空灵纯净的雪域，为自己的情感世界进行了一次洗礼。我明白，爱情可以永不褪色，也可以永远藏在心中化成无色透明啊！

"爱情永不褪色。"她喃喃地说，"原来，你也明白啊！那，那我的爱情呢？"电话那边幽幽的叹息，让我的心很痛很痛。

我相信她对我一生倾心，永远爱我，因为我们彼此都坚信爱情永不褪色。可是，我不会欺骗她，所以坦荡地告诉她，我不能给她归宿，是因为我有我的真爱。我也不会欺骗自己，不会欺骗自己的爱情，更不会因为爱情而欺骗别人，虽然我永远都喜欢她，也曾爱过她。

在爱情面前，我们都愿意做个诚实的人。现在，我知道，爱情早已铭刻在她的灵魂上，一如我的生命为爱情而活，尽管都已流逝，但她永远把我放在心中最重要的位置，我永远是她绵绵的思念。而那个她，也永远是我最美的图画，是我永无尽期的牵挂。

我相信，没有谁的心灵会一尘不染，没有谁的一生会了无牵挂，但我还是永远都信——爱情永不褪色。

2009 年 7 月 7 日定稿

后　记

小时候总喜欢听外婆讲故事。我躺在外婆的怀里，坐在月光照耀下的院子里，晚风徐徐吹着房屋周边的树叶，飒飒作响。远处的鸟儿，在夜色中低吟浅唱；近处围墙下的草丛中，蛐蛐发出吱吱吱的欢快的声音。星星在头顶幽邃的夜空眨着眼睛，耳边传来外婆温软的话语，经她娓娓道来的语言，我的脑海里浮现出一幕幕生动的情景。

上学的时候，我被课本里的文字在作者巧妙地组合后呈现出来的世界所吸引。于是到了写作文的时候，我尽可能把我的所思所想，用最大的文字量，倾泻在笔端。

以后我不停地写呀写，把看到的事物，切身的体会，生活中的细节，我的人生，我的理想……一点一点写出来。从开始在师范学校的文学社刊物上刊发第一篇文字，不知不觉已经坚持了快三十年了。

翻检旧作，不料竟然在数量上甚为可观，于是萌生了结集的想法。告知友朋，陈遐女士欣然组稿编辑校对，罗档云女士帮忙联系出版企业，李虎山老哥作序激励，最终定稿交付。他们的拳拳文心，因为这本文集，生发出温暖而耀目的光亮。其殷殷深情，至为感谢。

我是一个生在农村，历经贫穷困苦的人，成长过程曲折跌宕，所以对人生、对生命、对情感有着和别人不同的百般体味。在这些文字里，我尽可能地用细腻一点的文笔，在尽可能更加生动的文字里，不露痕迹地抒发出内心深处的爱和孤独里的激情，在灵魂与时光的对话里，为未来燃放最美丽的烟火。如此而不负自己。

文润心灵，书香致远。祈愿这些文字，会对读者有一些不一样的意义。

一点感想，为此书记。

2023 年 6 月 16 日